ER

A Monsieur gaston Rollinger

En souvenir de ces hommes et
de ces femmes qui ont fait – et à
quel prix – ce pays du fer, de la fonte
et de l'acier, qui nous est si cher.

Bien amicalement

Anne-Marie Blanc

–

D1724966

MARIE-ROMAINE

Marie-Romaine
a reçu le prix Erckmann-Chatrian 1978.

© Editions Serpenoise
B.P. 89, 57014 Metz-Cedex

La première édition de cet ouvrage a été publiée en 1978.
I.S.B.N. 2-901647-98-7

ANNE-MARIE BLANC

MARIE-ROMAINE

Ouvrage publié avec le concours
des Conseils Généraux de Moselle
et de Meurthe-et-Moselle (Association du bibliobus)

éditions Serpenoise

La base, c'est cette partie de la population d'une société qui est privée à la fois de l'avoir, du pouvoir et du savoir.

Au niveau de l'économie, elle crée, par son travail, les richesses, mais ne décide ni de l'orientation à donner à la production, ni de l'organisation du travail, ni de la répartition de ses fruits.

Ce qui caractérise la base c'est qu'elle a été dépouillée d'un avenir qui lui soit propre, c'est que le pouvoir « d'en haut » ne lui permet pas d'être créatrice de sa propre histoire, mais la maintient au contraire dans la situation d'objet, de moyen, pour réaliser l'histoire de quelqu'un d'autre.

Roger GARAUDY, *Parole d'homme.*

A mon père
Aux pionniers de la Grande Plaine,
mon peuple.

A ma mère
Aux enfants qui sont venus
A tous ceux qui viendront,
afin qu'ils sachent.

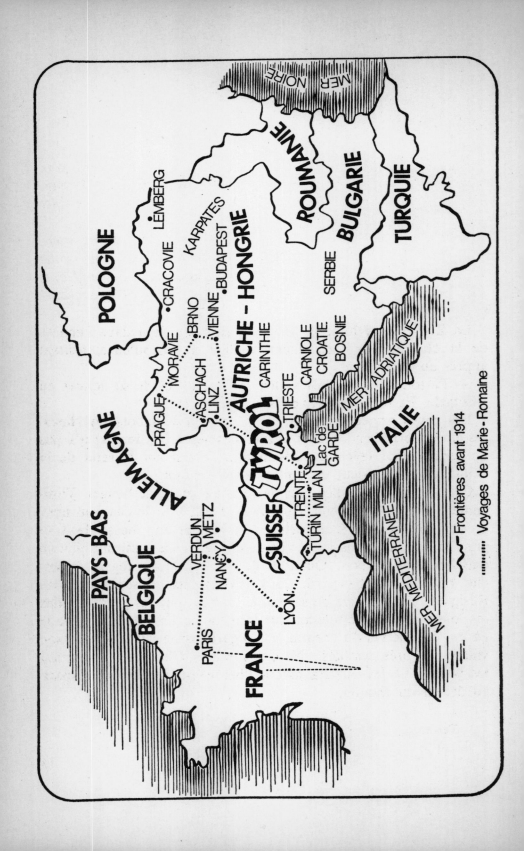

I

La Zia [1] Momi hisse la fillette et son baluchon dans l'arrière de la charrette et, prestement, malgré sa corpulence, grimpe auprès du conducteur.

— Partons. Inutile de réveiller le quartier et de se donner en spectacle. Et toi, derrière, dors !

Les roues grincent et crissent un peu. Les sabots du cheval résonnent terriblement dans la rue silencieuse. La femme n'a pas un regard pour le couple désemparé, debout sur le seuil de la demeure qu'elle vient de quitter avec l'enfant.

Celle-ci, recroquevillée près de son bagage, n'ose bouger. Timidement, elle lève les yeux. Au-dessus d'elle, sous le chapeau noir, un chignon très serré, un peu de dentelle et une masse de drap gris : la Zia Momi, assise et vue de dos, est bien aussi intimidante que debout et de face... Quand la fillette reporte son regard devant elle, hélas, il est trop tard. Dans le virage, sa maison a disparu. Résignée, elle encercle de ses petits bras ses jambes perdues dans ses longs jupons. Le menton sur les genoux, ballottée de-ci de-là au gré des pierres du chemin, elle regarde disparaître au loin son village, ses prés, ses bois... Non, pas le bois. Elle ferme un instant les yeux. Elle les ouvrira tout à l'heure, quand il aura disparu au détour du chemin.

1. Tante.

Les montagnes, le château de Madruzzo, les sapins sortent peu à peu des brumes de l'aurore et partent à l'assaut d'un ciel intensément bleu, où brillent encore quelques étoiles. Le Bondone s'ourle d'or : le soleil va bientôt se lever. La route poudreuse se faufile entre les forêts, les rochers et les prairies en escaliers pour quitter la Piève di Calavino et redescendre vers la vallée de l'Adige et Trento.

Des écharpes de brouillard, çà et là, se diluent au-dessus des bruyères et des genêts. Dans les premiers rayons de lumière, l'herbe étincelle de l'éclat de ses perles de rosée. Des effluves de pins, de menthe, de fougère et d'humus précèdent les voyageurs jusqu'aux approches de la grande ville.

Sur son chariot, toujours secouée, l'enfant, qui lui tourne le dos, ne voit pas apparaître la cité comme un délicat joyau enfilé dans le ruban d'argent du fleuve et posé dans l'écrin des montagnes. Les premières maisons l'étonnent, puis les premiers fiacres, enfin tous les corps de métiers qui se mettent en branle au point du jour. Le spectacle imprévu arrête un instant dans sa tête le carrousel fracassant des « pourquoi » ? Les rues succèdent aux rues, les pavés font tressauter les trois voyageurs. La voix de la Zia Momi, qui indique le chemin, en tremblote...

Une petite place triangulaire, un arbre énorme, un portail immense. C'est là. La voiture s'arrête. La femme saute, attrape l'enfant et son bagage, puis remercie le conducteur. La voiture s'éloigne. Elle ajuste sa jaquette, défripe sa jupe, inspecte la tenue de l'enfant et sonne.

— Loué soit Jésus-Christ !

— Maintenant et à jamais.

La Zia Momi s'incline devant la petite dame en noir venue ouvrir et embrasse la Croix, sur la poitrine plate.

Elles entrent. Dans un cliquetis de clefs, la dame en noir les conduit à travers un couloir puis une cour où des arcades semblent faire la ronde autour d'une statue du Sacré-Cœur. Elle les introduit dans une pièce impeccable et discrètement se retire.

Pourquoi ? Pourquoi ?

Timidement, l'enfant lève les yeux vers l'adulte qui, ostensible-ment, regarde ailleurs, droite, sa poitrine généreuse en avant, les mains nouées sur le ventre, balançant nerveusement son petit sac à main.

— Chut !

L'enfant n'a pas le temps d'ouvrir la bouche.

Une autre dame en noir arrive, majesteuse. Son visage, pâle et sévère, est enfermé dans un petit bonnet noir aux volants tuyautés. Elle n'a ni mains ni pieds, tant les manches sont larges et longs les plis de son costume.

— Ainsi, voilà l'enfant ?

La voix est froide, nette.

— Comment vous appelez-vous ?

La petite sursaute. L'anxiété noue sa gorge. Aucun son ne peut en sortir.

— Timide ou insolente ?

— Timide, ma très Révérende Mère, timide ! Elle s'appelle Marie-Romaine.

— Quel âge a-t-elle ?

— Bientôt huit ans.

— Mais elle en paraît cinq ou six !

— Je vous ai expliqué...

Que disent les grandes personnes ? Elle ne comprend pas. Et que fait-elle ici, au lieu d'être à la maison avec ses parents, ses frères et sœurs ? Et la petite Virginie, le bébé ? Comment doit-elle aller ce matin ? Elle a été si mal, quand elle est tombée par la fenêtre...

— Allons, venez !

Est-ce à elle ou à sa tante que l'on s'adresse ? Eperdue, l'en-fant regarde la Zia Momi qui s'éloigne. Elle est là, toute seule avec la dame en noir.

— Etes-vous sourde ou sotte ? J'ai dit : venez !

Alors, comme un automate, son baluchon à la main, elle suit la Très Révérende Mère.

Des salles, des couloirs... Le frou-frou de la robe noire et le tintement des médailles du chapelet suscitent au passage une vague de respectueux effroi et de silence. Rien n'échappe à l'œil de la Supérieure. Fillettes, adolescentes, jeunes filles en longues blouses à petits carreaux, le savent bien. Elles s'affairent partout, sous la conduite d'autres dames en noir, enveloppées de vastes tabliers bleus. Une odeur d'eau de javel, de lessive, de cire les accompagne jusqu'à une grande porte de chêne derrière laquelle s'entendent des bruits de vaisselle et une voix monocorde, hésitante. A la façon dont le battant est ouvert, le silence se fait immédiatement. Cent paires d'yeux fixent les arrivantes.

— Elle s'appelle : Marie-Romaine. Vous, asseyez-vous et mangez !

Comment le pourrait-elle dans cette grande pièce inconnue, au plafond en ogive, avec toutes ces fillettes qui la regardent, leur bol à la main, autour des longues tables, épaisses et noires ?

— Vous ne voulez pas manger ? Très bien. Vous aurez plus d'appétit à midi. Venez qu'on vous habille. Et vous, Mesdemoiselles, en classe. Et en silence !

Quelques instants plus tard, vêtue de la même blouse à carreaux que ses compagnes, ses admirables cheveux noirs disciplinés sans douceur en tresses autour de sa tête, l'enfant, tremblante, prend place sur un banc d'école. Plus rien ne la distingue des autres. Marie-Romaine de Calavino n'est plus et ne sera plus jamais, car vient de naître Marie-Romaine de l'Orphelinat des Dames du Sacré-Cœur de Jésus de Trento.

Au cœur de la ville, capitale du Trentin, près de Sainte-Marie-Majeure, le couvent de ces Dames fonctionne depuis un demi-siècle comme une immense horloge, rassurante, précise, régulière, efficace. Bien rodé, indispensable à l'ensemble, chaque rouage remplit sa fonction, parfaitement indifférent à

14

celle du voisin. C'est ainsi que cohabitent, dans un vaste bâtiment sagement ordonné autour de plusieurs cours, cloîtres ou jardins minuscules, des religieuses et des élèves internes ou externes et des orphelines. Quelque trois cent cinquante « âmes »... Le collège, très renommé, reçoit les demoiselles de bonnes familles de la ville et de la province. Le ressort incontesté, à l'indiscutable autorité, en est la Très Révérende Mère Supérieure Générale qui succède presque directement à la bienheureuse fondatrice de l'Ordre, morte seulement depuis quelques années. Des relents de sainteté flottent encore entre les murs vénérables, remplissant ses Filles d'un zèle ardent.

Alors qu'est-ce qu'une poussière de petite fille dans un mécanisme aussi parfait ?

Combien de temps lui a-t-il fallu, toute émotion, toute joie, toute spontanéité étouffées, pour la broyer, la niveler, la faire disparaître enfin ?

Le « pourquoi » de sa présence ? Comment pourrait-elle encore se le demander ? Et puisqu'il est défendu de courir, la petite Marie-Romaine trotte de six heures du matin à neuf heures du soir, comme ses compagnes, sans cesse occupée, chaque jour que Dieu fait. Il y a juste une petite récréation le dimanche après-midi, dans le « préau » aménagé dans le grenier et une promenade trimestrielle en ville. Encore faut-il marcher à pas mesurés, en rangs, quatre par quatre et les yeux baissés.

Et le soir, elle n'a pas trop des quelques instants que lui laisse le sommeil avant de l'emporter pour essayer de mettre un peu d'ordre dans sa tête. Elle n'a pas peur du noir, comme certaines. Au contraire ! Quand la religieuse de garde souffle la bougie du dortoir, c'est pour elle le meilleur moment de la journée. Seule enfin, entre les rideaux blancs de son dur petit lit de fer, elle est libre ! En paix, elle se laisse envahir par toutes les impressions, les découvertes qu'elle a faites dans la journée. Elle cherche, elle réfléchit pour essayer de s'y retrouver. Heureuse encore quand son cœur ne les lui renvoie pas marquées du sceau douloureux de l'injustice et de l'humiliation.

Oh oui, elle travaille et elle en apprend des choses, Marie-Romaine !

Ainsi, l'autre jour, au cours de la promenade, les religieuses leur ont permis de relever un instant les yeux pour regarder sous les arcades, près du Duomo, un groupe d'enfants, sales, dépenaillés.

— Voilà, Mesdemoiselles, où vous en seriez sans notre bonté et la charité des élèves de notre Institution, puisque vous n'avez plus personne pour vous venir en aide.

Plus personne ? Mais...

Plus personne. C'est dit. D'ailleurs, c'est prouvé : comme les autres, elle n'a jamais de visite. Alors ? Elles sont « fruit du péché, de la misère et de l'inconséquence des hommes et des femmes »... Des hommes surtout, incarnation du diable. Cela doit être exact aussi, puisqu'au petit bois... Non, non, n'y plus penser, jamais.

Le mal est donc en elles ? Il leur faut pour l'extirper tout confesser, se mortifier sans cesse, éviter toute complaisance envers elles-mêmes .

Alors, c'est sûrement pour bien les habituer que personne, jamais, ne leur témoigne la moindre sympathie, la moindre affection, qu'elles n'ont pas le droit de se manifester de l'amitié. Pourtant, la petite religieuse de la lingerie lui fait bien des petits clins d'œil quand les autres ne la voient pas...

Et le petit pain... C'est pour leur bien aussi qu'il leur est repris par la Révérende Mère ?

Le petit pain ! Merveille des merveilles, réservé au petit déjeuner dominical, si bon qu'il leur semble un crime de le manger en une seule fois. Avec mille ruses, elles le cachent dans la table de nuit pour le savourer le soir au lit, miette à miette. Quel chagrin de constater sa disparition... Avarice, gourmandise, dissimulation. Comment savoir, pour le dire au confessionnal ?

Et les moqueries de ses compagnes ? Sans doute, sont-elles nécessaires pour combattre son orgueil ? Mais l'orgueil, qu'est-ce que c'est ?

16

Peur, oui ! C'est surtout peur qu'elle avait lors de la visite de l'Evêque. Ne l'ont-elles pas compris ? Et il a fallu qu'il s'adresse à elle — elle, si discrète qu'on la pense un peu demeurée — et que dans son émotion, elle réponde :

— Oui, Sonbeigneur au lieu de Monseigneur [1].

Que n'a-t-elle entendu, alors !

Et les élèves, toujours si bien habillées ? Peut-être est-ce pour ne pas les contaminer avec tous leurs péchés qu'elles n'ont pas le droit, les orphelines, de leur adresser la parole quand elles font leur ménage ou qu'elles les croisent en classe ou dans la cour ?

Et pourtant, il y en a une, petite et jolie, qui ose lui sourire, à elle, Marie-Romaine ! Et à elle seule. Elle en rêve. Elle a un empiècement et un col de dentelle, une robe froncée rose, des tresses dans le dos avec des rubans assortis. Elle voudrait tant les toucher ! Comment a-t-elle appris qu'elle allait partir ? Mystère. Alors, avec une audace folle ou un « esprit de désobéissance, d'ingratitude pour les bienfaitrices qui font tant pour elles, misérables créatures » comme dit la Mère, elle lui fait parvenir un petit billet : « Je suis triste que tu partes. Reçois un baiser de Marie-Romaine ». Le mal de l'absence pendant quelques jours, puis, juste ciel !, l'ordre de comparaître devant la Supérieure générale, épreuve plus redoutable que celle du jugement dernier.

— Vous, venez ici [2]. Comment avez-vous pu oser ?

L'enfant n'entend plus rien. Sa gorge est desséchée. Son cœur s'arrête puis repart si fort que cela doit se voir à ses tempes et à sa blouse devant... Et la sentence : « ... à genoux sur des petits pois secs à la chapelle et lecture au pupitre pendant les repas au réfectoire ». Les petits pois, tant pis ! Mais lire devant les autres ? Elle ? Oh ! Mon Dieu... Elise — elle s'appelait Elise — pourquoi m'avoir trahie ? Les Sœurs, encore une fois, ont rai-

---

1. « Si, Alzetta. »
2. « Voi ! Venite qui ! »

son : « Se fier à soi, aux autres, c'est bien. Se méfier des autres et de soi, c'est mieux ».

Et le diable ? L'enfer ? Vrais aussi, puisqu'ils sont peints à la chapelle ? Puisqu'elle a osé désobéir, se croire l'égale de l'autre petite fille ?

« Si elle ne veut pas mendier plus tard », comme dit la Mère, quand le couvent ne pourra plus la garder, elle doit travailler, apprendre un métier, s'entraîner à ne rien avoir, ni affection, ni bien, ni superflu. Elles savent, les petites orphelines, que la pauvreté les attend à leur sortie ; mais comme elles seront endurcies, habituées, elles pourront l'affronter pour l'assumer la tête haute, sans peine et sans faire le mal.

Heureuse ? Malheureuse ? Où trouver le temps de se le demander ? C'est déjà si difficile d'essayer sans cesse de bien faire alors que tout est défendu et que ce qui reste est péché !

Comme il est loin le carrousel des « pourquoi » des premiers jours ! Inlassablement, maintenant, tourne dans la petite tête celui de la crainte. Carrousel de la crainte de déplaire, d'irriter, d'attirer l'attention, de se faire remarquer... Et sa ronde obsédante, si elle efface à jamais les images d'autrefois, quel courage elle donne !

Les cheveux tressés d'une main énergique n'arrachent plus une plainte.

La soupe du matin, aux vieilles couennes encore pleines de poils, est avalée sans haut-le-cœur.

Les dalles des longs couloirs sont brossées jour après jour, malgré les crevasses et les engelures.

Les minutieuses broderies sont exécutées, chaque soir, aux places qui restent au bout de la longue table, les yeux brûlants de trop fixer. Il y a une seule lampe à pétrole pour quarante brodeuses !

Le souvenir des jeux se perd à être constamment debout, attentive à se rendre utile, toujours prête à faire quelque chose...

Et peu à peu, devenue insensible au froid, à la fatigue, aux privations, — ornements verts, blancs, rouges du Carême à

18

l'Avent, du Vendredi-Saint à la vigile de Noël —, matin et soir à la chapelle, Marie-Romaine prend, de jeûnes en jeûnes, le droit chemin, au fil de l'année liturgique...

Les plus grandes s'en vont ; des petites arrivent. Certaines se révoltent et disparaissent. D'autres s'étiolent peu à peu, ombres falotes « que Dieu rappelle à Lui », pauvres « âmes » anéanties par la grande horloge et le carrousel qu'elle suscite...

Le monde extérieur existe-t-il ? A-t-il changé ? L'orpheline note simplement que les dames n'ont plus de volants dans le bas de leurs jupes amples et que celles-ci sont maintenant droites devant et plus larges derrière. Corvée que ces promenades sous les regards curieux des passants qui les détaillent ! Depuis qu'elle en a pris conscience, comme elle a hâte de rentrer ! Quelle satisfaction, la lourde porte refermée, de relever la tête et, des yeux, reprendre possession des lieux, sévères certes, mais nets, propres et si protecteurs.

Si, pendant l'unique récréation du dimanche, elle continue à s'asseoir dans le préau du grenier, ce n'est toujours pas pour jouer mais pour pouvoir regarder haut, regarder loin... voir du ciel et des montagnes.

Parfois, elle regarde aussi ses mains, petites, aux jolis doigts fuselés, qui brodent de si beaux ornements d'église. Elle ne connaît pas son visage. Il n'y a pas de miroir au couvent et d'ailleurs, à quoi bon ? Elle n'a jamais vu son corps et à peine entrevu ses pieds qu'il faut toujours laver dans l'obscurité, revêtue d'une longue chemise. Elle est restée petite et de taille très mince. Elle se coiffe seule à présent et ses tresses déroulées frôlent ses genoux.

Maintenant, innocente et tranquille, elle fait entièrement corps avec l'horloge. Son mécanisme muet, automatique, fonctionne seul. Il est devenu elle, elle est devenue lui.

La nourriture ? Quelle importance ? L'important n'est-il pas de ne pas mourir de faim ? Elle pense aux cloches de Pâques, aux reposoirs des processions, aux fleurs de la Toussaint, à la Crèche de Noël, dans les chants célestes et les parfums d'encens...

19

Tout est en ordre en elle et autour d'elle. Les religieuses ont eu raison. Puisqu'elle n'a plus personne, qu'elle est vraiment pauvre et que pauvre elle restera, elle saura se contenter de peu. Son point d'honneur — d'honneur ? De qui tient-elle cela ? — sera de ne plus jamais rien devoir à personne grâce à son travail. Elle n'a aucun besoin : elle ne succombera donc jamais à la tentation, au mal. Irréprochable, aidant les autres comme elle a été aidée, elle ira dans sa vie avec droiture et sérénité. Elle ne jugera pas : la misère fait faire tant de choses. Elle a eu beaucoup de chance que, dans sa Miséricorde, Dieu l'ait conduite là. Elle qui aime tant l'ordre, la netteté, le calme et le silence, que serait-elle devenue dans la rue ? Comme elle aurait été malheureuse ! Ça y est... C'est dit ! Elle est donc heureuse ? Oui, si le bonheur c'est d'être en paix, de se tenir à sa place et d'y être en sécurité...

Elle aime le préau du grenier pour une autre raison : le soleil. Elle se laisse doucement réchauffer dans le chant des rondes et des comptines des petites. Elle lui offre ses mains abîmées par le travail. Elle ferme les yeux. Elle voit sa vie droite comme une route solitaire et tranquille.

Sans homme. Bien sûr, sans homme.

29 mars 1904 : Marie-Romaine, des Orphelines des Dames du Sacré-Cœur de Jésus, a dix-huit ans.

II

Tenant sa jupe d'une main et sa lampe à pétrole de l'autre, Marie-Romaine, sa journée terminée, monte se coucher par l'escalier de service.

Elle entre dans la petite mansarde près du grenier, ferme sa porte à clef, pose sa lampe et ouvre sa lucarne. Elle ne voit rien, mais elle entend vivre la ville. Elle sent le jeune été à mille petits riens : parfum des tilleuls, bourdonnements d'insectes, petite brise légère... Il ne pleuvra pas ; elle peut se coucher en laissant ouverte sa minuscule fenêtre. Elle souffle sa lampe. Etendue, elle se recueille et soupire.

Ainsi Zia Momi existe bien. Et elle a un mari : Zio[1] Girolamo, d'où lui vient ce surnom de « Momi ». Une fillette aussi : Adèle. Et elle, Marie-Romaine, a une petite sœur : Virginie !

Une angoisse la prend encore, chaque fois qu'elle revit, depuis trois mois, l'événement en pensée. Quelle émotion et quelle surprise quand, appelée au parloir par la Supérieure, elle s'est trouvée tout à coup face à cette forte dame en gris poussant devant elle une adolescente pâle et menue !

— Me reconnais-tu ? Je suis ta Zia Momi.

Du fond de sa mémoire, une image floue essaie de resurgir sans y parvenir.

1. Oncle.

21

— Et voici ta petite sœur Virginie.

— Ma petite sœur ?

Elle ne peut dire que cela, stupéfaite de se découvrir tant de famille à la fois et tout à coup si mal à l'aise... Dans sa tête, dans son cœur, le carrousel oublié, rouillé depuis tant d'années, essaierait-il de se remettre en marche ? Avec les mystères, les peurs qu'il traîne dans son sillage, il est si menaçant pour l'équilibre intérieur ! Marie-Romaine respire profondément. D'abord se dominer et regarder la réalité en face. Il y a tant de résignation sur le visage las de la petite inconnue.

— Oui, ta petite sœur. Comme tu es en âge de sortir, elle vient prendre ta place. Je t'ai trouvé du travail. Va chercher tes affaires.

Deux sœurs : Marie-Romaine, Virginie. Elles se sont retrouvées un instant, l'une devant l'autre, un maigre baluchon à la main, n'ont pas su si elles devaient se sourire, ont gauchement essayé puis se sont croisées. L'une entrait, l'autre sortait...

Le temps de quitter sa blouse d'orpheline, de dire une dernière fois :

— Loué soit Jésus-Christ !

— Maintenant et...

Et elle s'est retrouvée dans cet hôtel particulier.

Une grande et belle dame, dans la première vraie robe qu'elle ait jamais vue, lui a expliqué ce qu'elle attend d'elle. Assise ou debout, enjuponnée d'atours superposés de percale et de taffetas, serrée dans un corset étroit, le col baleiné, elle se meut avec une grâce exquise du buste et de jolies flexions de la nuque... comme pour ménager l'échafaudage savant de son chignon. Et cet art froufroutant lui permet, devant les yeux émerveillés de la jeune fille qui n'a jamais rien vu de si beau, de se déplacer tout en parlant, les pieds invisibles...

Il y a aussi, dans cette maison si luxueuse, une cuisinière, une femme de chambre, une femme de service, un valet et un cocher. Dans la solitude de la lingerie, elle est en sécurité et son travail devient tout pour elle. Méticuleuse, elle l'accomplit avec

22

un soin extrême. Elle est gênée par les repas pris en commun à l'office. D'abord accueillie avec indifférence par le reste du personnel, elle suscite maintenant une certaine irritation. Au fond de son lit, Marie-Romaine cherche à se l'expliquer.

Madame la Comtesse a l'air satisfaite de son travail et elle, elle fait tout pour passer inaperçue. Alors ? Le cocher a tenu devant elle, l'autre jour, des propos bizarres qu'elle n'a pas compris, tandis que les autres éclataient de rire. Ils l'ont accusée de faire la fière, « comme si d'être passée chez les Orphelines pouvait être un titre de gloire ». Vraiment, elle n'a pas compris..., Ou alors, elle est bête comme on le lui a si souvent répété !

Il faudrait qu'elle puisse demander à Zia Momi pour ses parents, ou plutôt à Zio Girolamo, moins intimidant. Mais quand ? Puisqu'elle ne sort pas de la maison de ses maîtres. Et Virginie ? Comment avoir des nouvelles puisqu'on n'écrit pas aux orphelines.

Elle travaille. Elle subvient à ses besoins. Elle n'est à la charge de personne. Son rêve se réalise. Elle a une vraie robe noire, stricte, mais neuve enfin, avec, pour l'agrémenter, un col blanc de même tissu que son bonnet et son tablier. Dans sa lingerie, elle est seule toute la journée, sauf quand Madame l'appelle pour un travail urgent. Elle en est toujours très émue, mais n'a presque plus peur. Elle sait pouvoir faire ce qu'on va lui demander, vite et bien. En passant, elle admire chaque fois les mains expertes de la femme de chambre qui savent si bien coiffer et parer. Elle n'ose lui parler.

Elle devrait être heureuse... Elle a une bonne place et elle la tient avec le meilleur d'elle-même. Elle est bien habillée, elle mange à sa faim et tant de nourritures nouvelles qu'elle en est ahurie ! Oui, elle devrait être heureuse... Et pourtant, elle ne l'est pas tout à fait. Ce qui l'étonne, dans ce monde nouveau qu'elle découvre, c'est l'abondance, le gaspillage. Son malaise doit venir de là. Pourquoi posséder tant de choses, alors qu'il en faut si peu pour vivre ? Pourquoi manger tant de plats, alors qu'un seul peut rassasier ?

Elle n'arrive pas à dormir. La sauce de ce soir, peut-être ?
Si elle osait descendre pour demander une tisane ? Elle enfile
sa robe sur sa chemise de nuit, met son châle sur les épaules.
Tant pis pour ses tresses, personne ne la verra, elle les laisse dans
son dos ! Elle connaît maintenant assez bien la maison pour se
diriger à tâtons sans réveiller personne. Voici l'entresol et la
cuisine. Elle hésite et s'immobilise. Des voix joyeuses discutent
derrière le battant. Que faire ? Repartir ? Avancer ? Qui dérange-
t-elle ? La porte s'ouvre tout à coup, la surprenant comme une
fautive :

— Ah ! Mademoiselle nous espionnait ?

— Mais non, Monsieur, je venais demander une infusion !

— A d'autres, ma belle. Depuis combien de soirs nous sur-
veilles-tu ?

— Vous surveiller ? Pourquoi ? C'est la première fois, Monsieur, que je redescends...

Ils sont là, cuisinière, valet et cocher, haineux, l'haleine empes-
tant l'alcool, à la regarder, essayant de cacher les reliefs de la
table. Elle recule, recule, puis, prenant sa longue jupe à deux
mains, elle grimpe dans sa chambre aussi vite que ses jambes
tremblantes, son châle qui tombe et ses cheveux qui se dénouent
le lui permettent...

De ce jour, quelque chose a changé dans la maison. Pourquoi la Comtesse la regarde-t-elle ainsi pensivement ? Pourquoi
le personnel ne lui adresse-t-il plus la parole ? Sans relâche pourtant, dans sa lingerie, elle continue son travail solitaire et cons-
ciencieux. Elle n'en sort que lorsqu'elle ne peut faire autrement. La cuisinière la boude ou la couvre d'injures. Le cocher
raconte de drôles de choses et ricane. Jusqu'au jour où Madame
la fait appeler :

— Ma petite Marie-Romaine, je regrette que votre caractère
particulier ne s'accorde pas avec celui de mon personnel. Ma
cuisinière, qui est excellente, me prie de choisir entre elle et
vous. Ma pauvre enfant, une lingère se retrouve plus facilement
qu'une cuisinière ! Depuis six mois, je n'ai qu'à me louer de vos

services, mais je ne peux me séparer de mon cordon bleu. J'ai donc fait prévenir votre tante et elle va venir vous chercher.

Que dire ? Crier son innocence, son mal de partir ? S'élever contre l'injustice ? Dire à la Comtesse qu'on l'abuse, qu'on gaspille à l'office à ses dépens ? A quoi bon... Est-ce qu'on croit une orpheline sortie d'on ne sait où ?

Il faut se taire aussi devant le mécontentement de Zia Momi.

Cette maîtresse femme dirige une petite pension de jeunes filles. Son mari, grand, maigre, avec de belles moustaches, travaille dans l'Administration. Cela n'arrange pas du tout la tante de garder chez elle cette nièce orpheline. Le problème n'est pas de lui trouver un lit, mais du travail. Lui avoir fait donner pendant tant d'années une « si bonne éducation » rend insupportable l'idée que celle-ci puisse se perdre dans l'oisiveté, mère de tous les vices. Et « il y a assez de malheurs dans la famille comme cela ».

Marie-Romaine sent bien qu'elle est de trop. La peur revient. Elle essaie à chaque instant d'être utile... et invisible autant qu'elle le peut ! Mais où aller pour ne gêner personne ? Retourner au couvent ? C'est impossible : elle n'a plus l'âge et puis sa petite sœur a pris sa place.

Et pourtant, elle en franchit le seuil une dernière fois avec sa tante, appelée d'urgence parce que la petite Virginie se meurt. Trop faible, trop fragile, pas même une année, elle n'a pu supporter le rythme de la grande horloge. Elle est là, à l'infirmerie, les yeux tristes et absents, secouée de quintes, plus pâle que ses draps. Elle ne peut presque plus parler. Et les questions qui brûlent le cœur de Marie-Romaine ne seront jamais posées. Pauvre Virginie, petite fleur délicate trop tôt fanée ! Sur quel secret ? Sur quelle souffrance ? La grande sœur n'oubliera plus le pathétique regard.

Elle y repense bien souvent en gardant les enfants d'une amie de sa tante. Deux jolis bambins, habillés comme des poupées avec des dentelles et des rubans. Son travail provisoire consiste à les promener chaque jour dans le jardin public.

Elle a essayé de questionner son oncle, un jour qu'ils étaient seuls. Il a hésité, puis lui a dit :

— Ton père était mon frère. N'en parle pas, petite, c'est mieux !

— Pourquoi, mon oncle ?

— Avec ta mère, ils sont la honte de notre famille. D'ailleurs, on ne sait plus où ils sont et c'est mieux ainsi. Va ta vie et n'essaie pas de savoir...

Oui, la vie... la vie reprend et le printemps timidement revient. Les montagnes qui couronnent la ville sont toujours encapuchonnées de neige, mais les ruisseaux, les fontaines accélèrent leur rythme ; dans les lavoirs, les battoirs résonnent clairement, les pigeons reviennent flâner devant le Duomo et dans le soleil, les oiseaux mènent leurs disputes bruyantes de toit en arbre et de rue en place.

Marie-Romaine s'occupe maintenant toute la journée des bébés. Elle part rapidement le matin et revient le soir, toujours par le même chemin. Elle a peur de la ville, des gens qu'elle rencontre, peur d'avoir à parler, à donner un renseignement... Elle court de la pension de sa tante, où elle dort, à son travail qui n'est pas loin. Pour promener les bébés, c'est le même parcours, sauf qu'il faut tourner au coin de la rue pour aller vers le jardin public.

Chaque soir, avant de se coucher, elle raccommode le linge de la pension pour sa tante. Il lui semble ainsi moins lui devoir. Le dimanche matin, après la messe, elle se rend encore utile. L'après-midi, elle brode près de la fenêtre. Elle aime le calme de la maison, du quartier, en ces heures dominicales, semblables à d'autres, à beaucoup d'autres, vécues dans le préau d'un certain grenier...

Seule, l'Harmonie municipale trouble la paix vespérale quand elle va ou revient de son lieu de concert. Son flux et son reflux vibrants et joyeux animent un instant la rue où toutes les fenêtres se couronnent de têtes jeunes ou vieilles. Les musiciens, fort connus et plus encore appréciés, lèvent un instant les yeux et par petits signes discrets saluent çà et là, leurs amis. Il en est un surtout dont les pitreries le font souvent applaudir.

Marie-Romaine, en ce dimanche de printemps, furtivement s'est regardée pour la première fois dans une glace. Sous les bandeaux ondulés des cheveux d'ébène, elle n'a vu qu'un petit visage pâle « d'anémique », mangé par deux grands yeux noirs en amande, une petite bouche à peine proéminente. Rien de particulier en somme. Alors pourquoi ce grand jeune homme si distingué la regarde-t-il ainsi, avec un doux sourire, quand elle garde les enfants dans le jardin public ? Et qu'y fait-il, lisant paisiblement à l'heure où d'autres travaillent ? Il est beau, il a de longues mains fines... A ce souvenir, un peu de rose monte à ses joues. Elle craint qu'on ne voie son émoi et comme l'Harmonie passe, elle se penche à la fenêtre... C'est alors que le jeune pitre-musicien lève la tête et l'aperçoit. Il la regarde, la regarde... au point d'en perdre le pas cadencé et d'être distancé. Elle s'est précipitamment retirée derrière le rideau tandis qu'il court rattraper les autres. Et les spectateurs, croyant à une nouvelle facétie, sourient.

Une belle route droite, pleine de silence et de travail, seule, sans homme... Il n'y a pas une année qu'elle est sortie du couvent et déjà on la marie !

Non, ce n'est pas elle qui a voulu. Ce n'est pas elle qui a choisi. Et pourtant ! Est-ce qu'on peut faire autrement, quand on est pauvre et sans vrai travail ? Et... qu'on a été élevée chez les Orphelines ?

Si seulement le jeune homme lui plaisait... Ce serait moins dur. S'il était comme... celui du jardin public. Le premier qu'elle ait osé regarder à la dérobée, vite, très vite. Pour lui, elle a un instant oublié toutes les recommandations reçues au sujet des hommes, incarnation du diable. Les autres, peut-être, pas celui-là, trop doux, trop fin, trop racé... Mon Dieu, que va-t-elle chercher ? Trop malade, a dit Zia Momi, en passant un jour par là. Alors ce sourire qu'il a pour elle ? Sérénité ? Courage ? Résignation ?

Tandis que l'autre, celui qui est son fiancé... Plutôt petit, mince, les cheveux bruns aux boucles indisciplinées, il a une gaieté qui l'effarouche.

Après l'avoir vue à la fenêtre, oh ! cela n'a pas traîné, il est venu demander sa main à Zio et Zia Momi qui, renseignements pris, l'ont accordée. Ils lui en ont parlé, bien sûr :

— Il est typographe, travailleur, honnête et sérieux. Et il ne boit pas. Tu vois, c'est un excellent parti.

— Mais je veux travailler et non pas me marier...

— Travailler, évidemment, mais où ? Et pour combien de temps ? Tôt ou tard, tu te marieras. Celui-là tient fort à toi et il est venu nous demander l'autorisation de te parler. C'est un garçon bien élevé.

— Mais est-ce que je ne peux pas attendre ? S'il faut que je me marie, pourquoi faut-il que cela soit avec celui-là ? Et elle ose ajouter tout bas : il ne me plaît pas beaucoup...

— Voyez-moi cela ! Mademoiselle, en plus, fait la difficile ! Estime-toi heureuse, au contraire, qu'on veuille de toi...

Et voilà, toujours la même chose. Qu'est-ce qu'elle peut dire, Marie-Romaine, puisqu'elle n'a de place nulle part ? Alors, puisqu'il le faut : marions-nous !

Et le fiancé vient faire sa cour. Il arrive chaque dimanche après le concert, ponctuellement, son petit chapeau rond tournant entre ses mains nerveuses. Il discute avec son oncle et sa tante et elle, assise un peu à l'écart, silencieuse, écoute.

Se peut-il qu'elle soit obligée de passer toute sa vie avec cet homme ? Ses chaussures ne sont pas toujours cirées, ses pantalons tombent un peu en accordéon. Il manque même, un jour, un bouton à sa veste que Zia Momi lui demande de recoudre. En plaisantant, le fiancé quitte son vêtement. Ouf, il est propre ! Sa chemise est impeccable. Quelle drôle d'impression, cette veste encore chaude sur les genoux et cette odeur subtile d'encre, de tabac, de lavande... Le jeune homme, en gilet, bavarde toujours. Pourquoi veut-il se marier avec elle ? Elle lève les yeux et surprend son regard un peu ému, un peu inquiet... Cela lui arrive souvent de la regarder ainsi. Serait-il différent de ce qu'il paraît avec ses allures désinvoltes ? Comment savoir ? Elle ne sort de son silence que lorsque sa tante l'interroge. D'ailleurs de quoi pourrait-elle parler ? Elle ne sait rien. Au couvent, on ne parlait pas. Et que dire de la vie toujours égale qu'on y menait ? Les tentatives de dialogue de son « fiancé » ont échoué. Après son départ, sa tante la tance quelquefois vertement. Elle se creuse la cervelle... mais que pourrait-elle dire ?

Un après-midi, alors qu'elle l'attend dans l'anxiété de ne savoir que raconter, les notes limpides d'une joyeuse ritournelle l'ont attirée à la fenêtre. C'est lui qui, avec sa mandoline, lui fait une aubade. C'est joli ! Elle va sourire, quand elle s'aperçoit que la musique a attiré d'autres têtes que la sienne aux fenêtres. Elle se retire vivement, tout plaisir envolé. Et quand sa tante l'envoie ouvrir, elle lit de la tristesse dans les beaux yeux bruns du jeune homme...

Drôles et courtes fiançailles... Elle apprend ce qu'est un typographe, mais aussi une clarinette. Jean — c'est le nom de son fiancé — joue de cet instrument dans l'orchestre municipal. Il assiste aux répétitions chaque semaine. La mandoline est pour son plaisir. Il a un ami qui cisèle merveilleusement le cuivre : Gigi. Il sera son témoin. Sur les conseils de sa tante, elle a choisi la dame chez qui elle travaille pour être le sien. Elle explique enfin qu'elle sait broder, surtout les ornements d'église et qu'aucune sorte de raccommodage n'a de secret pour elle.

Du côté de la paroisse Saint-Pierre, un petit logement est trouvé. Avec le fruit de ses premiers salaires qu'elle lui gardait, Zia Momi achète les objets et linges de première nécessité. Jean, aidé de son ami, s'active pour installer quelques meubles. Les jours passent trop vite au gré de Marie-Romaine. Son dernier soir de jeune fille arrive. Mélancolique, elle brosse soigneusement sa robe noire, cire son unique paire de bottines, met un mouchoir dans son premier petit sac, noir aussi.

— Que tout soit prêt, dit *Zia Momi*.

En effet, le mariage a lieu à cinq heures du matin à Sainte-Marie-Majeure et ce n'est pas tout près. De si bon matin, car Jean veut, par le premier train, l'amener en « voyage de noces » pour la journée, sur le lac de Garde, à trente kilomètres.

Si seulement tout pouvait être déjà fini !

III

Marie-Romaine, un peu essoufflée d'avoir couru — elle court toujours quand elle fait les courses, c'est une telle corvée pour elle ! — pose son filet, enlève son châle et noue son tablier. Elle reste indécise devant ses achats. Pourquoi, au marché, a-t-elle demandé, comme la personne avant elle.

— Une livre de friture, s'il vous plaît.

Parce qu'elle ne sait pas acheter, parce qu'elle ne sait pas même le nom des morceaux, le nom des produits ! Elle est émerveillée devant les dames qui, avec assurance, choisissent, critiquent, réclament... Et puis des petits poissons, cela doit être facile à cuire ; le marchand a bien dit à qui voulait l'entendre qu'il ne fallait pas les vider, mais les passer à la farine et les jeter dans l'huile.

La matinée s'étire. L'heure du repas approche et avec lui le retour de... son mari.

Marie-Romaine active son feu. La barre et les boutons de cuivre de sa cuisinière brillent comme de l'or. D'ailleurs tout brille, tout étincelle dans le petit logement.

Les poissons sont prêts ; voici la poêle, l'huile. Elle les met à cuire... courageusement. Pourvu que ce soit bon et que son mari soit content.

Son mari. Oui, son mari. Elle regarde son alliance. Il n'y a pas huit jours qu'elle la porte ; elle ne laisse pas encore de trace à son doigt. Allons, il vaut mieux ne pas penser et travailler !

Elle met son couvert. Deux assiettes, une pour elle, une pour... son mari. Comment empêcher sa pensée de revenir sans cesse vers lui ?

Le matin de son mariage, alors qu'elle quittait la maison de sa tante, Zia Momi, manifestant pour la première fois un peu d'émotion, l'a retenue un instant. L'embrassant rapidement, elle lui a simplement conseillé :

— Petite, ne t'étonne pas ! Fais tout ce que Jean te demandera. Tu promets ? Bon, va maintenant, tu vas être en retard.

Courte cérémonie à l'aube, dans l'église silencieuse, devant un vieux curé, à la seule lueur de deux cierges. Félicitations des témoins, un peu bruyantes de la part de Gigi et écourtées par un « mari » qui craignait de manquer le train...

Et ils s'en sont allés vers la gare. Jean la tenant pour la première fois par la main, comme une enfant, heureux, si heureux de lui faire découvrir le monde. Tout est nouveau pour elle ! La gare, le train tout neuf, les paysages, la situation : être mariée, voyager... seule avec un homme ! Craintive, elle l'observe furtivement. Dès qu'elle rencontre son regard, elle s'attache à contempler, par la petite fenêtre, montagnes et vallées. Non, quand même pas avec un homme, avec son mari. Mais la différence ?

Elle a conscience de se tenir raide et de se raidir davantage encore lorsqu'il s'approche et se penche vers elle pour lui expliquer tel sommet, tel village haut perché. Avec surprise, elle constate qu'il connaît chaque pierre de ce pays et qu'il l'aime. Comment peut-il en parler ainsi ? Savoir tout cela ? Qui est-il ? Quelle était sa vie avant qu'il la connaisse ?

La ligne toute nouvelle s'arrête à Mori. Avec soulagement, elle quitte le train. Dans la voiture à cheval qui descend vers Torbole, il y a d'autres voyageurs qui joyeusement s'interpellent en patois trentin. Quel besoin ont ces gens de se manifester si bruyamment ? Sont-ils vraiment contents ? Marie-Romaine n'a pas le temps de trouver une réponse ; les chevaux s'arrêtent sur la place de Torbole, près du port. Elle donne machinalement la main à son mari pour descendre de voiture. Elle ne l'entend même pas lui dire :

— Tu sais, Marie, c'est ici que je suis né.

Elle est si fascinée par le lac qu'elle perd toute notion de lieu et de situation. Il vient de lui apparaître en effet brusquement, turquoise dans l'à pic des montagnes, les rives scintillantes aux confins mystérieusement voilés de brume. Si sauvage à droite vers Riva, si beau. Les barques dansent doucement sous les ébats aériens des mouettes. Les pigeons, rassurés, reviennent. Et cette orgie de parfums, de couleurs, de fleurs, de fruits inconnus ? Lauriers-roses, palmiers, cyprès, aloès, romarin. Les hautes vignes descendent jusqu'au bord de l'eau. Les oliviers argentés frémissent. Oui vraiment, le lac l'émerveille. Elle en a plein les yeux, plein le cœur. Et elle reste plantée sur le quai, frêle statuette noire.

Quelqu'un touche son bras. Elle reprend contact avec la réalité et rougit très fort. Son « mari » est là ; il la regarde, heureux.

— Tu es jolie, Marie...

Le feu ne quitte pas ses joues.

— Viens, je vais te conduire en barque jusqu'à Riva où nous prendrons le bateau pour traverser le lac.

— Monter dans... ? Oh, je ne pourrai jamais, il y a trop d'eau !

Jamais en effet, elle n'en a tant vu ! Son mari a beau lui expliquer qu'il a grandi dans ce village, qu'il connaît par cœur ce petit bout de côte, qu'il nage comme un poisson. Rien n'y fait. Elle ne peut vaincre sa peur... Et comme la barque est louée, ils font leur première promenade, lui... sur l'eau et elle sur terre, tout au long du sentier qui serpente vers l'embarcadère ! Là, une autre difficulté l'attend : la faire monter dans le grand bateau ! Comme certaines choses peuvent donc être simples pour les uns et terrifiantes pour les autres ! Courageusement, elle se place au milieu ; elle peut se croire ainsi sur la terre ferme et en regardant au loin, elle ne verra pas toute cette eau autour d'elle.

Et puis n'a-t-elle pas promis à sa tante ? Mal à l'aise d'être sur l'eau, au milieu de tous ces gens si sûrs d'eux-mêmes, oisive, pleine de remords de n'avoir pas obéi à son mari pour la barque, elle est incapable de savourer la douceur de l'heure et la beauté sans égale du lieu. Complètement désorientée, dépaysée, elle essaie de maintenir, de surmonter l'angoisse grandissante qui s'empare d'elle au fil des minutes. Puis, n'y tenant plus, elle ose dire :

— Jean, j'en ai assez. Je voudrais rentrer.

Lui qui la surveille depuis un moment, trop content qu'elle manifeste un souhait — elle est toujours si passive et réservée — accepte d'emblée. Le lac, lui, il le connaît ! Il lui explique simplement que leur province du Sud-Tyrol se termine là, à Limone et qu'au-delà, c'est l'Italie [1].

Le retour est plus détendu que l'aller. Jean, content de lui avoir fait plaisir, la taquine et lui raconte des « barzelettes » [2] pour la faire rire. Elle sourit.

Elle retrouve avec satisfaction Trento, sa rue et le petit logement qu'elle est venue nettoyer avec sa tante. Son mari ferme leur porte. Une inquiétude sourde affole maintenant son cœur. Elle a toujours vu Jean avec d'autres personnes, jamais seul. Que va-t-il se passer ! Elle range leurs affaires, prépare le repas froid. Il lui dit des choses gentilles qui ne la pénètrent pas. Elle va être seule avec lui. Elle est seule avec lui, elle n'y avait jamais vraiment pensé. Et soudain, elle s'interroge avec anxiété : que font les hommes quand ils sont seuls avec une femme ? Le froid de la peur qui étreint son cœur à chaque pulsation envahit tout son corps. Elle en tremble. Sait-elle seulement combien elle est tendre et désirable... et aimée ? Elle comprend maintenant pourquoi les hommes sont l'incarnation du diable et que les femmes doivent porter leur croix dans le mariage !

— Petite, fais tout ce que Jean...

---

1. Le Tyrol est une province de l'Empire d'Autriche comprenant les bassins de l'Inn, de la Drave et de l'Adige. Ce dernier est formé, au sud (Sud-Tyrol) par le Haut-Adige et le Trentin, la frontière austro-italienne passant à travers le lac de Garde.
2. Histoires drôles.

Elle ne dira rien. Elle tiendra sa promesse.

C'est de l'âme, pas du corps, qu'elle a souffert.

Ensuite, grâce au travail et à la solitude, elle a retrouvé une certaine paix, une certaine sécurité. Elle n'aime pas sortir, elle a l'impression que tout le monde voit sur son visage que cette chose lui est arrivée. Comment font les autres femmes pour aller et venir si naturellement, sans avoir honte ?

Elle est extrêmement froide et réservée avec son mari. Elle a tellement peur que « cela » se renouvelle. Elle s'applique à le servir, à deviner ses désirs, à entretenir son linge et sa maison, à être irréprochable enfin. Comme une esclave attachée à une divinité terrible dont il ne faudrait pas exciter le courroux. C'est cela : ne pas réveiller le diable en servant l'homme.

Car son mari est toujours un homme pour elle... Et pourtant ! Il s'intéresse à elle comme personne ne s'y est jamais intéressé, s'inquiète de savoir si elle ne manque de rien, si elle désire quelque chose. Non, non, tout est bien. Qu'il la laisse travailler et le servir, elle est heureuse pourvu qu'il ne lui en demande pas davantage.

Alors, pourquoi a-t-il l'air triste ? Pourquoi lui a-t-il dit l'autre jour :

— La vertu est bien amère quelquefois, tu sais, Marie...

Mon Dieu ! Les poissons !

Ils ont littéralement fondu dans la poêle, formant une immonde bouillie grisâtre ! Après la polenta pleine de grumeaux, le riz trop cuit, voilà les poissons immangeables ! Que va dire son mari ?

Marie-Romaine est désespérée. Tout craque en elle ! Devoir, résolution, équilibre, dignité. Tout est pulvérisé, écrasé par cette certitude qu'elle essaie d'étouffer depuis une semaine : elle est vraiment bête, elle ne sait rien, elle ne saura jamais rien, même pas rendre son mari heureux. Elle est incapable de cuisiner, incapable de tout. La preuve ? Elle n'a pas pu travailler, les gens se sont lassés d'elle... Alors, et si Jean aussi ? Et Zia Momi ?

Venues du fond de son enfance, toutes les larmes contenues héroïquement pendant ses années d'horloge, ravagent son cœur, son âme, son esprit. Elles montent à ses yeux comme un torrent, ruissellent sur son visage. Pour la première fois, Marie-Romaine pleure, le visage enfoui dans ses mains, toute secouée de sanglots. Elle pleure si fort qu'elle n'entend pas rentrer son mari.

— Marie..., Mariette..., ma chérie, qu'est-ce que tu as ?

Il s'affole, écarte les mains mouillées, embrasse tout à la fois, le nez, les yeux, les joues de petits baisers rapides.

— Qu'est-ce que tu as, dis ! Qu'est-il arrivé ?

Il ne sait qu'imaginer. Il est si inquiet qu'il ne réalise même pas qu'elle est souple dans ses bras.

— Regarde les poissons.

— Les poissons ? Quels poissons ?

— Mais ceux-là ! Regarde la bouillie.

— Et c'est pour ça ?

Oh ! qu'il est heureux Jean ! Alors qu'il désespérait de communiquer avec son épouse, voilà que son cher iceberg fond dans ses larmes. En vain, depuis huit jours, il cherche à savoir si elle est insensible ou maîtresse d'elle-même. Et voilà que sa petite fille sort de sa réserve, qu'elle est vulnérable, que le contact est rétabli !

— Tralalalala lère...

Il la prend par la taille et la fait valser :

— Que tu es bête de te faire du souci pour cela ! On mangera des œufs ! Tralala, que tu es souple et que tu danses bien. Ce soir, nous irons danser !

Et il rit, Jean ! Il rit à en devenir écarlate jusqu'à la racine des cheveux. Qu'il est heureux et qu'il est drôle ! D'abord interloquée, puis abasourdie, Marie-Romaine délivrée, sourit de sa joie, puis rit ! Elle rit comme elle n'a jamais ri !

Marie-Romaine pleure !

Marie-Romaine rit !

Vis, Marie-Romaine... !

IV

— Ciao Jean ! On ne te voit plus...

— Bonsoir... Pas le temps !

Raseur, se dit-il, un peu plus et « il m'attachait un bouton » [1] et Marie qui m'attend !

Il ne marche pas en rentrant de son travail, il court presque ! Les deux mains dans les poches de son pantalon, chapeau rond sur l'arrière de sa tête, sa chaîne de montre tressautant à chaque pas sur son gilet, veston déboutonné, il sifflote d'aise, heureux de rentrer chez lui.

Bénis soient à jamais les petits poissons ! Quelle étape dans leur vie ! Profitant de leur complicité toute nouvelle, le soir même, comme promis, il emmenait Marie-Romaine à la Brasserie, s'amusant fort de son exquise rougeur et de ses yeux baissés. Il suivait avec plaisir son étonnement puis son intérêt croissant pour cette musique légère un peu viennoise, un peu folklorique. Grâce à lui, assise en retrait derrière des plantes vertes, elle s'était peu à peu habituée aux bruits des conversations, des rires, des commandes... s'enhardissant jusqu'à observer furtivement les lieux et son entourage. Des couples plus ou moins jeunes, trouvant tout naturel d'être là, devisaient gaiement sans s'occuper de leurs voisins. Sur l'estrade, pendant la pause,

1. Il me tenait la jambe.

37

les musiciens essuyaient ou accordaient discrètement leurs instruments.

— Sans nous, Marie, ces gens ne travailleraient pas. Heureusement que nous sommes là !

L'inquiétude disparaît peu à peu du cher regard. Et comme l'orchestre attaque une valse, comptant sur son instinct d'obéissance, il profite de sa surprise :

— Viens, Marie.

Déjà elle est debout. Elle n'a pas le temps de réagir. L'enlaçant, il l'entraîne sur la piste au milieu des autres danseurs. Elle est affolée.

— Mais, Jean, qu'est-ce que tu fais ?

— Chut ! Ecoute la musique et compte un deux trois, un deux trois. Laisse-toi conduire.

Comme le souvenir de cet instant lui est agréable. D'instinct, sa femme trouve la cadence, légère, gracieuse, souple. Ils ont dansé toute la soirée. Il lui a offert ses premières pâtisseries et fait boire un peu de bière...

Ils sont ivres tous deux : lui, de bonheur, elle de musique, d'impressions nouvelles. Merveille, se disait-il, qu'elle soit à moi et que j'ai tout à lui apprendre, mais quelle responsabilité ! Se peut-il, pensait-elle, que la vie soit si extraordinaire et qu'il y ait tant et tant de choses que je ne sache pas ?

Alors, peu à peu, à partir de ce jour-là, il avait osé lui parler de lui : orphelin de mère et fils d'un haut fonctionnaire, héritier d'un bisaïeul fait « baron par la grâce de l'empereur », au soir d'une célèbre bataille où il s'était conduit en héros.

— Mon père, Marie, s'est remarié dans la grande bourgeoisie tyrolienne et ma belle-mère n'a jamais voulu m'accepter. Ma mère était une simple jeune fille des montagnes. Elle pensait qu'élevé sans elle, chez mon père, il me serait plus facile de m'intégrer dans son milieu et elle est morte en me confiant à ma grand-mère paternelle.

— Tu n'as jamais vu les tiens ? Ton père ? Tes frères et sœurs ?

— Jamais, Marie... Adolescent, j'ai voulu en mourir...

Comme elle sait écouter, Marie-Romaine ! Petit à petit, il sent qu'il n'est plus un étranger pour elle. Leur enfance d'orphelins dans la stricte discipline de l'un et la totale liberté de l'autre les rapproche, comme les unissent leur courage, leur droiture et leur honnêteté.

Estime et confiance s'installent en leur foyer. Un peu émus, un jour, ils se sont dit l'un à l'autre leur chance d'être ensemble. Lui apprécie, au-delà de sa réserve physique, le soin qu'elle prend de lui, de ses affaires, de sa maison, ses efforts, son esprit ouvert et sa sérénité. Elle, se dit bien heureuse dans son nouvel état, acceptant loyalement de le payer en accomplissant son devoir conjugal. Tout est donc en ordre en elle et autour d'elle. Elle comprend maintenant que les femmes mariées, malgré cette chose, puissent être heureuses. Elle l'est aussi, vraiment, tout au-dedans d'elle-même... Il lui arrive même de chanter en travaillant les airs qu'elle sait maintenant danser ou que le déchiffrage des études à la clarinette et à la mandoline de son mari lui révèlent.

La jolie voix fredonne un air de valse. Jean grimpe quatre à quatre les escaliers de leur logement. Marie-Romaine est prête. Ce soir, ils vont au théâtre.

Depuis qu'il a découvert la nouvelle passion de sa femme, Jean s'amuse tout autant du spectacle qui se déroule sur la scène que de celui qu'elle lui offre. En effet, quand, les trois coups frappés, l'obscurité envahit la salle et le rideau se lève, elle oublie tout, son mari, ses voisins, les belles dames en bas au parterre, les ors, les velours, les pourpres et le cristal qui l'impressionnent toujours. Impassible en apparence, une émotion monte en elle, un frisson indéfinissable parcourt sa peau... Elle perd la notion de toutes choses pour n'être qu'attente et accueil. Pourquoi cet amour pour le théâtre parlé ou lyrique ? Au-delà des décors, des costumes, des textes, de la musique, elle vit tous les drames, toutes les comédies. Paradoxalement, à une Marie-Romaine, touchante d'ignorance, la « vie » se révèle. Une vie à laquelle elle participe intensément, immobile, le buste légèrement penché en avant, le visage tendu, la narine frémissante.

Jean sait bien que sur le chemin du retour et pendant toute la semaine, elle va le questionner, lui demander son opinion, s'assurant qu'elle a bien compris et qu'elle a raison d'être indignée ou satisfaite. Elle se fait expliquer les intrigues au-delà de sa pudeur. Son jugement, sa conscience se forment à partir de ce qu'elle a appris, de ce qu'elle découvre avec son mari et retient avec son bon sens.

— Les religieuses ont raison, Jean. Le mal existe bien. Mais ce n'est pas si simple et les hommes n'en portent pas seuls la responsabilité. Les femmes aussi. Et puis, comme les gens sont compliqués, jamais contents, il leur manque toujours quelque chose pour être heureux. Le bonheur ce n'est pas d'avoir, mais d'être, même quand on n'a rien.

Elle réfléchit toujours en travaillant et lorsqu'elle a quelques loisirs, elle prend « son livre ». Son premier livre. Le premier ouvrage qui soit vraiment à elle. Jean le lui a offert quelques jours après « les petits poissons ».

Il s'intitule « Il piccolo focolare » [1]... Vite, elle a protégé l'humble couverture grise en la recouvrant d'un solide papier. Jour après jour, consciencieusement, elle a lu les dix-sept chapitres avec une satisfaction de plus en plus grande.

Apprendre à faire de la bonne cuisine est finalement économique et manger correctement ne veut pas dire gaspiller. Conseils et dictons, au fil des recettes, achèvent de la mettre à l'aise.

Elle souligne :
• On doit manger pour vivre et non vivre pour manger.
• Pain et paix valent mieux que pâtisserie.
• Personne ne s'est jamais repenti d'avoir peu mangé.
• La table vole plus qu'un voleur.
• Les choses restent auprès de qui sait les tenir.
• L'obéissance est sainte.

1. Le petit « âtre ».

40

- Petits sous économisés, deux fois gagnés.
- Chaque lendemain porte son pain.
- Honnêteté et gentillesse surpassent toute beauté.
- Telle cuisinière, telle cuisine.
- Soupe froide, hostilité ouverte...

Etrange et émouvant pouvoir d'un livre de cuisine devenant bréviaire et comme le testament spirituel d'une mère inconnue... Il est le maillon retrouvé, le trésor récupéré avec l'héritage de tout un passé de vertus et de traditions féminines et domestiques.

Marie-Romaine découvre ainsi qu'elle n'est pas vraiment bête mais ignorante et que l'assurance vient du savoir. Il est si facile de s'imposer quand « on sait », de s'intégrer aussi au lieu de fuir dans la crainte de ne savoir que dire, de ne savoir qu'expliquer. Pour les voisines qu'elle craint moins, elle est la petite dame du quatrième, discrète et tranquille. Elle a peu de visites : la femme du joaillier des arcades, son amie et celle de Gigi, toujours un peu bruyant, quand il vient chercher Jean pour les répétitions de l'orchestre.

Grâce à son cher livre, elle se sent moins sotte aussi, quand son mari la conduit quelquefois, le dimanche, rendre visite à sa famille paternelle. Elle a sympathisé très vite d'ailleurs avec ces oncle et tante dont la fille unique va devenir religieuse. Là, avec un étonnement infini, elle écoute raconter l'enfance de son époux. Une enfance si extraordinaire pour elle...

Se peut-il qu'il ait été cet enfant si espiègle et taquin que le jour de son départ pour la ville, les mères soulagées voulurent, en signe de joie sonner les cloches ? Se peut-il aussi qu'échappant à la surveillance de sa bonne grand-maman pour rejoindre les « piazzarolis » [1] sur les quais, il ait plongé si souvent recueillir avec la bouche, mains au dos, les pièces de monnaies que les touristes jetaient exprès dans le lac ? Au lieu de réciter sa prière, ne débitait-il pas, le plus sérieusement du monde, toutes sortes de sottises sous l'œil attendri de l'aïeule, sourde comme un pot ?

1. Galopins.

Se peut-il enfin qu'étouffant dans le beau collège, où, adolescent, il étudiait, lui, l'enfant de l'air, de l'eau, de la montagne, il ait réussi à s'échapper par les égoûts, traversant toute la ville souterraine dans les immondices et les tribus de rats pour arriver au fleuve où il menaça de se laisser couler si on ne lui permettait pas d'être libre et de travailler ?

Marie-Romaine sourit intérieurement et pense à la petite fille sagement assise dans le préau, le dimanche après-midi, chez les Dames du Sacré-Cœur.

Deux enfants si dissemblables et qui pourtant se sont trouvés pour « de vrai ».

V

Le feu ronfle dans la cuisinière. La nuit va tomber. Assise près de la fenêtre dans l'obscurité, Marie-Romaine soupire, un peu lasse. C'est Noël dans quelques jours... Et pour elle et Jean, ce le sera aussi au printemps. Se peut-il qu'elle attende un enfant ? Elle n'a pas changé ; leur vie n'a pas changé. Ses jupes seules deviennent trop étroites.

Un enfant. Cet inconnu... avec tout l'inconnu qu'il porte avec lui. Comme Jean est heureux !

— Un garçon, tu verras, ce sera un garçon !

Mais en elle, la grande roue oubliée voudrait se remettre à tourner.

On frappe. A cette heure, qui peut venir ? Elle allume et va ouvrir. Un homme se tient timidement sur le seuil. Très grand et très maigre, il se découvre respectueux et triture son chapeau entre ses doigts nerveux. Parce qu'il est âgé et extrêmement pâle, la jeune femme se recule pour le laisser entrer. Il reste adossé à la porte refermée et la regarde intensément.

Une angoisse l'envahit. Que lui veut-il ? Jean lui a bien recommandé de ne faire entrer personne. Un mendiant ? Il a trop fière allure malgré ses habits aussi nets qu'ils sont usés. Il s'assoit et regarde autour de lui, approbateur. Sa moustache blanche tremble ; il est obligé de se râcler la gorge pour arriver à placer sa voix pour parler.

— Tu es bien Marie-Romaine de Calavino ?

Elle tressaille, deux fois surprise : ce tutoiement d'abord, Calavino ensuite.

— Oui, Monsieur.

— Je...

L'homme avale sa salive et ferme les yeux avant de la regarder à nouveau.

— Marie-Romaine..., je... suis ton père.

— Mon ?...

L'orphelinat, les dimanches sans visite, les recommandations de Zia et Zio Momi... Elle est là, bouleversée jusqu'au fond de l'âme. Cet homme ment ou on lui a menti... Ce n'est pas possible !... Je ne vous connais pas, Monsieur... Elle a pensé tout haut, sans s'en rendre compte !

L'homme, douloureusement, hoche la tête. Elle le regarde, le regarde désespérément : non, rien, aucun souvenir.

Il comprend, il détourne sa tête blanche et bouclée, essuie sa joue et sa moustache d'une main tremblante, fait un geste vague en se relevant, tout raide, un geste qui signifie peut-être « à quoi bon » ou « à Dieu », la regarde, pathétique, une dernière fois, ouvre la porte et s'en va.

Debout, immobile, Marie-Romaine, hébétée, n'a pas bougé. Douze années... cela ne se remonte pas si vite.

A-t-elle rêvé ? Tout à l'heure, elle rêvait à l'enfant et c'est son..., l'autre maillon de la chaîne qui a surgi.

Elle court à la fenêtre. La nuit d'hiver est définitivement tombée. La rue est déserte, froide, morte... comme son passé.

Trop profondément bouleversée pour pouvoir détacher sa pensée de l'apparition, elle vit les jours qui suivent comme un automate. Jean n'y peut rien, ne dit rien... Un jour de janvier, il met en pleine semaine, son costume du dimanche. Elle s'étonne. Il parle de cérémonie. Mais, le soir, incapable de dissimuler, il explique :

— Marie, c'était l'enterrement de ton père. Il est mort dans un hôpital à Arco. Voyage pénible, déconseillé dans ton état.

Que dire ? Puisqu'à nouveau, tout est fini.

Et la vie reprend. Marie, alourdie, sort peu. Des jeunes gens, la prenant pour une fille mère, se sont moqués d'elle à cause de son air si jeune et si frêle. Elle attend donc les fins de semaine pour faire ses courses et se promener avec son mari.

Un dimanche de printemps, alors qu'au bras de Jean elle regarde les étalages sous les arcades, une vision fulgurante, à l'angle d'une rue, la cloue au sol. Une femme sans âge, qui a dû être très belle, chante une complainte en s'accompagnant à l'orgue de barbarie. Où a-t-elle vu ces yeux tristes, ce dessin de l'arcade sourcillère, ces pommettes hautes ? Un nom qu'elle ne peut retenir surgit soudain à travers les brumes de son enfance et monte de son cœur à ses lèvres :

— Maman !

Jean, qui regarde ailleurs, sursaute, tourne la tête et suit le regard de Marie. La femme, elle, l'air infiniment las, chante toujours, les yeux mi-clos...

— Tu es folle, Mariette ! Ton état te rend vraiment trop sensible. Viens, ce n'est pas bon pour notre bébé.

Et rapidement, il l'emmène. Marie-Romaine, future mère, jamais ne saura, ni ne retrouvera la sienne... pas même en rêve.

Le carrousel essaie de tourner. Pourtant l'accouchement ne l'inquiète pas. Elle ne sait pas du tout par où le bébé va sortir ; elle verra bien. Ce qui arrive aux autres, lui arrivera bien aussi. Pourquoi faire des histoires ? Non, le malaise ne vient pas de là. Après les chocs reçus, en pensant à l'enfant, elle voudrait renouer le fil et savoir de qui elle est. Elle voit peu Zio et Zia Momi. D'ailleurs, pour son père, ils ont simplement dit :

— C'est mieux ainsi.

La jeune femme ne se contente plus des dérobades d'autrefois, mais indiciblement mal à l'aise avec eux, elle n'ose toujours pas les questionner. Sa cousine Adèle, visiblement, ne sait rien.

Elle fait la connaissance aussi de celle qui est « Zia Nanni » pour tout le quartier. La jeune femme est impressionnée. Sur les douze enfants que cette « Zia Nanni » a eus, il ne lui reste que deux filles, Rosina et Maria. Cette dernière, malgré leurs faibles ressources, a préféré perdre sa place plutôt que de corriger des reproductions de nus chez le photographe qui l'employait. Quant à Rosina, elle brode un trousseau, véritable merveille évaluée à un demi-million en heures de travail. Le père boit et Zia Nanni, lorsqu'elle va le chercher au café, lui dit pleine de bonté :

— C'est triste d'être toute seule. Nanni, je viens voir si tu veux m'offrir un verre et puis nous rentrerons, tu veux bien ?

Le quartier se demande si le respect qu'elle porte à son mari, ne finira pas par le sauver. Pauvre Zia Nanni ! Elle vient de perdre son seul fils, noyé dans l'Adige. N'écoutant que son courage, malgré ses douze ans, il a plongé dans le fleuve pour sauver un petit camarade qui perdait pied. Et le courant les a emportés tous les deux...

Pour la distraire, Jean lui présente un autre ami de l'orchestre et sa femme. Il est affreux, mais boute-en-train irrésistible. Elle, a un caractère impossible. Fiancés depuis dix ans, après de multiples et orageuses ruptures, ils viennent de se marier, baignant dans les escarmouches continuelles, heureux comme des poissons dans l'eau. Gigi et sa femme ont trop de marmaille. Jean et Marie se promènent maintenant le dimanche avec leurs nouveaux amis. Les messieurs, devant, font les pitres et rient, heureux de la confusion de ces dames, quand les passants intrigués se retournent... sur elles ! Pour se faire pardonner, ils les emmènent à la pâtisserie et tandis qu'elles dégustent un « canoncino » [1], ils parlent gravement de l'avenir de leur cher Trentin. Devenir Italiens ? Ah, non ! Germanisants, pas davantage ! L'autonomie pour la province, voilà la solution. Les citadins sont si fiers de leur ville et de son patrimoine culturel et artistique !

Et sous l'œil d'aigle et les moustaches terribles de l'empereur François-Joseph, tout ce joyeux petit peuple complice parle patois au grand désespoir des autorités autrichiennes.

1. Cornet à la crème.

La Paganella a perdu sa calotte de neige ; dans le jardin public, les roses sont en boutons et les buissons couverts de fleurs dansent autour de la statue de Dante. Mai commence. Tout est prêt.

Mais l'enfant n'en finit pas d'arriver. Zia Nanni, inquiète, et la sage-femme font venir le médecin. Grand, maigre, avec une belle grande barbe carrée déjà grise, il a un air de grande bonté et de noblesse. Il est impressionné par la sérénité et le calme de la jeune parturiente qui, sans un mot, attend. Coincée au passage et délivrée par le praticien, c'est une petite fille qui fait son apparition en boulet de canon : Graziella.

— Tant pis pour le garçon, Mariette ! Ce sera pour la prochaine fois.

Marie-Romaine sourit dans sa lassitude. Jean est si émouvant dans sa joie de jeune père.

VI

Et quatre années sont passées. Lourdes. Très lourdes.

« La prochaine fois » annoncée par Jean à la naissance de Graziella est arrivée si vite... Le poupon n'a pas une année quand la petite Clara voit le jour. Deux bébés à allaiter, les langes, les bandes, le feu, l'eau dans la cour, les nuits blanches... Marie-Romaine, très pâle, est moite au moindre effort. Le médecin est inquiet. Il parle de mettre la plus petite en nourrice, en dehors de la ville, à flanc de montagne. Marie-Romaine ne peut s'y résigner.

Comme lui semblent futiles ses angoisses d'autrefois et les préoccupations de Jean pour être reçu chez son père !

— Pour faire connaître nos filles, Marie !

Engourdie de fatigue, elle lutte jour après jour pour aller au bout de sa journée, louve pour ses petites.

Et voici que la première, un matin, gît inerte dans son berceau, terrassée par la fièvre. Avec quelle énergie, elle retire sa marmite du feu, appelle sa voisine, lui confie les enfants, court chez le médecin et à l'imprimerie où elle n'a pourtant jamais osé mettre les pieds ! Elle a oublié d'enlever son grand tablier.

— Jean, vite ! La petite est malade.

Son instinct ne l'a pas trompée. Le bébé, souffle si fragile au fond de son berceau, a rougeole, varicelle et scarlatine à la fois...

48

Marie n'a plus de lait et le deuxième bébé pleure continuellement. Résignée, elle le laisse partir avec une culpabilité qui l'écrase.

Après des jours et des nuits de lutte, de veille, de soins attentifs, Graziella est sauvée. L'étau se desserre autour du cœur des jeunes parents. Ils vont pouvoir récupérer Clara que Jean va voir chaque semaine chez sa nourrice. Ils n'en ont pas le temps. On les prévient qu'elle ne va pas trop bien. L'inquiétude creuse leur visage dans le fiacre qui les emporte aussitôt.

Trop tard !... le joli bébé rose qu'ils ont confié n'est plus qu'une petite poupée de cire blanche qu'ils emportent éperdus, déchirés.

Quand, l'année suivante, elle met au monde une autre fille, malgré toutes les dissuasions, en souvenir de leur petite disparue, ils décident de l'appeler Clara.

Trois bébés en quatre ans, la maladie de l'un et la disparition de l'autre ont bouleversé Marie-Romaine au plus profond d'elle-même.

Quatre années... un siècle depuis qu'elle a quitté son couvent. Ce n'est pas possible que tout soit déterminé d'avance. Et puisque c'est « cela » qui fait venir les enfants, il y a là aussi, quelque chose qui n'est pas juste. Comment faire son devoir sans être une machine à bébés ? Quand elle interroge discrètement les femmes de son entourage, on lui répond :

— Résignez-vous, Marie, c'est le destin de toutes les femmes.

Se résigner, elle ? Jamais. Chercher, comprendre, puis accepter librement et faire son devoir, oui. Se résigner, c'est subir. Accepter, c'est être libre.

Il faut qu'elle cherche.

Et d'abord déménager. Jean a trouvé, près de Sainte-Marie-Majeure, un nouveau logement plus confortable. Il est au quatrième avec, cette fois, l'eau sur le palier et, grande nouveauté, le gaz de ville qui supprime, en été, les corvées de bois et de cendre pour la cuisine. De plus il y a deux chambres et une cuisine au sol de briques rouges vernies, si jolies.

Deux chambres. Mais alors, c'est peut-être la solution. Aux

grands maux, les grands remèdes. Marie dort avec ses filles et quand Jean rentre tard — il travaille beaucoup — ses femmes sont endormies et la porte de leur chambre souvent fermée à clef.

Il a renoncé à frapper doucement, il sait qu'elle n'ouvrira pas. Assez fou pour avoir cru un moment se faire aimer, il se convainc peu à peu de ne représenter pour elle, en fin de compte, que l'occasion d'être honnêtement casée...

Marie-Romaine, allongée dans le noir, éveillée, est quelquefois saisie d'angoisse. Ce « remède » est-il juste ? Et s'il avait besoin de cette « chose » comme elle se nourrit, elle, du premier sourire de ses filles, le matin, à leur réveil, et de leurs gros baisers sonores ? Rien ne transparaît de son combat intérieur. Elle vaque à son travail avec sa réserve souriante et sa sérénité coutumière. Dans le nouveau logement, propre comme un sou neuf, les fillettes en bottines, avec leurs longues robes et tabliers à volants, leurs longs cheveux retenus par des rubans, ressemblent à des poupées. Quand Marie-Romaine a des courses à faire, Graziella va à l'« asilo » [1] et si on lui demande ce qu'elle a mangé, elle dit, avec un petit soupir comique :

— Du 'iz, toujou du 'iz... [2].

Le babillage des enfants meuble maintenant leurs drôles de tête-à-tête. Jean fait quelquefois bien de la peine à Marie-Romaine. Alors, avec effort, elle a, vers lui, un geste de tendresse qu'il interprète aussitôt :

— Marie... tu veux bien ? Viens, Mariette !

Elle se rétracte immédiatement et fuit. Qui veut la fin veut les moyens. Pourquoi Jean ne le comprend-il pas ? Elle l'a rendu père, sa maison est en ordre, les enfants bien soignées. Que lui faut-il ? Ou pourrait-elle encore faire un effort ? En cuisine peut-être ? Avec les bébés, ces dernières années, elle a préparé des plats rapides. Dorénavant elle va les mijoter, pour lui uniquement, car pour elle c'est du temps perdu. Les mets sont aussi

1. A la crèche.
2. « Izo, sempé 'izo... »

bons quand ils sont préparés simplement, dans leur saveur propre. En pâtisserie, elle préfère aussi, aux gâteaux compliqués, les clafoutis, les crêpes, les crèmes et les beignets. Mais les sauces... Petites sauces de viande, de champignons, au poivre, au vezzena [1], à la tomate, poivrons et courgettes... Petites sauces si économiques, avec lesquelles on peut tout manger : polenta, riz, pâtes, pain, pommes de terre à l'eau qu'il aime tant. Cela suffira-t-il au bonheur de son mari ? Elle reste préoccupée tout de même.

Un jour, Piazza delle erbe, en faisant son marché, elle retrouve incidemment la femme de chambre de la Comtesse. Soudain, paralysée, Marie-Romaine ne sait que dire.

— Ma petite Marie ! Vous, ici ? Mais que devenez-vous ? J'ai quitté, moi aussi, Madame, peu après vous. Si vous saviez comme elle regrettait le départ de sa petite lingère si discrète et habile..., jugeant enfin la cuisinière à sa juste valeur. Figurez-vous qu'elle l'a trouvée plusieurs fois ivre !

Une douce chaleur envahit le cœur de Marie-Romaine. Plus à l'aise soudain, elle raconte à son tour son mariage, ses enfants. L'autre aussi est mariée à un cheminot et a un garçon de deux ans. Elles s'invitent. Marie-Romaine, étonnée, découvre chez sa nouvelle amie un bambin si grand qu'il paraît le double de son âge. Et il est si drôle ! Pour aller dormir, il apporte à sa mère langes et bandes, puis se plantant droit devant elle, les bras au long du corps, il se laisse emmailloter de la tête aux pieds comme un saucisson. Ses filles sont autrement turbulentes...

Marie sort peu à peu du long tunnel de l'écrasement physique. Le dépaysement ? Le confort ? Le repos ? Elle s'aperçoit que la vie continue, que chacun en assume une part différente et que la sienne n'est pas la plus lourde.

Alors elle regarde son foyer d'un œil neuf... et constate que Jean s'intéresse un peu moins à ses filles, qu'il rentre de plus en plus souvent très tard.

Tandis qu'elle accomplit son travail, les airs des valses d'au-

1. Sorte de parmesan.

trefois lui reviennent en mémoire. Au fait, saurait-elle encore danser ?

Un samedi soir, Jean, prétextant une rencontre d'affaires, soigne particulièrement sa toilette en chantonnant. Ses explications ne sont pas très précises. Prenant son courage à deux mains, pensant lui faire plaisir, elle propose de l'accompagner. La hâte qu'il met à refuser et les bonnes raisons qu'il donne à ce refus, lui paraissent suspectes...

Avec une maîtrise totale d'elle-même comme à l'accoutumée, elle le laisse partir :

— Non, tu sais, il vaut mieux, Marie. Cela te fatiguerait. Couche-toi, tu as encore besoin de repos.

Mille souvenirs, maintenant, resurgissent. En elle, déferlent les exemples de sa jeune expérience d'il y a quatre ans, au théâtre.

Comme il y a longtemps...

Elle a compris. Pas une minute à perdre.

Elle se fait belle aussi. Ses grossesses n'ont pas ajouté un centimètre à sa taille, ses cheveux sont coiffés en chignon torsadé sur le haut de sa tête et elle a des boucles d'oreilles. Elle est prête. Zia Nanni accepte de garder les petites filles. Elle va, en courant, jusque chez leurs premiers amis : Gigi et sa femme. Elle demande à cette dernière de lui prêter son mari pour la soirée. Sa détermination empêche les questions d'être posées.

Sans une hésitation, elle conduit son cavalier amusé par les rues de la ville. Elle explique. Il est d'accord. Elle sait où trouver Jean.

Voici la belle brasserie.

Comme elle est loin, la petite jeune femme éperdue qui en franchissait le seuil pour la première fois au début de son mariage ! Elle serre juste un peu plus fort le bras de Gigi. Dans l'ombre, il l'aide à retirer son manteau. Rien ne trahit son frémissement intérieur. « Il » est là, avec des amis. L'orchestre attaque une valse. « Il » invite une petite rousse et, radieux, file sur la piste. Marie-Romaine prend une large inspiration et se laissant enlacer par un Gigi heureux comme un roi de cette soirée inattendue, s'élance à son tour. Jean ne se doute de rien. Il danse, danse à en perdre le souffle. Elle se souvient de sa joie à elle, quand, fermement maintenue par son mari, danseur incomparable, elle pouvait se laisser griser par la sensation merveilleuse de n'être plus que rythme et musique... Et la voici entre les bras de Gigi qui manœuvre imperceptiblement pour s'approcher du couple. Lorsqu'il ralentit son allure pour changer de sens, Jean alors, complètement ahuri, voit passer sa femme qui discute gaiement au bras de son meilleur ami. La petite rousse est inquiète. Plantés au milieu de la piste maintenant, ils gênent les danseurs et se font sans cesse bousculer.

— Oh, pardon !

Jean reprend sa cavalière et essaie de rejoindre le couple inattendu. Cette fois, il arrive à hauteur de Marie-Romaine. Son cavalier et elle font d'abord semblant de ne pas les voir et continuent leur conversation. La valse se termine et les couples vont s'asseoir dans les coins opposés de la grande salle de bal. Voient-ils combien elle est toujours si joliment parée de fleurs et de plantes vertes dans l'éclat de ses glaces et de ses belles moulures dorées ?

Marie et Gigi dansent ensemble toute la soirée. Ils croisent sans cesse l'autre couple. Marie n'a pas dit un seul mot à Jean. Elle l'a regardé une seule fois, de toute son âme. Il lui a livré aussi son regard inquiet, clair, franc puis lumineux.

Joyau mystérieux que cette étrange nuit ! Chacun le gardera en son cœur sans en reparler jamais.

Et la vie reprend son cours, comme si cet « intermède » n'avait jamais existé.

VII

Alors, dans la jubilation intérieure et inexplicable de certains matins bénis où tout paraît en place en soi et autour de soi, où le monde entier semble vous appartenir, Jean et Marie-Romaine, pour marquer cette étape, déménagent à nouveau au numéro sept de la Via Garibaldi, juste derrière le Duomo et le Palazzo Prétorio. Situé au quatrième toujours, l'appartement est plus grand avec eau et toilettes sur un palier qui donne accès à une sorte de terrasse-grenier, si utile pour sécher le linge. Quelle joie de constater que, l'après-midi, cet étage échappe à l'ombre énorme de la cathédrale et qu'on peut voir l'heure au clocher par les fenêtres ensoleillées !

La santé de la jeune femme s'est peu à peu rétablie. Et parce qu'elle a pu vaincre un soir toutes ses peurs, elle regarde, maintenant, le petit monde qui l'entoure avec d'autres yeux. De l'horizon étroit et bien défini du couvent à celui des quatre murs de ses logements successifs, voici que, de sa fenêtre, la ville s'offre à elle et qu'elle est en mesure de la prendre, de la faire sienne pour la première fois.

Elle retrouve intactes, après les épreuves, sa curiosité et sa passion des choses et des gens.

D'abord un peu craintive, elle s'est rapidement attachée à son nouveau et si pittoresque quartier. Très animé, il est situé au centre de la ville. A droite, on aboutit aux arcades de la jolie

Piazza delle Opere et del Duomo où, près de l'Annunziata, habitent leurs amis joailliers et tout au bout, à gauche, par les Via Torre et Borgo Nuovo, à la Piazza di Fierra. Les immeubles de la rue ont une certaine harmonie avec leurs fenêtres symétriques, hautes, surmontées du même fronton sculpté. Leurs volets de bois, à lamelles, souvent fermés, s'ouvrent vers le bas par un panneau coupé à mi-hauteur. Les façades ont ainsi un petit air de fausse modestie avec leurs paupières mi-closes...

Dès l'aurore, la vie de la cité monte à l'assaut du petit logement sous les toits. Marie-Romaine en aime le rythme et les expressions diverses : claquement des sabots des chevaux de fiacre sur les pavés, grincement des roues de char à bœufs, ou des chariots à voirie, interpellations des vendeurs de journaux, des colporteurs, des badauds, orgue de barbarie, sonnerie des heures, cloches de l'angélus et des offices au Duomo, parfum exquis du pain chaud et du café grillé.

Très tôt le matin, le laitier passe avec sa charrette et sa clochette. A l'aube, délicieux de fraîcheur, le lait est descendu des alpages. Les petits fromages blancs et les boules de beurre sont vendus enveloppés dans des feuilles de figuier. Au rez-de-chaussée de leur immeuble, le charcutier transforme tout en petites saucisses qu'il vend en chapelets... Jalousie devant sa prospérité ? On murmure que les chats ont intérêt à ne pas traîner par là et que même le petit chien de Clara, cadeau de son papa, qui a disparu si mystérieusement...

— Si, si cara...

Marie-Romaine, malgré sa réserve et sa timidité, a vite sympathisé avec les habitants de la maison et spécialement avec sa voisine de palier, la signora Pontalti, la quarantaine charmante et sereine.

— Mais qui donc chante si souvent et si joliment chez vous, ose-t-elle lui demander un jour ?

— C'est Elena. Mais entrez donc que je vous présente ma belle-fille ; elle est notre rossignol.

Malgré son sang-froid, Marie-Romaine sursaute. Elle a devant elle une jeune fille doublement bossue, la mâchoire de travers, un œil voilé de blanc, mais coiffée d'admirables cheveux noirs. La jeune infirme respire la joie de vivre et brode merveilleusement, l'aiguille serrée entre l'index et le majeur, car elle n'a pas de pouce à la main droite.

Elles bavardent bientôt comme de vieilles amies.

— Maman et mes onze frères et sœurs sont tous morts tuberculeux... Hé oui, Madame Marie, je suis la seule fille restant de la première union de mon père.

Elena est donc très heureuse du remariage de celui-ci, d'autant plus que cela lui a donné un demi-frère qu'elle adore : Silvio. Cet enfant de dix ans est son dieu, « le bonheur de son cœur, la joie de sa vie » comme elle le dit elle-même en riant ! La jeune fille est très fière aussi de son père. Fort bel homme, la moustache effilée et les cheveux très soignés, il est chef de rayon dans le plus grand magasin de tissus de la ville.

— Graziella ! Clara !

Marie-Romaine sait où trouver ses filles. Lorsqu'elles ne sont pas à l'école ou à l'asilo, la plus grande joue souvent « à la messe » avec Silvio qui possède tous les objets du culte en cuivre délicatement ciselé. La petite, à côté d'eux, habille sa jolie poupée à tête de porcelaine, aux membres de bois articulés. Elle attend sagement d'être réquisitionnée pour « faire la paroissienne », les cheveux dissimulés d'office sous un voile. Il faut la voir alors faire ses dévotions, bien agenouillée, les yeux fermés et les mains jointes...

— Venez vite, vous allez déranger la Signora Pontalti et Elena ; elles ont du travail. Graziella, je t'ai préparé tout ce qu'il faut pour jouer à la marchande. Et toi, Clara, viens astiquer tes jolies casseroles.

L'effet est immédiat. Gigi, son parrain, lui a offert une batterie de cuisine complète qu'il a lui-même façonnée dans du cuivre jaune. La benjamine, qui jalousait la balance de l'aînée, aux plateaux et petits poids dorés dans leurs minuscules alvéoles, ne s'intéresse plus qu'à ses jolis ustensiles dont elle est très fière.

56

Marie-Romaine doit constamment la surveiller. Elle est vive et turbulente. L'autre matin, alors qu'elle lui a recommandé de ne pas bouger avant de descendre chercher son lait, ne l'a-t-elle pas suivie du haut de ses trois ans et des dix-huit marches de l'étage, sa poupée entre les bras ? En sautant le dernier escalier, la fillette est tombée. La tête en porcelaine n'a pas résisté et a même provoqué, dans la chute, une légère blessure à l'enfant. Chez le pharmacien où sa maman l'a emportée aussitôt, la désobéissante est très fière :

— Regardez, maman, Clara ne pleure pas.

Avec son pansement à la tête, la futée se laisse dorloter. Elle va même attendrir les voisines et se faire plaindre par tout le quartier.

Jamais inactive, tirant parti de tout, économe et ordonnée, Marie-Romaine a vite organisé leur vie dans le nouvel appartement.

Jean, qui laisse volontiers traîner ses affaires, la taquine sur sa manie de l'ordre.

— Mais non, Jean, je ne suis pas maniaque ! Est-ce que ce n'est pas plus beau quand tout est rangé, propre, à sa place ? Est-ce que tu n'es pas content de trouver tout de suite ce que tu cherches...

— Mais oui, mais oui... Chaque chose à sa place et une place pour chaque chose ! C'est ton luxe, n'est-ce pas, ma belle ?

Oui, l'ordre et la propreté : le luxe des humbles...

Certes, Jean est heureux de noter, jour après jour, les coquettes transformations de leur intérieur, non seulement parce qu'il fait bigrement bon y vivre, mais parce qu'elles prouvent qu'en prenant ainsi des initiatives pour les réaliser, son épouse acquiert une certaine confiance en elle.

— Dis, Mariette, tu te souviens de la première friture de petits poissons ?

— Oh, Jean ! Le rose envahit ses joues pâles... Ne m'en parle pas, j'étais si bête...

— Mais non, pas bête... Ignorante ! Ce n'est pas la même chose.

Il sait que chez lui aussi, maintenant, les jours de la semaine ont chacun leur tâche bien définie : lessive, repassage, couture ou raccommodage, grand ménage, cuivres, courses, grande toilette et pâtisserie. Et si elle se dépêche tant, Jean sait aussi que c'est « pour prendre de l'avance » et se ménager quelques heures pour broder, lire ou compenser le temps perdu par une visite faite ou reçue.

Au printemps et à l'automne, grands nettoyages : la ville résonne du claquement des tapis secoués, des matelas tapés, du chant des battoirs aux fontaines et aux lavoirs. Elle fleure bon la naphtaline, la cire d'abeille, l'essence de térébenthine... tandis que ses habitants « courent » grâce à l'huile de ricin, indispensable aux changements de saison.

A Pâques, suivant les possibilités de chacun, on étrenne quelque chose de neuf.

Et l'été, fuyant la chaleur, les citadins vont « ai freschi » [1] dans les fermes des montagnes alentours.

— Bonjour, Marie-Romaine ! Bonjour, les enfants ! Comment va Nane ?

— Bien cara, grazie. Mais il travaille beaucoup, vous savez ! Et le soir, en ce moment, il a répétition au Grand Théâtre.

— Toujours avec Gigi et Mayer ?

— Toujours ! Quel trio ! Si vous saviez ce qu'ils me taquinent quand ils viennent le chercher.

Le joaillier sort de son arrière-boutique pour saluer rapidement l'amie de sa femme qui passe souvent les voir en faisant ses courses avec ses petites filles.

— Alors, et Jean ?

Les enfants sont toujours fascinées par sa calotte, ses manchons noirs sur son éternelle blouse grise, la loupe comme rivée à son œil gauche.

_____

1. « Au frais. »

Son épouse, beaucoup plus jeune, est une belle et forte dame à la poitrine opulente. Elle semble toujours en adoration devant son vieux petit mari. Marie et Jean apprécient beaucoup la compagnie de ce couple discret et tranquille. L'impassible joaillier ne s'anime que lorsqu'il parle — si rarement — de « son Impératrice », au temps où Sissi l'appelait à Schönbrunn. Il avait été, à cause de son art, de son talent, de son honnêteté et de sa franchise, l'un de ses orfèvres préférés... Et cette préférence illumine encore ses vieux jours. Sa mort tragique le bouleverse encore ; il ne peut en parler.

— Quoi de neuf, Mariette, ce matin ?

— Le facteur a porté une lettre de Calavino. Adèle vient d'y être nommée comme institutrice. Elle nous annonce sa visite.

— Zio Momi viendra-t-il avec elle ?

— Elle n'en parle pas. Cela m'étonnerait. Tu sais bien que depuis la mort de Zia Momi et son retour chez lui, là-haut, il n'a plus voulu revenir à Trento.

— Et cet après-midi, que fais-tu ?

— Si l'état de son mari le lui permet, Zia Nanni doit venir me porter des haricots.

— Des haricots ?

— Mais oui, tu sais bien, les haricots verts de son jardin. Ceux qui sont recourbés en demi-lune, si tendres quelle que soit leur grosseur et surtout sans fils !

Et les jours, en perles lisses, nettes et régulières, s'enfilent dans le collier de leur vie laborieuse.

Grâce à leurs voisins, ils ressortent quelquefois le soir, puisque les enfants sont bien gardées. Tranquilles, ils peuvent donc retourner au théâtre ou danser ou bien encore écouter de la musique à la Brasserie Kraütner, juste à côté, dans la via Oss Mazzurana.

Douceur de ces retours, bras dessus, bras dessous, cœurs au diapason dans l'harmonie du soir. Montagnes invisibles, rumeurs assourdies, la ville dévoile des aspects charmants et inattendus dans le halo des réverbères ou les reflets de lune.

Marie-Romaine vibre. Elle interroge... enfin.

— Mais avant nous, avant nos parents, Jean, qu'est-ce qu'il y avait ? Et tout au commencement ?

Alors Jean raconte l'histoire de Trento depuis sa fondation par les Gaulois au IVe siècle, son évangélisation par saint Vigile, son appartenance aux Goths puis aux Lombards, jusqu'à son érection enfin en principauté épiscopale pendant huit siècles. Il dit l'honneur suprême du Concile à Santa Maria Maggiore, l'église de leur mariage, les tribulations passées, quand Napoléon donna la ville libre et fière, d'abord à la Bavière, ensuite à l'Italie malgré la résistance farouche du patriote Hoffer et pour finir à l'Autriche...

Ainsi les pierres, les monuments, ont une histoire. Quel plaisir de raconter à qui passionnément écoute ! Tout y passe au fil des promenades : les tours Verde, Grande, Vanga en briques rouges, les Palais Galazzo, Tabarelli, Salvadore, Municipal, Prétorio ; les fontaines, les églises, les « casé » [1] dei Portici, Monti.

Comme elle aime le carrefour du Cantone [2], si caractéristique avec ses maisons aux façades décorées de fresques si vieilles mais si jolies encore !

— Qui sait comment ils étaient [3]... ?

— Qui, Marie ?

— Tous ces gens qui ont marqué notre cité. Comment et pourquoi vivaient-ils ? Comment étaient-ils habillés ?

L'intérêt de Marie-Romaine pour sa ville va croissant. Un jour, Jean la conduit au musée du Palais municipal et à celui du Castel del Buon Consiglio.

— Que fais-tu Marie ? Avance !

Elle est tellement impressionnée qu'elle n'ose entrer dans la magnifique demeure que quatre empereurs ont habitée...

Son mari a un tel don de conteur ! Histoires vraies ou légendes ? Un petit frisson désormais la parcourt en passant près

1. Maisons.
2. « Carrefour du Coin. »
3. « Chi sa come i èra ? »

de la maison « du diable ». Construite en une nuit, en échange d'une âme, sauvée par la Vierge au dernier moment, elle est inhabitée depuis des siècles parce qu'inexplicablement l'eau suinte des murs. Sans doute dépit inextinguible du mauvais ?

Pendant les offices au Duomo, ses regards à présent, reviennent souvent vers le crucifix à la tête douloureusement penchée. Jean dit que lorsque le menton du Christ touchera sa poitrine ce sera la fin du monde.

— Mais pourquoi, Nané ?

— On dit qu'un soir d'hiver, il y a bien des années, un mendiant est venu frapper au portail de la belle et noble maison, que l'on dit depuis « du Crucifix » d'ailleurs, et que je t'ai montrée sur la route de la Via delle Cavé. Il demandait l'hospitalité pour la nuit. Le maître de la maison, bon et charitable, le fit entrer et mettre au chaud. Il le nourrit, pansa lui-même ses plaies puis il lui donna sa plus belle chambre. Le lendemain, fort inquiet du silence qui semblait régner dans la pièce, il finit par entrer : de pauvre mendiant, point, mais, dans le lit d'apparât, le grand Crucifix qui est maintenant au Duomo. Dieu, Marie, avait visité les siens. En inclinant la tête, Il les préviendra de l'imminence de la fin du monde...

Marie est fière de Jean. Il sait tant de choses !

— Allez, mes femmes — il est si heureux de les appeler ainsi — prenez vos dispositions, dimanche je vous emmène voir...

— Jean, il faudrait rendre visite aux parents d'Anne-Marie. Ils ne se consolent pas, tu sais bien, de son entrée au couvent.

— Oh oui, papa ! Et nous passerons devant la maison du petit singe.

A la grande joie des filles, ils longent un mur sur lequel le petit animal fait le guet... pour enlever d'une main preste les couvre-chefs des messieurs qui passent à sa hauteur. Il faut voir l'ahurissement de ceux-ci, soudain inexplicablement décoiffés ! Puis les promeneurs passent sous la Casa delle Streghe [1],

1. « Maison des sorcières. »

bâtie en défiant tout équilibre, sur un piton rocheux. Ils aiment cette promenade un peu longue mais si pittoresque. La route monte, épousant tous les contours des rochers surplombant leur ville.

Et le soir, à la veillée, tandis qu'elle brode, crochète, coud ou tricote, Jean lui raconte les nouvelles apprises çà et là, ouvrant ainsi pour elle de nouveaux horizons.

— Mariette, les possibilités de l'homme sont inouïes. Des inventions vont bouleverser notre vie. Imagine-toi qu'un Français a traversé la Manche dans une machine volante et que des savants ont mis au point un appareil qui permet de voir dans le corps à travers la peau. Un autre enregistre et transmet des voix, de la musique...

— C'est vrai ? Tu ne me racontes pas des « barzelette » encore ?

— Mais non ! Regarde, je t'ai apporté les journaux. On dit que c'est un peu nasillard mais on reconnaît, paraît-il, la voix de la Patti.

La Patti, cette soprano dont ils ont tant entendu parler et qui possède un timbre extraordinaire.

— Dimanche, nous irons sur le grand boulevard, près de la gare, voir passer les automobiles.

Marie-Romaine trouve qu'elles font trop de bruit et trop de poussière.

— Toutes les inventions ne sont pas forcément bonnes, tu sais Jean. Tout dépend de l'usage qu'on en fait.

— Comme ta machine à coudre par exemple ?

— Ah, non ! Jean vient de la lui offrir et la taquine. Elle s'émerveille chaque fois qu'elle s'en sert. Avec quelle dextérité elle s'y est adaptée, maintenant le tissu de la main gauche et tournant la manivelle de la droite. Quel temps gagné et quelle solidité de couture !

Quelle facilité de travail en perspective puisqu'on parle aussi de remplacer les lampes à pétrole et à gaz, par une lumière extraordinaire qui s'allumerait toute seule rien qu'en tournant un bouton.

Vivre, c'est donc tourner, jour après jour, les pages d'un livre qui ne finit pas.

Le cœur en paix, attentive au bonheur des autres, prenant chaque événement au fur et à mesure que Dieu les lui envoie, Marie-Romaine est heureuse.

Vraiment.

VIII

Marie-Romaine finit tout juste de ranger sa cuisine quand elle entend frapper. En ouvrant, elle se trouve en face de deux hommes et de deux jeunes gens. Interloquée, elle pense qu'il y a erreur et va refermer quand le plus vieux, prenant conseil des autres par un coup d'œil entendu et éclaircissant sa voix, dit :

— C'est bien ici qu'habite Marie-Romaine de Calavino ?

— Oui... Elle tremble intérieurement. On lui a déjà demandé cela... Qu'en sera-t-il cette fois ?

— Ben... voilà. Nous sommes tes frères.

— Mes frères ? Suffoquée, elle met sa main devant sa bouche. Mes frères !

— Mais oui, tes frères. Tu ne savais pas ? On ne t'a rien dit ? Tu savais tout de même qu'on existait ?

— Mais non !

Elle recule et s'assoit, les jambes tremblantes ; sans un mot, elle leur fait signe d'entrer et de prendre place. Les hommes se regardent, décontenancés. Elle les dévisage, anxieuse. Que va dire Jean ? Les deux plus vieux peuvent avoir la trentaine, les autres vingt ans à peine. Elle s'attarde sur le plus jeune, frêle adolescent, visiblement intimidé. Elle reprend ses esprits et respirant profondément :

— Comment vous appelez-vous ?

— Candido, dit le plus jeune, assis sur le bord de sa chaise, en croisant et décroisant ses mains.

— Franz ou Sanchi, dit le suivant.

— Giuseppe dit Beppy, comme notre père, ajoute le troisième. Il a des cheveux bouclés d'un blond doré, des yeux très bleus et des favoris comme l'empereur.

— Ferdinando ou Nando, dit le plus vieux. Et il ajoute : C'est bien chez vous, propre et tout... Ainsi tu es mariée et tu as des enfants ? Je me souviens de la fillette si menue que tu étais.

Elle sursaute. Quelqu'un peut donc lui parler enfin de son enfance, avant la grande horloge ? Que va-t-elle apprendre ? Elle retient à grand-peine toutes les questions qui, si souvent, ont failli remettre son carrousel intérieur en marche. D'abord, accueillir. Extérieurement parfaitement maîtresse d'elle-même, elle sort ses tasses à café, met de l'eau à bouillir.

— Mettez-vous à l'aise... Vous prendrez bien une tasse de café ?

Les garçons se regardent. Bien sûr, ils ne s'attendaient pas à des manifestations de joie délirante, mais cette indifférence apparente les déroute. Heureusement qu'ils sont venus ensemble ! Qu'a-t-elle de commun avec eux cette jolie jeune femme dans sa robe stricte, grise et longue, égayée d'un seul petit col de dentelle ?

Le silence règne. L'air bientôt embaume le café fraîchement passé, une de ses gloires et son péché mignon. Jean lui dit toujours :

— Personne ne le fait mieux que toi, Mariette.

Elle le sert, s'assoit et se recueille un instant, la tête penchée.

Les garçons sont émus. Elle paraît soudain si vulnérable malgré sa tranquille froideur.

— Nando, dit Beppy, tu ne trouves pas qu'elle a des airs de maman ?

Marie sort brusquement de son angoisse :

— Où est-elle ?

— Morte, Marie. Ils sont morts tous les deux.

Alors les questions si longtemps retenues déferlent.

Elle apprend que, depuis des siècles, sa famille paternelle

vivait à Calavino où ses grands-parents étaient patrons-bottiers. Depuis des générations, avec quelques ouvriers, ils faisaient les bottines sur mesure. Le nouveau chemin de fer leur apportait le cuir par wagons. Ils étaient très aisés. Et puis leur père avait épousé une jeune fille d'une autre province, connue pendant son service militaire : Thérèse. Rien, paraît-il, n'avait pu le dissuader de ce mariage. Il en était fou tant elle était belle. Connu comme boute-en-train partout à la ronde, il était invité à toutes les fêtes. Au début, il y emmenait sa femme. Il aimait la montrer, car il en était très fier. Et puis, l'un après l'autre, les enfants étaient venus, la clouant à la maison tandis que leur père continuait d'être sollicité. Il ne pouvait pas toujours refuser. Elle était très seule. Quand il rentrait, c'étaient des reproches.

— Alors papa repartait, dit Nando, l'air bien las. Son travail n'avançait pas. Il perdait peu à peu ses clients. Maman pleurait toujours. Massimiliano mourut à sa naissance, Luigi à dix mois, Virginie tomba par la fenêtre et toi, il t'arriva je ne sais plus quel malheur...

Marie frissonne et se tait.

— Le conseil de famille se réunit et décréta que nous étions leur honte. On te plaça à Trento, on voulut mettre Beppy chez l'oncle chapelain de Madruzzo. Mais celui-là, petit, était insupportable. Le brave tonton curé, malade, dut le renvoyer. Et alors, notre vie errante commença.

— Pourquoi ?

— Nous étions des indésirables pour la famille. Papa prit ses outils, chevaux et chariots pour aller de village en village faire et raccommoder les souliers. Nous y restions tant qu'il y avait de l'ouvrage. Nous avons fait ainsi toutes les provinces d'Autriche, du Voralberg à la Styrie, sauf en Carinthie car maman ne voulait pas revenir chez les siens. J'avais dix-sept ans, Beppy quinze et Silvia, treize.

— Silvia ?

— Oui, notre sœur, maintenant mariée du côté d'Insbrück. La famille voulait la mettre avec toi au couvent, mais elle n'a pas voulu. Elle n'est pas facile, tu sais, c'est un garçon manqué. Elle est donc venue avec nous. Franz avait cinq ans et la petite Virginie, deux. Le petit, — il désigne Candido —, est né à Bludens. Giuseppina, la dernière, est morte à quelques mois au cours d'un déplacement. Nous ne sommes jamais revenus à Calavino et n'y retournerons jamais. Les premières années, comme nous étions heureux tous ensemble ! Puis les difficultés sont venues, les possibilités de travail inégales et les rentrées d'argent irrégulières. Au lieu de descendre dans les bonnes auberges, comme au début, peu à peu nous nous installions comme nous pouvions, où l'on voulait bien nous accepter. Alors, petit à petit, papa et maman qui vieillissaient sont devenus tristes à en mourir. Ils ne parlaient presque plus, perdus chacun dans leurs souvenirs. Nous étions seuls, toujours, même quand ils étaient là. Nous, les grands, on travaillait, mais les petits restaient sans soins. Les plus malheureux ont été Virginie et Candido. Virginie, un jour, a failli s'empoisonner avec de la belladonne qu'elle avait prise pour des myrtilles. Les parents ont cru devenir fous de chagrin. Ils se sont ressaisis, mais ça n'a pas duré...

— Et Candido ?

— Sans surveillance aussi. Il jouait un jour au bord d'une rivière et puis il est tombé dedans. Le courant l'emportait. Heureusement une femme y rinçait ses draps. Elle l'a saisi au vol par la bretelle de son pantalon avec le crochet de la perche qui lui servait à rattraper son linge. Un autre jour, il cueillait des mûres sur les pentes de la montagne...

— J'ai entendu, dit l'adolescent, une voix qui m'appelait « Didoletto » ! C'était comme la voix de maman. J'ai relevé la tête et vu une vipère qui allait me piquer. J'ai dévalé le sentier sans savoir comment et j'ai sauté au cou de notre ouvrier qui apparaissait à la porte. Il tenait à la main un pot de poix fumante et de l'autre son couteau à couper le cuir. Heureusement qu'il avait ses bottes ! La vipère s'enroulait à sa cheville. Me maintenant à son cou, rapide comme l'éclair, il lui a tranché la tête !

Marie écoute. Et comme elle sait merveilleusement écouter, les garçons parlent, parlent, comme s'ils avaient besoin de se libérer du poids de tout leur passé.

— Pendant dix ans, Marie, on a tourné ainsi. Et puis papa, qui avait plus de soixante ans et qui se sentait malade a voulu revoir son pays. Retenus par notre travail, nous ne les avons pas accompagnés... et ne les avons jamais revus. Virginie est morte, paraît-il, en arrivant à Trento, papa peu après. Maman ne leur a survécu que quelques mois.

— Quelle triste fin ! Pauvre femme, dit Candido.

Marie râcle sa gorge. Elle a peur de ce qu'elle va entendre encore :

— Comment est-elle morte ?

— Asphyxiée, sans doute. Elle avait mis sa bassinoire dans son lit et les braises ont dû mettre le feu à sa literie ou la consumer lentement. Elle était seule et des voisins l'ont trouvée trop tard.

— Puis comme papa avait placé Candido en apprentissage chez un boulanger de Trento et qu'il y était désormais tout seul, nous avons cherché du travail aux alentours et... nous voilà.

Marie a tout raconté à Jean quand il est rentré. Elle reste longtemps éveillée dans leur lit, bercée par le souffle régulier de son époux endormi. Le pathétique regard de la petite Virginie, le douloureux visage de son père... Ne pas se laisser attendrir par ses souvenirs. Comment ses parents n'ont-ils pas su être heureux et rendre leurs enfants heureux avec tout ce qu'ils possédaient ? Comment ont-ils pu gaspiller le bien familial, s'oublier ainsi sans assumer leurs responsabilités, se faire remarquer, ne pas honorer leurs commandes ? Etaient-ils sans honneur ? Quelle chance elle a eue, elle, d'être allée au couvent ? Elle ne peut comprendre l'étrange attitude des siens. Zia Momi avait donc raison. Elle se souvient qu'un jour, elle lui a dit :

— Petite, une femme c'est les trois murs de la maison et l'homme, le quatrième. S'il vient à manquer, la maison tient debout quand même, mais si la femme ne fait pas son devoir, tout s'écroule.

Oui, elle avait raison. Elle va écrire à Adèle et à Zio Momi. Il y a longtemps qu'elle ne l'a fait. Marie enfin s'endort.

Alors, par opposition à sa mère, plus que jamais, elle se veut la « femme forte », l'épouse irréprochable. Elle est toujours occupée. Pas plus qu'avant, elle n'aime aller papoter chez ses amies, mais celles-ci viennent la voir volontiers et ses mains actives n'arrêtent pas de travailler. Elle habille entièrement ses filles et leurs poupées, tire parti de tout, transforme ses vieux draps en torchons qu'elle ourle prestement, fait des stoppages invisibles aux vêtements de son mari et... de ses frères.

Car ils reviennent ! D'abord ensemble, puis séparément. Ils cherchent en elle la mère qu'ils n'ont pas vraiment eue, la femme qu'ils n'osent encore prendre. Ces itinérants gardent au cœur, sans le savoir, de leur ascendance bourgeoise, la nostalgie d'une maison confortable, où se mêlent l'odeur de la cire d'abeille et les parfums de la bonne cuisine mijotée.

Jean les accueille volontiers ces beaux-frères quelquefois un peu encombrants, à l'honneur chatouilleux, durs à la peine et fiers comme des princes. Ferdinando a la passion des minéraux. Il passe tous ses loisirs seul, en montagne, et revient son sac à dos plein d'échantillons qu'il entrepose dans le grenier de la Via Garibaldi. Toutes ses économies passent à les faire analyser. Il parle d'une mine de charbon à Covello, d'une galerie de cent mètres qu'il a creusée là-haut. Il cherche un ou plusieurs commanditaires pour exploiter le filon qu'il a effectivement découvert.

Beppy, aux favoris blonds, se décide à épouser une petite veuve qu'il fréquente depuis quelques mois. L'incorrigible Jean l'a baptisée « Bobine » [1] tant elle est petite et rondelette. Et il ajoute :

— Mariette, si on lui mettait un radis où je pense, tu verrais, les feuilles traîneraient encore par terre !

La jeune femme a un petit garçon, Sandro.

Franz, lui, chante tous les «Yodle» tyroliens. Il est aussi grand et blond que ses frères, mais plus secret, plus réservé. D'une sen-

1. Rocchelet.

sibilité extraordinaire, il n'arrive pas à être vraiment heureux et détendu.

Le petit Candido lui fait de la peine. Il est fier et si timide ! Il ne se plaint jamais. Le boulanger l'a exploité dès qu'il l'a su orphelin et lui a fait porter des hottes de pain bien trop lourdes pour lui. Ses jambes se sont courbées parallèlement vers la gauche car il tenait les corbeilles, qui lui allaient jusqu'au mollet, sous son bras droit. Pouvait-il se plaindre puisqu'il avait un gîte chaud, sous l'escalier du fournil, et de quoi manger ? Renvoyé et seul, où serait-il allé ?

— Oh ma mère ! Oh mon père ! pense Marie-Romaine en regardant le garçon souffreteux, qu'avez-vous fait ?

Depuis l'arrivée de ses frères, l'univers de Marie-Romaine prend encore une dimension nouvelle. Avec inquiétude, en les écoutant discuter avec son mari, elle réalise que l'histoire de sa ville, de sa province, de l'empire peut-être, continue et ne se fait pas toute seule. Deux mots nouveaux l'intriguent : politique et « irredente ». La vie, ce n'est donc pas seulement le travail de tous les jours, sa part de joie et de peine assumée, de soucis partagés, de petits services rendus ? Il y a donc tous ceux, princes, rois, empereurs, auxquels elle n'avait jamais vraiment songé qui, aujourd'hui encore, gouvernent et qui, d'un mot, d'un geste, d'un écrit, peuvent tout bouleverser ?

Bien sûr, Jean devait savoir toutes ces choses, mais il en discutait au-dehors, avec d'autres hommes. Maintenant, c'est chez elle qu'elle entend avec étonnement, tout en vaquant à ses occupations, qu'entre la Lombardie et la Vénétie, le Trentin avance sa proue « entrave de l'Autriche menaçant la terre italienne »...

Quelle idée ! Menacer.

Grâce au vieil empereur, vénéré des Autrichiens, le pays connaît la paix dans l'ordre, la discipline et l'honneur depuis plus d'un demi-siècle. Le danger ne vient donc pas de lui, mais des Italiens contaminés par les Français. Ces Français qui, depuis Napoléon, ont laissé un exécrable souvenir dans ces vallées. Ils ont tué leur roi, rejeté l'Eglise. Les germes de leur révolution

70

fermentent partout. Leurs voisins piémontais en sont atteints et à Rome, le Pape n'a-t-il pas dû s'enfermer au Vatican pour se protéger ? Alors le Tyrol libre et catholique ne peut souffrir ses antéchrists de voisins. Et les Trentins, à la foi ardente, petit peuple d'un évêché lui-même indépendant depuis des siècles, bien moins encore !

Ses frères, heureusement, ne parlent pas que de politique, mais de montagnes aussi.

— Jean, maintenant que tes femmes ont des jambes solides, si nous allions nous inscrire aux alpinistes tridentins ?

— Ça, c'est une excellente idée ! D'autant plus qu'avant notre mariage, j'en faisais déjà partie.

Trente, en effet, est le siège principal de cette très active société alpine, à laquelle les citadins doivent de nombreux refuges construits aux endroits les plus pittoresques. Les prêtres disent même pour elle, des messes à deux ou trois heures du matin afin de permettre aux grimpeurs de faire de longues escalades. Personne ne partirait sans l'avoir écoutée ou sans être sûr d'en trouver une en cours de route. Mais gare aux promeneurs célibataires, si la fantaisie leur prenait de trop regarder les villageoises pendant l'office ou à la sortie. Ils risqueraient de se faire lapider par les jeunes gens du pays.

En effet, dans la montagne, on ne se marie pas d'une vallée à l'autre et à plus forte raison d'un village à l'autre. Les montagnards veillent jalousement sur leurs payses et gare aux intrus ou aux intruses ! Un aubergiste de la ville qui s'était installé sur l'un des circuits de promenades en fit la cruelle expérience. Deux fois, mystérieusement, son auberge prit feu. On ne badine pas avec l'honneur et la vertu chez les Trentins !

Entre les chaînes du Brenta à l'ouest et du Monte Croce à l'est, se dresse leur chère Paganella, si accueillante dès les beaux jours.

Alors, le dimanche, sac au dos, la famille, quelquefois oncles compris, va donc faire de grands pique-niques en montagne. Les fillettes grimpent comme des chamois tandis que Marie-Romaine s'empêtre dans ses jupes pour escalader les rochers.

Mais quelle joie à l'arrivée !

On cherche, dans l'herbe fine, un joli coin abrité pour déjeuner. Sur la grande nappe, on déballe polenta, fromage, œufs durs, viande froide, fruits. L'eau des sources est leur merveilleuse boisson, fraîche, limpide. Existe-t-il un pays plus beau que ces vallées, que ces montagnes poudrées d'or par le soleil ? Au nord, les maisons sont blanches, décorées, à balcon ajouré, disséminées dans les pâturages jusqu'au flanc abrupt de monts, mais au sud, elles enchevêtrent leurs toits autour de leur clocher, happant la rue, mêlant leurs étages et leurs galeries couvertes. L'homme se divinise en créant une telle harmonie avec la nature, cette nature qu'après la ville, Jean lui apprend à regarder, à reconnaître, à aimer. Les sens aiguisés, elle se laisse pénétrer, envahir par elle, recueillie dans sa contemplation.

L'appétit de ses compagnons la ramène à des réalités plus prosaïques ! Quel bonheur de les voir dévorer, silencieux, dans la majesté d'un tel spectacle, la chaleur de midi et le bruissement des insectes.

Les petites, infatigables, s'éloignent les premières pour leurs besoins en chassant les papillons avec des petits cris de joie. Puis chacun trouve son coin pour la sieste.

Ce jour-là, tout le monde est installé sauf l'oncle Franz qu'une plante intrigue. Soupirant, il la rejette et, avisant derrière un bosquet de noisetiers une plaque d'herbe fraîche, il s'allonge avec satisfaction. Un parfum qui n'a rien de sylvestre l'inquiète soudain. Il comprend et pousse un tel grognement que les promeneurs sursautent.

— Si je tiens la sauterelle qui est venue se soulager ici, elle va passer un sale quart d'heure...

Adossée à l'ombre d'un rocher, une femme comme il faut ne peut se laisser aller ; assise les jambes allongées, sous le mouchoir dont elle protège son visage, Marie-Romaine sourit. Au regard apeuré de la petite Clara, elle comprend qui est la fautive. Elle la serre contre elle tandis que Jean éclate de ce rire communicatif dont il a le secret.

Ah, il est beau, l'oncle Franz, sa veste courte, liserée de vert, toute crottée dans le dos !

Le chemin du retour n'est pas assez long pour épuiser les ressources de mise en boîte de ces hommes jeunes et gais.

Et que leur ville est belle dans sa progressive apparition ! Elle fut jadis, il est vrai, la plus importante et la plus riche du Tyrol. Bien déchue de sa grandeur passée, elle garde encore, coquettement, les allures d'une grande cité. Ses murs crénelés, ses tours nombreuses, ses vieux palais, ses portails richement sculptés, ses rues larges et propres font encore illusion...

A l'automne, les fillettes retournent à l'école.

Marie-Romaine se met à rêver d'un tout-petit. Aussi lorsque Jean fait de timides allusions au fils qu'il désire en secret, est-il bien accueilli. Et c'est dans la joie que toute la famille bientôt attend le bébé.

Et les jours passent. Marie a presque complètement desserré son corset. Elle souffle un peu en montant ses étages. Tout l'immeuble tricote. Elle fait moins de couture, mais plus de cuisine. Elle excelle maintenant dans la préparation des kneddels, des gnocchis, des tripes, de la choucroute, du strudel... Quelle joie de voir tout son petit monde se régaler.

Jamais, l'une après l'autre, les saisons ne lui furent si douces. Peut-être son rythme plus lent, plus intérieur, s'harmonise-t-il mieux avec celui de la nature ?

Comme elle apprécie, consciente et heureuse, le développement de cet enfant en elle. Un enfant que leur apportera l'été. Dans le jardin de Dante, où elle vient très souvent, pour lui, s'asseoir au soleil, elle voit fondre la neige et éclater des milliers de bourgeons. Merveille de la vie. Merveille du Créateur qui dit à chacun en quelle forme s'épanouir et embaumer.

Comment sera son bébé ?

Les grands marronniers sont parés comme des arbres de Noël avec leurs fleurs dressées en grappes roses. Aux perce-neige, aux violettes, aux primevères et au muguet ont succédé les pivoines, les lupins, les sauges, les bégonias et les géraniums. Les seringas ont essayé de dominer le parfum des lilas ; celui des roses monte à l'assaut des tilleuls et des fusains douçâtres. Les merles sifflent dans les bosquets et les pigeons se diputent les miettes qu'elle leur apporte.

Comme est loin la jeune fille si craintive qui gardait des enfants en ces mêmes lieux...

Graziella va faire sa Première Communion. Lourdement, la jeune femme se lève. Elle doit passer chez la marraine de l'enfant, son amie, l'épouse du joaillier.

La ville est engourdie sous la lumière de juin, dans les parures multicolores de ses balcons fleuris... et les pétales offerts de ses processions.

IX

Les petites, écrasées de chaleur, se sont endormies dans leur coin de grange parmi les autres réfugiés.

Marie-Romaine, avec quelques femmes, sort, comme chaque jour, à la rencontre du facteur. Du pied de son arbre, elle le verra venir sur la route poudreuse vers l'unique rue du hameau. Les pauvres maisons, blanchies à la chaux, sous leur toit de chaume, sont plantées çà et là dans l'herbe, autour du puits à balancier. Un soleil éclatant mûrit les moissons qui ondulent entre les forêts profondes et admirables des collines de Moravie.

L'homme monte de son pas long et tranquille.

Des nouvelles, enfin ! Marie-Romaine, très pâle et si mince dans son costume morave, n'ose ouvrir la lettre d'Insbrück. Elle la cache sous son châle et court vers la forêt, loin des autres.

Elle se recueille un instant. Au pied du charme immense où elle vient de s'assoir, un taon frotte ses pattes avant. Une coccinelle cherche avec application sa piste d'envol... Loin de la folie des hommes, dans leur cathédrale de verdure, indifférents, les oiseaux chantent leurs louanges à la vie, à l'amour.

Marie-Romaine ouvre enfin et n'entend ni ne voit plus rien.

Tout est fini.

Son bébé est mort. Tout seul. Comme sa deuxième petite fille.

Des larmes qu'elle ne peut retenir coulent, silencieuses, sur ses joues amaigries.

En pensée, elle revoit la naissance de son fils, quelques jours après l'assassinat de l'archiduc François-Ferdinand à Sarajevo, le départ de Jean trois semaines plus tard pour le centre de Linz avec Beppy, puis celui de Franz en Galicie, sur le front de Lemberg, Candido, réformé à cause de ses jambes, vient habiter chez elle.

Automne et hiver d'angoisses entrecoupés par les rares nouvelles des soldats et les nombreux communiqués de guerre. Elle est seule toute la journée, dans la maison silencieuse, avec les trois enfants.

Heureusement Guerino pousse bien, Guerino [1]... Ils ont appelé ainsi le fils tant attendu, comme pour exorciser les rumeurs graves qui circulent à sa naissance.

Puis, au printemps, avec la déclaration de guerre de l'Italie, l'ordre d'évacuation des civils est arrivé. L'Italie... Pour elle, c'est ce petit village accroché à la montagne au milieu de ses vergers de citronniers, si lumineusement beau au bord du lac de Garde, que Jean lui a désigné pendant leur « voyage de noces », le jour de leur mariage.

Les bagages à main sont seuls autorisés. On parle d'Insbrück ; à deux cents kilomètres après les montagnes du Brenner, ils seront vite à l'abri. En quelques heures, un peuple entier de femmes, d'enfants, de vieillards, marche vers la gare. Attente et formalités sans fin. Et les voici, par trains entiers, entassés dans des wagons à bestiaux, fermés de l'extérieur, les adultes sur des bancs au long des parois, les enfants par terre, sur la paille [2].

Marie sent maintenant l'habituelle douleur au cœur venir du plus profond de son être et la broyer, comme chaque fois qu'elle revit le cauchemar de ce voyage. Deux jours et une nuit pour faire deux cents kilomètres, dans les secousses, la chaleur, la promiscuité, la soif. Au départ, Guerino qui, à neuf mois, perce ses premières dents, est déjà un peu fiévreux. Mais quelle inquiétude et puis quelle angoisse de le voir bientôt rendre chaque

1. « Petite guerre ».
2. Véritable diaspora. Plus de 150 000 réfugiés, en majorité femmes, enfants, vieillards.

têtée, souiller ses langes sans arrêt, pour refuser enfin le peu d'eau dont elle dispose encore ! Elle entend encore ses pleurs continuels et les commentaires excédés de ses voisins, puis son sommeil gémissant entrecoupé de soubresauts. Et ce silence, enfin ! Cette inertie...

Qu'aurait-elle donné, à l'aube du deuxième jour, en découvrant la pâleur du bébé, ses yeux cernés de mauve, pour que s'arrête ce voyage infernal et s'ouvre cette porte barricadée !

Ses voisins épuisés se sont assoupis. Elle veille, seule. Elle ne sent plus son dos. Qu'importe ! Elle essuie doucement, avec tant d'amour, le visage de son fils, trop angoissée pour s'attendrir comme d'habitude, en soulevant les boucles blondes collées en accroche-cœur sur le petit front moite. La jolie tête aux traits si fins, bascule en arrière, découvrant le tendre petit cou, si doux... Les mains pendent. Où sont les petits poings fermés, si difficiles à entrouvrir même pendant le sommeil, les yeux de lumière, les gargouillis heureux de sa joie de vivre, les petits bras tendus ?

Pénombre, dandinement du train, voisins, bruits : plus rien n'existe que cette solitude à deux, cette souffrance d'enfant et de mère, cette communion, cette contemplation éperdue qui, un bref instant, les transporte en dehors du temps.

Comme la veille, arrêt-nature pour soulagement collectif. Les wagons sont refermés et le voyage reprend dans l'engourdissement, les chamailleries des enfants, la faim et surtout la soif. Marie-Romaine essaie toujours de forcer son bébé à prendre un peu d'eau, puisqu'il ne veut plus têter le peu de lait qui lui reste.

Enfin, voici Insbrück, dans le grincement des roues, les ordres, les appels, le brouhaha indescriptible d'une gare surpeuplée. Les wagons s'ouvrent. Des hommes en uniforme l'interpellent.

— Commission sanitaire de contrôle.

Voilà. Elle n'a rien pu faire, rien pu dire aux autorités inflexibles. Elle a dû... Elle a dû donner son bébé. Le wagon s'est refermé et le terrible voyage a repris avec les petites filles, pendant des jours et des jours.

« Ils » ont tenu parole. Elle a eu des nouvelles. Il y a deux mois, le médecin-chef de l'hôpital surpeuplé d'Insbrück disait qu'il allait mieux. Le mois dernier aussi. Il venait d'avoir un an.

Bien soigné, sans doute. De toutes ses forces, elle veut et doit le croire. Mais aimé ?

Et aujourd'hui...

— Guerino, mon tout petit...

Les mots tendres et ridicules qu'elle ne lui dira plus jamais tournent dans sa tête, brûlent ses lèvres. Elle regarde, hébétée, à travers ses larmes, ses bras, ses mains vides.

Le soir descend sur la forêt.

Et Jean ? Pauvre Jean, sans même un souvenir, lui, de ce fils tant espéré dont la naissance lui avait causé une telle joie, un tel bonheur !

Si encore elle avait pu le joindre à Linz en passant ! Mais le trafic est monstrueux entre les trains de soldats, de munitions, de prisonniers, de réfugiés. Pendant des journées entières ils ont roulé, enfermés dans leurs wagons pour aboutir enfin, après Brno, à pied, horde sale, dépenaillée, couverte de poux, dans ce village de Bohême, loin des fronts. Répartis et cantonnés par vingtaine dans les granges sur des paillasses d'herbe sèche, les réfugiés reçoivent chaque jour une ration de soupe épaisse et de pain noir. Les femmes, elles, viennent de « toucher » un costume du pays, jupe, corsage et corselet lacé, châle à frange, pour pouvoir enfin se changer.

Marie-Romaine, dont le silence force la discrétion, s'est installée dans un coin pour protéger ses petites filles et préserver sa solitude. Empêcher la roue de tourner. S'occuper. Se tenir droite. Les religieuses, autrefois, ne disaient-elles pas que l'attitude extérieure est le reflet de l'attitude intérieure ? Sa souffrance est comme un fauve prêt à la dévorer, si elle ne la muselle constamment.

— Mon Dieu, mon Dieu, que tout ce chagrin ne soit pas perdu. Je Vous l'offre pour Jean, pour Franz dans les Karpathes, pour tous ceux qui souffrent.

78

Autour d'elle d'abord. Car il y a de tout dans cette grange : des épouses de fonctionnaires, de magistrats, de commerçants et d'ouvriers. Des riches et des pauvres. Des cultivées et des illettrées. Les plus à plaindre sont les riches, perdues sans leur confort. Marie bénit les religieuses qui l'ont élevée. Une vieille dame et ses deux filles parlent sans cesse de Napoléon qu'elles adorent. Leurs bagages ne contiennent que des souvenirs de l'empereur des Français. Une autre a une petite fille amputée d'une main.

La vie, parfois, n'est pas facile dans le cercle étroit de ces femmes anxieuses, souvent inoccupées, repliées sur elles-mêmes, involontairement.

En effet, même si elles en avaient l'occasion, elles ne pourraient communiquer avec les habitantes du pays. Bien qu'elles soient toujours en Autriche et que ces dernières appartiennent aussi à l'empire, elles ne parlent pas la même langue qu'elles...

Marie coud, en surveillant ses filles. Elle se méfie des hommes désœuvrés, même vieux. Des lettres de Jean la retrouvent enfin.

Les petites sont pâlichonnes et perdent leur entrain. Elle n'est pas seule à s'en apercevoir. Quelle gratitude elle éprouve pour la fermière qui, l'autre jour, les a appelées discrètement pour leur distribuer, en même temps qu'à ses enfants, une belle tranche de pain. Elle l'a découpée dans une énorme miche avant de la recouvrir de graisse de confit d'oie. Devant les mains tremblantes qui se tendent et les yeux plein de convoitise qui implorent d'elle une autorisation, ceux des deux mères se rencontrent et se voilent de larmes.

Dans le village, l'appareil à faire le miel est l'objet d'une admiration et d'une dévotion sans bornes. Placé au centre de la place, surélevé sur ses pieds bien calés, comme une divinité généreuse, il laisse couler en minces filets d'or, tout autour de son ventre rond, le nectar parfumé des alvéoles de ses gâteaux de cire. Tout un essaim de femmes actives et silencieuses l'approvisionne et surveille les godets qui s'emplissent onctueusement, au milieu d'un cercle de badauds attentifs et respectueux. Chaque enfant a la permission, une seule fois, de laisser couler la source précieuse sur sa tranche de pain noir. Extase et saveur ineffables que les années n'effaceront pas...

La guerre est partout. Les femmes le savent par leurs maris, à travers les mots maladroits et pudiques de leurs lettres. Les Tchèques comme les Trentines sont seules.

Quel malheur... auquel bientôt s'ajoutent la faim et la bêtise !

Ses voisines ont raconté aux enfants, pour qu'ils ne s'éloignent pas, qu'un homme vêtu d'une longue pèlerine noire ramasse dans un cercueil les enfants indociles. Une nuit, la petite Clara s'est réveillée épouvantée. Elle avait fait un cauchemar affreux : un homme, par derrière, fracassait la tête de sa mère.

Non loin du village, campe une tribu de fiers tziganes. Un matin, une musique étrange traverse les murs de la grange attirant au-dehors tous ses occupants. Un cortège insolite passe sur leur chemin : des danseurs, des musiciens en costumes magnifiques, précèdent des porteurs chargés d'un cercueil. Une foule joyeuse les suit. Un peu familiarisés, les réfugiés comprennent maintenant qu'il s'agit là d'un enterrement. Et d'un enterrement d'homme puisque ce sont des hommes qui ouvrent la marche. Pour eux, le mort est vivant. Personne désormais ne peut lui ravir sa vraie vie et les siens le retrouveront.

Les retrouver... Les disparus et les vivants.

Et vivre.

X

Dans l'unique pièce qui leur a été affectée, Marie tresse en nattes serrées les cheveux des petites, si mignonnes dans leur costume local, avant leur départ pour l'école. Jean lace ses brodequins, la casquette pointue de son uniforme posée près de lui. La jeune femme a toujours peine à reconnaître son mari en ce soldat maigre, aux traits creusés, au regard grave et douloureux.

Elle est arrivée, il y a quelques semaines à peine, de Moravie, en passant par Vienne et en remontant le Danube, jusqu'à Linz puis Aschach, où Jean vient de la rejoindre avec son affectation comme surveillant au camp de prisonniers russes.

Qui n'a pas vécu le drame d'un exode avec le dépouillement matériel et moral qu'il impose aux êtres, l'angoisse des familles disloquées et des orphelins perdus, la peur et le chaos qu'il engendre, ne peut comprendre...

Ils sont enfin ensemble. Si tristes, mais ensemble.

Le rationnement devient très strict. Ils flottent tous deux dans leurs vêtements. Avec désespoir, Jean voit « ses » prisonniers mourir de faim. Ils viennent des Karpathes où la bataille fait toujours rage. Il ne sait comment adoucir leur détention. Ils ont de quoi fumer, à volonté, mais cela ne suffit pas à les garder en vie.

Un dimanche, Jean prend les petites pour faire sa tournée, pensant que la vue et le babillage des enfants leur seraient une diversion salutaire.

Il a deviné juste. Quand ils entrent dans le long baraquement de bois, les formes faméliques, tristement étendues, trouvent soudain la force de se dresser sur un coude et de parler.

Alors, ils vont d'un grabat à l'autre, avec un mot pour chacun. Clara, sans se faire prier, comme si elle se rendait compte du pouvoir de sa présence, redit son nom, son âge, parle, chante. Il y a des moustaches qui tremblent sur des sourires courageux, des pommes d'Adam qui montent et descendent au-dessus des encolures trop larges. Un prisonnier partage avec elle son seul trésor : un tout petit porte-monnaie de cuir rouge avec un petit sou... Clara lui rappelle sa petite fille, une enfant qu'il ne reverra peut-être jamais.

Avant de ressortir, Jean dit encore quelques mots aux premiers soldats russes salués en entrant. Jamais plus il n'aura de réponse : ils sont morts de faim et d'épuisement pendant sa visite. Des larmes de désespoir et d'impuissance brûlent les yeux du jeune père.

Pourquoi ? Mais pourquoi ? Mais pour qui ? Qu'est-ce qui pourra jamais justifier cela ?

Pauvres, pauvres gens ! Et les familles, là-bas, qui attendront, en vain, jour après jour, des nouvelles !

La famine gagne. Les consignes sont extrêmement sévères et les gendarmes sans pitié. L'un d'eux particulièrement, qu'un pauvre père tue avant de s'enfuir dans les forêts. Il allait l'arrêter pour l'avoir surpris en quête de nourriture pour ses enfants. La colère gronde dans le peuple qui protège sa retraite sans relâche. Les autorités pourtant toutes-puissantes n'osent intervenir.

Le Danube, majestueux, indifférent et tranquille, serpente entre les collines boisées, couronnées de châteaux-forts. Marie-Romaine, courageusement, surmonte sa crainte de l'eau et, par le bac, entre un chapelet d'îles, traverse le fleuve à cet endroit semblable à un lac. En passant sous les ruines du Klausberg, du Strohäim, instinctivement les enfants prennent sa main, à cause des deux énormes statues de pierre noire qui semblent monter la garde. D'un bon pas, elles vont à la cueillette des noisettes, des mûres, des champignons. Elles rapportent même des escargots dont elle fit, un jour, une telle indigestion qu'on crut qu'elle allait mourir.

Jean, lui, surveille ses prisonniers qui travaillent dans les fermes désertées par les hommes appelés au front. Il en demande toujours plus qu'il ne lui en faut pour les travaux des champs afin de les laisser discrètement fouiller la terre à la recherche de la moindre racine ou d'un tubercule oublié. Il sait bien que, pour eux, tout vaut mieux que l'inaction à l'intérieur du camp où il n'y a même plus un brin d'herbe.

La petite Clara, le soir, vient quelquefois à sa rencontre en longeant le grillage derrière lequel les prisonniers aux grands yeux creux essaient maintenant de lui sourire. Ce jour-là, elle est heureuse. On lui a donné une pomme. Don précieux entre tous les dons. Elle va la croquer lorsqu'elle s'entend appeler. Elle s'arrête. De l'autre côté de la clôture, un pauvre homme s'agenouille pour la supplier. Il implore les mains tendues dans une langue qu'elle ne comprend pas, mais sa mimique est si expressive qu'elle saisit aussitôt qu'on lui demande sa pomme. Vite, elle regarde autour d'elle car elle connaît la défense. Personne. Les gardiens et les autres prisonniers sont loin. Elle n'a pas d'hésitation. Comme il doit avoir faim pour trembler de la sorte. Malheur ! La pomme ne passe pas par les mailles du grillage. Alors, conciencieusement, sans cesser de surveiller les alentours, elle croque des morceaux. Elle a à peine le temps de les présenter par le trou qu'ils sont aussitôt saisis et avalés. Tout y passe, même le trognon. Spectacle insolite que cet enfant si frêle semblant apprivoiser un étrange et pauvre oiseau...

Le cuisinier de la cantine des soldats est un brave homme que la situation fait profondément souffrir. Chacun sait que tout resquilleur peut être fusillé. Un jour, pourtant, n'y tenant plus, il offre à Jean une poignée de haricots secs « pour la soupe de ses femmes ».

Le jeune père a des ailes pour rentrer. C'est la fête. Les petites sautent de joie. Quelques heures plus tard, la porte s'ouvre : les policiers sont là. Qui les a dénoncés ? Ils ne sauront jamais.

Sévères, implacables, ils interrogent. Ridicule, sur la table, l'objet du délit qui peut leur valoir la mort. Les petites se serrent dans les jupes de leur mère. Des larmes d'impuissance piquent les yeux de Jean. Il tente d'expliquer aux représentants de la loi, impassibles. Il supplie enfin qu'au moins on ne fasse rien au cuisinier. Il est seul fautif et personne d'autre. Il implore, balaie sa fierté et se met à genoux. Les policiers partent sans un mot. Leur sort est uniquement entre leurs mains. Parleront-ils ?

Jean et Marie-Romaine, cœurs à l'unisson, veillent et prient toute la nuit mêlant dispositions d'avenir, peine et larmes. Il a bien fait : il faut que ce cuisinier, si humain, reste à son poste.

— Claretta, Guerino, nos petits, priez pour nous...

Le jour se lève. Personne ne vient.

Dieu soit loué ! Les policiers n'ont pas parlé.

Si Graziella et Clara, en classe, pleurent quelquefois d'être traitées par les autres enfants de cochons d'Italiens, elles oublient leur langue d'origine, parlent celle du pays et chantent de tout leur cœur l'hymne autrichien que le maître, en costume local, accompagne au violon. Il est très satisfait de ses élèves, premières de leurs cours et confie à Jean :

— Vous comprenez, Monsieur, je ne peux leur mettre niveau 1 en langue aussi, ce serait une honte pour les enfants d'ici...

L'école est au bord du Danube. L'hiver, à la fonte des neiges, lorsqu'il pleut trop, l'eau du fleuve entre dans les caves de l'établissement.

Dans une fabrique désaffectée, sont réfugiés les vieillards des hospices de Riva et Arco. Avec sœur Giulia, Marie-Romaine se dépense sans compter auprès des malades et des infirmes. Leur tonique est une petite vieille endiablée.

— Danse, Giulietta Morghenetta ! Danse !

Et de hisser ses soixante-quinze ans sur la table, de compter ses huit jupons — vous n'auriez pas voulu que je les laisse tout de même ? — et, reniflant, à cause de sa perpétuelle goutte au nez, de valser avec mille grâces.

— Dis, maman, demande chaque fois la petite Clara, pourquoi saigne-t-elle toujours du nez ?

— Mais non, tu sais bien que ce n'est pas du sang, mais le jus du tabac qu'elle prise !

Alors, fredonnant et battant la mesure, oubliant le pays, la guerre, la faim, le typhus qui approche, les bons vieux voyagent dans leur passé.

Cette fabrique possède aussi, sur l'arrière, une cour à laquelle on accède par une passerelle. Peu s'y risquent. Elle est le domaine de milliers de petites grenouilles vertes qui semblent faire vivre l'herbe touffue jusqu'au pied de la maison. Là, s'ouvrent au rez-de-chaussée plusieurs portes-fenêtres donnant directement accès à des pièces accolées les unes aux autres. C'est dans l'une d'elles qu'est presque toujours enfermée une pauvre femme devenue folle à la suite de la perte de sa petite fille pendant l'exode. Elle va, hagarde, le regard fixe, perdue dans ses châles, serrant une poupée de chiffon entre ses bras maigres.

Clara, échappant à la surveillance maternelle, trouve sa joie, quand elle vient à la fabrique, dans la contemplation des petites grenouilles. C'est ainsi que ce jour-là, accroupie dans l'herbe, elle n'entend pas approcher la recluse... Avec quelle terreur ne se sent-elle pas brusquement soulever de terre et presser sur une poitrine par deux bras de fer. Déjà elle ne peut plus respirer et un voile traverse sa vue quand, heureusement, dans un dernier sursaut elle se délivre et prenant ses longues jupes à deux mains, réussit à s'échapper sans pouvoir, par la suite, expliquer comment.

Don Bartolo, leur aumônier, et ses sœurs, demeurent chez l'habitant, Monsieur et Madame Sondlainer, vieux couple charmant qui possède une magnifique et vaste maison dans un immense jardin, plein d'arbres fruitiers. Le prêtre obtient pour Jean et Marie-Romaine, deux pièces, encore inoccupées, au rez-de-chaussée. A côté, il y a les demoiselles Pfeiffer de Trento et, au-dessus, une petite vieille dame. C'est le paradis pour le jeune couple. Les petites ne touchent à rien. Pas même aux fruits tombés. Respect du bien d'autrui et respect de soi-même. Prouver aussi qu'on n'est pas ces « cochons », comme on les traite si souvent.

Marie-Romaine et Jean sont intransigeants sur les questions d'honneur et de devoir. Quelle honte à la seule pensée de l'incartade de la petite Clara ! Une voisine s'est proposée de l'amener à la distribution mensuelle du magasin d'habillement. L'enfant émerveillée regarde partout. De ravissants foulards blancs à fleurs rouges attirent ses regards.

— Ils te plaisent ? dit la voisine.

— Oh oui !

— Sers-toi et cache-le vite. Et comme la petite hésite : allons ne sois pas bête à ce point-là, personne ne te regarde ni ne le verra. Dépêche-toi.

Retour triomphant et explications.

— Puisque tu as eu le courage de faire quelque chose de très laid, tu vas avoir le courage de réparer. Tu vas retourner au magasin et tu vas dire : « Madame, j'ai volé ce fichu. Je vous demande pardon et je vous le rapporte ».

Clara n'oubliera jamais le petit foulard d'Aschach an der Donau.

La vieille dame du premier est morte et mise en bière. Parents et amis viennent la revoir une dernière fois.

— Un mort, Graziella, c'est comment ?

— Toi, tu vas encore faire des bêtises. Reste ici.

Sur la pointe des pieds, la benjamine monte l'escalier de bois. Un murmure de voix se rapproche : on dit des prières. Clara, entre les adultes, aperçoit dans le cercueil une marionnette parcheminée qui, brusquement, se dresse sur son séant et retombe. L'assistance, impressionnée par cette détente musculaire, recule vivement, bousculant l'enfant qui dévale les escaliers avant d'atterrir aux pieds de sa sœur.

— C'est bien fait pour toi, tu n'as qu'à te tenir tranquille.

Du rez-de-chaussée, la petite famille est montée dans l'appartement du premier, plus clair, plus confortable. Il y a une petite cuisine, une belle grande chambre avec quatre fenêtres et une petite pièce pour les rangements. Marie-Romaine y apprend comment conserver dans des pots de grès, les œufs dans la gélatine blanche.

Le temps passe. Ils parlent à présent tous autrichien. Grâce à leurs propriétaires, peu à peu, ils s'insèrent dans la vie du petit bourg. La choucroute de Madame Sondlainer est cuite à l'eau. On l'y pêche avec les pommes de terre. Non pas seulement à cause des terribles restrictions mais parce qu'on la fait ainsi à Aschach. Marie apprend aussi à mettre les petits cornichons du jardin dans le vinaigre. Des petits cornichons délicieux que Clara suce avec délice... en aspirant le vinaigre en cachette, malgré la défense, jusqu'au jour où, le fin légume s'échappant des petits doigts, se coince dans la gorge de l'imprudente désobéissante. Elle étouffe. Epouvantés, Jean et Graziella quittent la pièce. Marie-Romaine reste seule avec l'enfant qui bleuit. Sans perdre son sang-froid, elle la saisit et, d'un doigt preste, enfonce le cornichon dans la gorge, délivrant enfin les voies respiratoires. Clara est sauvée.

Sœur Giulia la prépare à sa Première Communion qu'elle fait, seule et fière, dans la petite chapelle de la fabrique en fête. Elle reçoit même des cadeaux : un calvaire en porcelaine blanche et un minuscule chapelet, enfermé dans un tout petit étui en forme de fraise des bois qu'ouvre, en se dévissant, une jolie corolle d'or.

Ils ne luttent plus pour survivre, mais pour vivre. Le courrier circule presque normalement avec le Sud-Tyrol. Pour rassurer famille et amis demeurés là-bas, Marie-Romaine, pour la première fois, se laisse prendre en photo. En costume de ville, avec une amie, puis dans le jardin avec les enfants et leurs voisines en costume autrichien. De son côté, Jean envoie même une paire de chaussures à Anne-Marie dans son couvent.

A quelques kilomètres, ils sont allés à Linz, la capitale de la province, si belle au pied des collines du Mühlviertel, gracieusement ordonnée au bord du Danube, aux ponts immenses.

Le costume des femmes y est ravissant : longues robes de taffetas moiré, bien ajustées à la taille, à la jupe large, aux manches gigot, resserrées étroitement du coude au poignet. Sur la tête, au-dessus du chignon, elles portent une coiffe gracieuse à la forme originale. Enserrant le crâne comme le ferait un bonnet de laine à pompon, elle est en fine dentelle dorée qu'un pan, derrière, rehaussé de noir, allège harmonieusement. Madame Sondlainer raconte qu'autrefois, avant la guerre, dans les fêtes on buvait du « Most » en mangeant de la Linzer Torte qui sentait si bon la cannelle et le clou de girofle...

Autrefois... Un autrefois perdu à jamais.

Pour supporter sa vie, Marie-Romaine a fait sienne celle des autres : Jean et ses prisonniers, l'aumônier et ses vieillards, leurs petites filles et leur maître, leurs propriétaires, les autres réfugiés. Elle ne sait plus si elle existe encore pour elle-même. D'ailleurs, quelle importance ? Le tour de soi est si vite fait qu'il vaut mieux se donner pour se trouver une raison d'exister. Puisqu'elle est sur terre, qu'au moins elle soit utile et serve à quelque chose !

L'épidémie de typhus ravage encore la région. La sœur de Don Bartolo est touchée à son tour. La peur règne. Marie-Romaine, toujours aussi discrète et réservée, est la seule à oser la soigner nuit et jour. Elle enfile, avant d'entrer dans la chambre, une vaste blouse blanche qui l'enveloppe de la tête au pied. Sa malade est horrible, complètement chauve au bout de quelques jours, mais sauvée...

Le soir, sa tâche accomplie, la jeune femme épuisée regarde souvent la splendeur du crépuscule sur le fleuve. Quelle harmonie dans ce pays... Les tons différents des collines qui s'entrecroisent. Les premières, si sombres au bord du Danube, puis nimbées d'une brume de plus en plus légère. Un horizon qui étincelle, découpant la dentelle des clochers à coupoles, des châteaux en ruines. Et ce reflet dans l'eau frémissante qui s'argente, s'empourpre comme un feu d'artifice sans cesse renouvelé...

Non, elle n'a rien fait d'extraordinaire, seulement essayé de rendre un peu de ce qu'elle a reçu. Et puis, elle a tant à donner : tout l'amour de ceux qu'elle n'a pu chérir.

Mais cette guerre finira-t-elle un jour ?

Jean, qui la connaît bien maintenant, la regarde souvent, pensif. Si, réquisitionné, il joue quelquefois dans l'harmonie militaire à Linz pour les cérémonies, il a perdu aussi le goût de rire et de chanter.

Sans en parler jamais, il laisse grandir en son cœur le fils qu'il n'a pas connu...

Ah ! qu'il puisse revenir en son Trentin et travailler : il se chargera bien de refaire rire et chanter sa Mariette et ses filles...

XI

Marie-Romaine ne dort pas. Allongée près de Jean, dans leur chambre retrouvée, elle écoute sa ville s'éveiller. Elle cherche à définir ce qu'elle a de changé. Mais c'est peut-être elle qui n'est plus la même. Elle soupire. La paix et l'innocence du couvent : comme elles sont loin ! A peine quinze années de mariage et après la mort, les séparations, la guerre et ses conséquences. Toutes ces souffrances pour qui, pour quoi ?

Elle ne se plaint pas : d'autres ont perdu plus qu'elle. Elle est un peu plus silencieuse, c'est tout.

Dans le jour levant, les meubles et les objets familiers sortent de l'ombre. Tout est en place, grâce à Candido. Les filles, après les quatre années d'exil, avec tendresse ont retrouvé leurs jolis jouets et elle, la dernière paire de chaussons de...

Allons, il faut vivre et tout recommencer.

Avec quelle émotion les réfugiés n'ont-ils pas accompli ce voyage de retour qu'ils désespéraient d'entreprendre ! En grappes, aux portières, des yeux, du cœur, du souvenir, pierre à pierre, ils ont repris possession de leur cité retrouvée dès qu'elle leur apparut dans sa vallée, entre ses deux chaînes de montagnes. Quelle joie de revoir à l'est, la brèche et ses collines à l'assaut desquelles montent les maisons et à l'ouest, cette ouverture vers Vela, creusée par l'Adige !

Son aspect par la route de Verone est banal, mais il est splendide par celle qui descend de Cadino et Povo ; par Vela, elle se présente brusquement au sortir de la gorge, sauf en sa partie cachée par le Dos' Trento ! D'ailleurs, qu'importe : elle est là !

Au fur et à mesure de leur approche, voici la Torre Vanga carrée et massive qui gardait le pont de San Lorenzo, puis à droite le fin clocher de Santa Maria Maggiore :

— L'Eglise de notre mariage, Mariette !

et, plus loin, la si caractéristique Torre di Piazza qui dépasse les toits du Duomo et qui indique, de quelque endroit où l'on se trouve, le centre de la ville.

— Juste derrière chez nous, Mariette. Chez nous, les filles, vous rappelez-vous ?

Enfin, pour ceux qui arrivent du nord, la Tour d'Auguste et le tracé serpentin du viaduc achèvent ce tableau harmonieux devant la Cascade de Sardagna. La belle avenue de la Fersina, bordée d'immenses châtaigniers et peupliers, conduit toujours à un pont d'où la vue est merveilleuse...

Oui, leur ville est toujours aussi belle dans son berceau de verdure, mais on n'y parle plus de la même façon, avec le même accent.

Voilà. Elle a peut-être trouvé d'où vient le changement.

Dans toutes les administrations, les fonctionnaires autrichiens sont remplacés par des Italiens du Sud, arrogants et pleins de suffisance pour ces réfugiés de retour depuis peu dans leurs foyers.

Résultat : ils ne sont plus maintenant que des « cochons » d'allemands dans leur propre pays. Le Trentin n'est plus autrichien, mais italien. Les lires ont remplacé les couronnes et le drapeau vert-blanc-rouge flotte à la Tour du Buon Consiglio à la place de celui rouge-blanc-rouge de l'empereur.

Marie est lasse. Elle attend son cinquième enfant.

Comment les hommes peuvent-ils être si héroïques et si mesquins, si généreux et si méchants, alors qu'il faut déjà tant de courage pour arriver, convenablement, au bout de chaque journée.

— Jean ! Lève-toi, c'est l'heure.

Depuis leur retour, il ne tient plus en place. On dirait qu'il veut compenser toutes ces années et leur contenu. Dans son besoin d'agir, il échafaude mille projets. Très vite, il a eu la chance de retrouver du travail chez un libraire-papetier. Sans cesse, il circule dans la montagne pour relancer les clients et enregistrer leurs commandes.

Il a tout de suite fait entrer Graziella dans le noble collège des Dames de Sion à Rovereto, afin qu'elle devienne une jeune fille accomplie. En plus du programme scolaire, elle apprend les bonnes manières, la danse, le violon, l'aquarelle. Il est très fier de ses premiers résultats. Clara, elle, oublie l'autrichien et réapprend l'italien... au Couvent des Dames du Sacré-Cœur de Jésus, toujours la meilleure école de Trento.

Les liens, gravement, avec précaution, se renouent.

Sait-on quelle part de cœur, d'âme, de corps, la tourmente a pris à ceux que l'on retrouve au long des jours ?

Franz est revenu méconnaissable, dur, sauvage, marqué à vie par ce qu'il a vu et subi. Il arrive à l'improviste, se contenant à grand-peine, l'œil mauvais, les mâchoires serrées. Silencieuse, Marie-Romaine, lui offre à manger ou à boire. Il reste prostré, buté, puis peu à peu se détend, murmure « merci » et part comme il est venu. Quelquefois il parle et il pleure des sanglots d'homme, brefs, qui déchirent. Il dit les tueries, le sang, le devoir, la patrie, l'honneur, la souffrance, le dégoût, la famine, les refus de repartir au front, vaincus au rhum, au sligowic [1] qui les rendaient fous.

— Marie, si tu savais comme j'ai supplié le ciel de mourir ! J'en ai vu des milliers tomber autour de moi. Et pendant quatre ans, toujours en premières lignes, je n'ai rien eu, pas même une égratignure.

Elle écoute, grave et déchirée. Il est des peines inconsolables.

1. Eau de vie.

— Et tout ça pour quoi ? Dis, Marie, pour quoi ? Nous ne sommes même plus chez nous. Un jour, je partirai pour ne plus voir ces « paparoti » à notre place et faire un malheur... Alors, Marie, je ne reviendrai plus.

Franz, tendre et délicat, qui chantait si bien les Yodle dans la montagne, qu'ont-ils fait de toi ?

*
**

— Madame, je sais bien que des convois de réfugiés ou de prisonniers arrivent encore tous les jours. Voilà plus d'une année que je suis sans nouvelle de mon fiancé. Je n'en peux plus d'attendre. Je voudrais...

Marie-Romaine regarde, étonnée, la jeune fille qui se tient timidement sur son seuil.

— Je venais voir...

Elle prend une grande inspiration et continue :

... si monsieur Candido accepterait de me renseigner avec ses cartes.

— Ses cartes ? Des cartes à jouer ?

— Mais oui, Madame. Pendant que vous n'étiez pas là, il a appris auprès d'une dame très savante et tout ce qu'il dit est vrai. Il connaît le secret des cartes...

C'est bien à regret que le jeune homme s'exécute. Il ne sait jamais ce qu'elles vont lui livrer et, trop honnête pour mentir, il a peur de devoir annoncer de tristes nouvelles.

— Courez vite, Mademoiselle, je ne sais pas d'où, mais il arrive. Il est là.

La jeune fille a des ailes. Elle dévale les quatre étages, court dans la rue. En se penchant à la fenêtre pour la suivre des yeux, ils la voient, près des arcades, tomber dans les bras d'un soldat à la capote élimée, un baluchon sur l'épaule.

Marie-Romaine n'est pas superstitieuse mais impressionnée par la justesse de ce qu'il a découvert.

— Candido ! Comment fais-tu ?

Le jeune homme n'écoute pas. Il est inquiet. Il sait qu'on guette sa place. Dans leur région, le travail devient difficile à garder ou à trouver. Pour accélérer l'italianisation, les emplois sont repris pour être donnés aux Italiens du Sud.

— Mariette, avant de partir, Franz m'a présenté à une jeune fille de la Val Sugana qui travaille dans une famille de Trento. Elle me plaît bien, elle s'appelle Angelina... Je voudrais bien la marier, mais si je perds mon travail, non seulement je n'ai plus rien, mais je ne suis plus rien.

Marie-Romaine, avec un pincement au cœur, voit peu à peu, à cause de la situation, les siens se disperser. Son frère Nando vient de s'expatrier en Argentine avec sa femme et ses trois enfants. Il n'a pu faire exploiter ses filons ; elle sait qu'elle ne les reverra jamais. Silvia, cette sœur qu'elle a à peine vue, est partie avec sa famille pour la France. Dans l'est de ce pays, on dit qu'il y a beaucoup d'embauche à cause de la guerre et des mines de fer.

— Pas de nouvelles de Franz ?

— Non...

— Le reverrons-nous un jour, Marie ?

— Je ne sais pas, je voudrais bien...

— Tu sais que Beppy est chez lui et la cousine Anne-Marie aussi. Elle est sortie du couvent avant de prononcer ses vœux. Ses vieux parents malades avaient trop besoin d'elle. Elle est toujours la même, calme et sereine. Elle partage son temps entre ses parents, son école et les pauvres de sa paroisse. Et j'aime mieux te dire qu'en ce moment, elle a de quoi faire.

— Et Adèle ?

— Toujours institutrice à Calavino.

— Tiens, vos amis joailliers ont un apprenti depuis quelques mois. Un charmant garçon que l'orfèvre envisage d'adopter.

— En parlant de garçon, tu as vu comme Silvio, notre petit voisin, a grandi ? C'est un bel adolescent. Il veut devenir avocat.

— Oui, je sais, sa maman m'en a parlé.

Marie-Romaine aime que son jeune frère vienne lui tenir

discrètement compagnie. Il lui raconte les petites nouvelles du quartier ou, silencieux, il fait, près d'elle, d'interminables réussites.

— Signora Pontalti, pouvez-vous me prêter...

La chère femme est toujours là. Elle s'empresse. Sa jeune voisine est visiblement lasse. Marie-Romaine s'est assise les mains croisées sur sa taille alourdie.

— Cette petite Clara, tout de même, quelle peur elle vous a faite ! A-t-on idée, se laisser mourir de faim...

— Et nous qui avions cru bien faire en l'envoyant tout de suite en montagne avec sa sœur ! Elle était si pâlotte. Je devais la rejoindre dès la fin de cette semaine, les malles terminées.

— Mais que faisait-elle là-haut ?

— Elle restait toute la journée au pied d'un arbre, enroulée dans une couverture, refusant toute nourriture.

— Que dit le médecin ?

— Elle se remettra vite. C'est de chagrin qu'elle se laissait mourir.

La peur, la guerre et puis cette séparation que l'enfant n'a pu comprendre et supporter.

Elena ne chante plus à pleine voix. Elle fredonne.

Dans ce monde instable, en pleine mutation, le logement de ses voisins apparaît à la jeune femme comme le seul lien avec le passé et la sécurité d'antan. Il est tout à fait comme « avant ». Comme si rien n'était arrivé...

Marie-Romaine, sans rien en dire, sans donner la vraie raison, y vient quelquefois pour y retrouver un certain équilibre.

Et doucement, insensiblement, la vie reprend... grâce aux sourires et aux jolies fossettes de Virginie. Elle a même eu droit à une petite fête et à une photo pour son baptême et c'est la sœur de Don Bartolo qui a voulu être sa marraine.

Cette enfant, qu'avec courage ils ont désirée et acceptée, leur apporte enfin la paix et l'espérance.

XII

Une autre forme de vie.

Toute la semaine, Marie-Romaine est seule. Jean, du lundi matin au vendredi soir, est dans les montagnes. Il prend le train jusqu'à Bolzano et ensuite rayonne dans les vallées à bicyclette. En pédalant avec vigueur sur ses routes en lacet, il imagine aisément sa femme, calme et méthodique, vaquant à ses occupations. Avec ses habitudes retrouvées, il peut, chaque jour, la suivre par la pensée. Armoires, tiroirs, placards, linge, bûcher, réserves, grenier et même pharmacie : tout est toujours en ordre et prêt à l'usage...

En attendant son retour hebdomadaire, il prospecte ces villages si pareils à ce qu'ils étaient avant la guerre, si typiquement trentins encore, avec un enthousiasme profond. Il commence à être fort connu. Sa ponctualité et son intégrité n'ont d'égale que sa bonne humeur. Il n'est pas rare qu'il redescende avec un carnet bourré de commandes mais aussi avec les présents que ses clients lui font pour elle : cyclamens, edelweiss, champignons... Le dimanche soir, il prépare ses échantillons. Quel assortiment tentant pour les fillettes, des motifs en relief par exemple, pour agrémenter le papier à lettre... Il est sur le point, malgré les offres vertigineuses de son patron, de conclure une association pour se mettre à son compte avec un collègue.

Marie-Romaine est inquiète.

— Mais nous avons assez pour vivre, Jean !

— Eh, Mariette, tu oublies que nous avons trois filles à marier et qu'à trente-six ans, il nous faut repartir à zéro. Aie confiance dans ton petit homme. Tu te rends compte, travailler pour soi, enfin ?

En lui certes, elle a confiance ; mais en son associé ?

En attendant, elle dirige seule sa maison d'une main ferme. Tous les soirs, elle veille sur les devoirs de Clara et hop ! lui cogne le nez sur la table si elle ne se tient pas suffisamment droite. Curieuse, elle apprend l'histoire d'Italie en la faisant réciter : « Le roi Victor-Emmanuel... » Marie-Romaine, qui connaît bien la pétulance de sa cadette, lui recommande chaque matin de bien écouter la Révérende Mère Supérieure et surtout de ne pas parler aux orphelines sans autorisation.

Parfois, elle guette l'enfant par la fenêtre. Elle la voit courir, son paquet de livres et de cahiers sous le bras, comme une petite folle, sous les arcades, pour faire la course avec une moto. En rentrant, elle ne se contentera pas de monter les soixante-douze marches quatre à quatre, elle s'arrêtera sur chaque palier pour changer les paillassons d'étage et les remettre en place à la première occasion, en redescendant.

La joie de vivre de sa cadette l'étonne toujours et la réconforte. Où puise-t-elle une telle vitalité, un tel équilibre ? Comme elle a de la peine à la bien éduquer, à la canaliser. Il faut sans cesse la surveiller pour l'empêcher de faire des bévues. Graziella la surnomme « Bocca di vérita » [1] à juste raison. Lorsqu'elle va faire une course chez un voisin, elle dit, sans embarras aucun, reconnaissant un plat ou un bol dans lequel Marie-Romaine a partagé ou fait goûter un mets :

— Ceci est à nous, Madame. Il faut le rendre.

A une pauvre dame qui mendie, ne conseille-t-elle pas sérieusement :

1. « Bouche de vérité. »

— Mais Madame Foschetta, pourquoi n'allez-vous pas à l'hospice ?

Qu'aurait dit le pauvre Franz en la voyant défiler en grande tenue scoute, gants blancs, pèlerine, chapeau de feutre et déposer une gerbe de fleurs le jour de la victoire... italienne bien sûr, sur la stèle du monument aux morts ?

Marie-Romaine se demande encore comment la futée a pu s'y prendre pour emporter l'adhésion paternelle. Elle se rappelle simplement que ce jour-là, elle était grippée et couchée et que c'est la fillette qui prépara à son père un rizotto, paraît-il fameux...

Dans la douce compagnie de Virginie, la pensée de la jeune mère va vers les deux petits disparus. Comment seraient-ils, eux ? A qui ressembleraient-ils ? Elle n'en parle jamais. A quoi bon ! Ils vivent en elle, comme resurgit furtivement quelquefois la petite orpheline du couvent des Dames du Sacré-Cœur de Jésus. Elle ne s'apitoie pas sur elle ; elle cherche parfois, au-delà du long tablier à carreaux bleus et des tresses si serrées autour de la petite tête, quelle enfant elle aurait été avec des parents comme les autres. Pas comme Clara sans doute, plutôt sérieuse et réservée comme Graziella.

Graziella, sa petite collégienne, qu'elle va voir seule en train jusqu'à Rovereto. Comme cette visite lui coûte ! Chaque fois, trente années de sa vie s'effacent, quand elle se retrouve dans le parloir ciré. Elle a raccourci et simplifié ses jupes, rallongé minutieusement sa jacquette. Mais qu'est-elle avec son invariable petit pardessus [1] gris ? Rien. Et elle ne sera jamais rien.

La preuve ? Un jour, les religieuses la laissent froidement repartir sous la pluie battante, alors qu'elles invitent les autres mères à se mettre à l'abri.

Le chagrin broie son cœur. Elle le dit bien à Jean, chaque fois, que ce collège est trop bien pour eux, que c'est peut-être de

1. Spolverin'.

98

l'orgueil de vouloir y mettre leur fille. Comme il s'est fâché, lui, d'ordinaire si calme.

— Les qualités du cœur sont les seules, Mariette, qui bonifient les hommes. Nous aimons Graziella. Pourquoi n'aurait-elle pas droit à une bonne éducation ? Notre argent si durement gagné vaut bien celui des autres tout de même...

Marie-Romaine songe à tout cela, assise dans le train qui la ramène à Trento, les mains sagement croisées sur ses genoux. Pourvu que la petite Virginie n'ait pas fatigué la chère Madame Pontalti.

— ... des mains si jolies, petite Madame. Comment peut-on les laisser s'abîmer ainsi ?

Est-ce à elle que l'on s'adresse ? Un monsieur très distingué la regarde avec une telle insistance qu'elle rougit malgré elle.

— Quelles ravissantes menottes, Madame, me laisserez-vous...

La jeune femme voit l'homme tel qu'il est. La bonne sœur, tout à l'heure, en se fiant à son apparence, lui aurait offert aussi de venir s'abriter. Mais pas à elle, pas à son Jean en costume de semaine. Un éclair froid traverse son regard. Elle a envie de gifler le bellâtre et tourne la tête ostensiblement. Il n'insiste pas.

Elle n'est plus la petite jeune femme inexpérimentée d'avant-guerre. D'ailleurs, dans la maison, depuis son retour, on l'appelle Signora [1] Maria. Presque une dame, presque une petite, toute petite bourgeoise. Presque, parce qu'elle a pu faire quelques économies et rhabiller toute la famille de neuf, plus court, plus souple. Parce que son mari, maintenant, a un magasin à lui, avec une machine à écrire... Parce que sa fille qui connaît le droit et la législation, en sortant du collège, ira travailler avec son père... Parce que Jean l'a tant gâtée : elle a une robe de chambre de soie — une Toutankamon —, un store pare-soleil dernier cri à la fenêtre, un joli carillon et un sofa... et ses bonnes

1. « Madame. »

99

œuvres. Dans une grande boîte en fer, elle aide entre autres Clara à ramasser les papiers d'étain qui serviront après leur envoi aux Missions, au rachat et à l'évangélisation des petits Chinois ou des petits Africains.

Une toute petite bourgeoise. Oui, presque. Mais pas tout à fait...

Si elle se sent à l'aise dans son univers, chez elle, dans l'immeuble ou le quartier, avec ses amis ou ses « pauvres » — même avec la fille d'un ancien notable de la ville, ruinée par sa gouvernante et mendiant pour subsister — elle n'ose pas aller au magasin de son mari, recevoir ou être reçue par les nombreuses et nouvelles relations de ce dernier, rencontrer des inconnus.

— Ils m'intimident, Jean. Je ne suis rien, moi, tu comprends [1] ?

Et maintenant elle regarde, un peu étonnée, ses filles grandir.

— Bientôt « bonnes à marier », disent les amis pour taquiner Jean, si fier sans vouloir le montrer.

Graziella est devenue jeune fille au collège. Marie-Romaine, qui n'arrive toujours pas à se regarder dans une glace, même si elle sait depuis longtemps que le diable n'y apparaîtra plus, lui recommande d'être très propre et de se méfier des hommes. C'est tout. Que dire d'autre quand on ne sait pas soi-même ?

Pour Clara qui, au milieu de ses jeux insouciants d'été, ne savait pas ce qui lui arrivait, elle ajoute simplement :

— Ce n'est rien, c'est ainsi pour toutes les petites filles quand elles deviennent femmes.

Cela n'empêche pas du tout la sauterelle de faire ses cabrioles dans l'herbe comme un garçon mais comme elle a été émue par son papa, lorsque ce samedi-là, la prenant sur les genoux, il ajouta avec tendresse :

— Tu vois, Clara, tu es ma grande fille maintenant...

« Bonnes à marier » ? Non ! Pas encore !

Marie-Romaine a comme un désir inexplicable d'arrêter le

---

1. « I mé fa sudizion' Name. Son n'a pora laora. »

temps dans sa fuite rapide. Peut-être pour s'y retrouver un peu, savoir où elle en est, s'adapter au nouvel état de Jean, à sa sécurité toute nouvelle, aux grandes études de Graziella. La guerre, le retour, Virginie, le magasin, tout est arrivé si vite.

Elle ne se sent pas prête pour accueillir les confidences de sa grande, pas assez disponible ni capable. Pourtant, comme elle est heureuse de sa confiance !

Jean ne s'est-il pas aperçu un dimanche, par la fenêtre, que juste en face, à droite, le maître d'hôtel du Mess de ces officiers de la « Basse » [1] ayant réquisitionné le Palazzo Prétorio, regarde sa fille ? Un de ces... Paparoti qu'il oublie en parcourant ses montagnes, là-haut ? Ah, mais non ! La pauvre Graziella a dorénavant, pendant ses vacances, à peine le temps de faire ses trajets pour aller à ses cours de dactylographie. Le jeune homme, une fois, l'a suivie. Elle ne s'est pas arrêtée. Il est sympathique et lui a dit son nom : Mario. Il lui arrive ainsi, toujours en courant, d'être quelquefois escortée sur un bout de trottoir et de pouvoir échanger quelques mots. Elle a tout dit à sa mère, mais si son père le savait !

Pourtant, comme il aime ses enfants ! Quand Graziella est là, tout heureux de ne pas abandonner tout à fait sa chère musique, avec quel plaisir mais aussi quelle exigence il lui fait travailler son violon ! Il ne lui passe aucune erreur de note ou de rythme et du fond d'elle-même elle doit trouver une musicalité personnelle.

Marie-Romaine, Clara et Virginie n'osent pas faire de bruit. Mais comme le résultat est beau et émouvante la joie du maître et de l'élève !

Et les semaines, les mois coulent comme les grains d'un sablier. Et comme les dimanches sont attendus par les enfants !

Malgré sa sévérité pour les fautes graves dont il obtiendra réparation d'un seul regard, leur père est vie et tendresse pour elles.

1. Italie.

Alors Marie-Romaine accepte, pour leur joie mutuelle, le bouleversement que Jean apporte, toutes les fins de semaine, dans leur vie bien réglée et le surcroît de travail que sa vitalité occasionne. Elle n'arrive pas toujours à mettre son cœur à l'unisson, agacée quelquefois, sans le dire, par tant d'exubérance et de joie.

Avant la grand-messe, lorsque tout son petit monde est pimpant, elle sourit, malgré elle, de la fierté de son mari :

— Venez, mes filles [1] !

Elle sait qu'en sortant de l'office, bras dessus, bras dessous, il les emmènera manger une pâtisserie et même, après, des tripes « in brodo » [2] avant de déjeuner ! Ils rentreront, heureux, complices, sûrs de se faire gronder par elle à cause de l'heure tardive, ce qu'elle ne manque jamais de faire !

Elle aime aussi la joie des petites promenades familiales, l'après-midi, ou l'ivresse des grandes balades en montagne, sac au dos. Elle apprécie le calme des parties de pêche dans le plus grand silence où les filles, étouffant leurs rires, attrapent des sauterelles en bondissant dans l'herbe verte.

Elle se méfie des parties de cartes avec les amis. Jean triche juste de quoi pimenter les enjeux, ou lui laisse croire qu'elle lui doit sa réussite pour le bonheur de la mettre en colère. Il y arrive d'ailleurs chaque fois et, tandis que, froissée, elle se drape un moment dans sa dignité, il rit à en devenir écarlate. Elle est alors bien obligée de rire aussi.

Dimanches de douceur, de paix, de réconfort, d'une famille unie et d'un repos justement mérité. Si ce n'était ce « devoir » qui lui coûte toujours tant, même si elle ne le montre pas...

Chaque été les voit revenir dans la belle vallée de Monte Terlago. Elle monte avec ses filles dès les premières chaleurs. Elles y retrouvent deux ou trois dames et leurs enfants. Chaque fin de semaine ramène les maris qui n'ont ni vacances, ni congés. La guerre, ici, n'a pas laissé d'empreinte. D'un seul élan, la terre

1. « Venite qui, fiole... »
2. En bouillon.

monte à l'assaut du ciel, des vertes prairies à gradins, à travers les sombres forêts de sapins, jusqu'aux fières cimes rocailleuses, au pied de la Paganella.

Les paysans offrent aux citadins leurs fermes rustiques accrochées çà et là, au milieu de petits lopins de terre soigneusement cultivés et de prés où paissent les troupeaux. Les habitants, petits, robustes, éternellement chaussés de brodequins, les reins ceints d'une flanelle, la peau tannée, sont paisibles et confiants et ils laissent leurs demeures largement ouvertes. Il ne viendrait à l'idée de personne de voler ! Un des fermiers confie même à ses bœufs le soin de le ramener de la ville, tranquillement endormi sur son char.

En tirant l'aiguille, Marie-Romaine, pleine de gratitude, regarde ses filles dorées comme les épis qu'on moissonne, la miche sortie du four, le maïs pendu en tresses sous les toits bruns.

Elles s'ébattent comme des cabris. Graziella, passionnée d'équitation, monte « à cru » les chevaux oubliés de l'armée en retraite. Clara vit avec les animaux de la ferme. Fascinée par les ruminants qu'elle caresse en dépit des recommandations, plusieurs fois elle se fait soulever de terre entre les cornes d'une vache excédée ou poursuivre par les autres... Elle ne doit son salut qu'à l'instinct qui fait s'arrêter la bête, brusquement, au bord d'une murette et la projette à l'étage au-dessous, ou à une course folle à travers les prés en pente, ou encore à l'ombre complice des énormes maïs. Tout est occasion de jouer pour l'intrépide inconsciente. Même de sauter à pieds joints, continuellement au-dessus d'un « carbonaro » [1] qui langoureusement traverse l'un des sentiers. Une nourrice, la voyant, croit, dans sa frayeur, en perdre son lait !

Virginie, plus douce, s'est prise d'affection pour le chien-berger de la maison. Pauvre bête qui court sans relâche tout le jour et qui doit être assez malin pour se nourrir seul. Ici, on ne gaspille pas de nourriture pour les chiens. Il adore l'enfant qui partage

1. Serpent.

tout avec lui. Un jour d'hiver, maigre à faire peur, n'est-il pas venu à Trento, gratter à leur porte ? Comment les a-t-il retrouvés à travers les monts et les rues de la ville ? Bonheur des deux amis. Marie-Romaine, après un copieux repas, doit le renvoyer. Avec un regard implorant, presque humain, le chien n'a pas insisté et est reparti.

L'appétit des enfants fait plaisir à voir.

— Merci, Seigneur, d'avoir faim et de pouvoir manger, disent les enfants qui se souviennent...

— Merci, Seigneur, d'avoir de quoi leur donner, ajoute Marie-Romaine qui n'a pas oublié...

Une nourriture plus riche lui donne à elle aussi des forces nouvelles. Et elle prépare d'énormes rations de griès [1], de polenta, de soupe aux frégolotti [2].

Mais c'est leur goûter que ses filles préfèrent par-dessus tout. Avec les petits fermiers, elles débarrassent de leur mie leurs petits pains frais pour en faire des gobelets. En cachette, elles les remplissent ensuite directement, plusieurs fois, aux pis des vaches. Quelle saveur inoubliable a ce lait tiède et moussant débordant sur les croûtes dorées... Et quelles moustaches il laisse sur le visage des gourmands !

— Mais où avez-vous mené le troupeau, aujourd'hui, les enfants ? Certaines bêtes ont si peu de lait.

Pauvre fermière, si elle savait !

Et la vallée résonne de leurs cris joyeux.

1. Semoule.
2. Aux grumeaux de farine, cuits dans du lait.

XIII

En 1922, toute la famille est rentrée heureuse de son séjour en montagne et, dans la joie, une nouvelle année scolaire commence. Graziella, pour la dernière fois, prend le chemin de Rovereto et Clara, celui des Dames du Sacré-Cœur de Jésus. L'an prochain, la première travaillera avec son père et la seconde prendra la place de l'aînée dans la noble Institution. Elle ne veut pas y penser encore : elle aime tant son collège !

— Maman, voulez-vous me réveiller à cinq heures trente, chaque matin ?

— Mais, Clara, que veux-tu faire si tôt, puisque tes cours ne commencent qu'à huit heures ?

— Je veux arriver à six heures, à la messe des Sœurs pour... être près de ma maîtresse.

— Mais l'office des élèves est à sept heures !

— Cela ne fait rien, maman, j'assisterai aux deux et je serai sûre ainsi d'être assise à côté d'elle.

— Et pendant qu'elle déjeunera ?

— Je demanderai la permission d'aller au petit parloir étudier mon piano.

Pensive, Marie-Romaine regarde la proprette enfant : des chaussures hautes, bien cirées, des bas de laine impeccablement tendus. Sur sa robe d'hiver, un tablier à plis devant et derrière, maintenus par une ceinture et quelques frisettes échappant aux nattes bien serrées, maintenues par des rubans, auréolent le visage. Comme il y a trente ans. Seule différence, les jupes un peu plus courtes et... la position sociale. Sa cadette et l'orpheline qu'elle fut, n'étudient pas, au Couvent de ces Dames, du même côté de la barrière...

— Allez Virginie, chante :

« La vispa Teresa
Al volo sorpresa
Aveva fra l'erbetta
Gentil Farfaletta... »

— Maman ! Ecoutez ! Elle la sait déjà !

Marie-Romaine garde encore auprès d'elle la petite Virginie, malgré ses trois ans passés. Tant pis pour la maternelle, elle sait tant de choses déjà, chante et danse tout ce que l'on veut. Ses grandes sœurs s'en amusent comme d'une poupée et elle, docile, se laisse faire en riant et gazouillant sans cesse. Elle a une oreille extraordinaire et retient tous les airs qu'elle entend, même les derniers, à la mode. Marie-Romaine se demande comment et où elle peut les apprendre. Peut-être lorsqu'elle l'emmène avec elle faire ses courses, en écoutant les chanteurs de rues ?

Jean l'adore. Il fait déjà mille projets, parle de sa carrière musicale.

Pour elle, il a récrit à son père qui vient de prendre sa retraite. Cette fois, il espère bien une réponse. Il jure, une fois de plus, que le revoir, seul, lui importe. Il se moque de l'héritage. Il en donne sa parole d'honneur. Il prouve que sa situation matérielle est excellente. En une année, il a remboursé son emprunt et peut déjà parler de bénéfices. D'ailleurs, il doit prendre contact avec un homme de loi pour que sa femme et ses filles soient ses associées. Ainsi, il préservera l'avenir. Graziella va prendre sa succession dans l'affaire. Une affaire saine, en pleine expansion, car ses clients l'apprécient vraiment et ont en lui toute confiance...

Marie-Romaine a défait son baoul[1] et rangé les vêtements

_____
1. Malle.

d'été. Avec plaisir, elle a retrouvé son foyer, son quartier, ses amis. Leur jeune voisin Silvio est parti au collège. Sur le palier tranquille, on ne perçoit plus que la voix en sourdine d'Elena et le babillage de Virginie.

Tout en vaquant à ses occupations, sous l'œil attentif de l'enfant qui ne cesse de poser des questions, la jeune femme repense à la joie de ses amis joailliers. Leur apprenti est devenu un beau jeune homme sympathique et travailleur. Les démarches pour son adoption sont en bonne voie. Sa présence semble donner une vitalité nouvelle au vieil orfèvre. Elle s'en réjouit. Un jour, il sera un bon parti, honnête et courageux.

— Pourvu qu'il tombe bien, Marie. Quel bonheur d'avoir des petits dans la maison !

Jean parle de rechercher un autre appartement pour le printemps prochain.

— Je sais bien, Marie... Cela nous fera de la peine de quitter celui-ci, mais les filles grandissent, une pièce ou deux de plus seraient bien utiles.

Son mari a raison. Pourtant mille invisibles liens, si elle s'écoutait, la retiendraient ici. Depuis dix ans, pesantes ou légères, elle a pu voir passer les heures au clocher du Duomo, écouter les Angélus d'espoir, de paix, ou d'angoisse.

C'est par chacun de ses objets, tant de fois récurés, lavés, cirés, repassés, raccommodés, qu'elle est devenue un peu ce qu'elle est. C'est dans la satisfaction d'avoir créé les uns, mis en valeur les autres, qu'elle a acquis quelque confiance en elle et retrouvé une certaine sécurité.

Elle rentre ses géraniums. Les jours raccourcissent, l'automne est là.

Un après-midi, début novembre, sa belle-sœur, la femme de Beppy, lui rend visite.

— Viens-tu, Virginie, jouer avec ton grand cousin ?

Elle insiste tellement pour emmener la fillette chez elle quelques heures que Marie-Romaine n'ose refuser. Bien à regret, elle finit par accepter de la laisser partir.

La nuit est venue lorsqu'on lui ramène l'enfant. Marie-Romaine la trouve si pâle et si tranquille ! Trop tranquille. Inquiète, elle appelle le bon docteur Lechmann, devenu leur médecin de famille. L'enfant, si vive à l'ordinaire, est sans réaction et se plaint de la tête. Qu'a-t-elle soudain ? On cherche dans l'angoisse et on trouve... Le cousin avoue. Pour la promener, il a voulu la prendre à califourchon sur ses épaules et elle est tombée la tête en avant dans l'escalier.

Jour et nuit, pendant un mois, les parents désespérés se sont accrochés à la moindre espérance. En vain.

L'oiselet ne chantera plus jamais.

C'est l'effondrement.

Les vieilles cicatrices s'ouvrent.

Claretta. Guerino. Virginiota...

Elle, au moins, aura de vraies funérailles. Jean, fou de douleur, commande les plus belles que la ville ait jamais vues... Quatre chevaux blancs tout carapaçonnés sous leur énorme plumet, tirent un carrosse virginal qui disparaît sous les fleurs.

Dans son désespoir où se mêlent remords et culpabilité, Marie-Romaine trouve tout cela dérisoire, mais si ce luxe peut faire du bien à Jean... Elle ne dit rien.

Comment recommencer à vivre ?

Les deux grandes, adolescentes vulnérables aujourd'hui, au chagrin bouleversant, un jour iront leur chemin.

Mais eux, les parents ?

Jean et Marie pleurent leur enfant de lumière, fruit d'amour, de courage et d'espoir.

Ils ont trente-huit et trente-cinq ans.

Travailler. Encore travailler. Toujours travailler.

Et penser aux autres, aux plus malheureux encore pour émerger et continuer à vivre.

L'hiver puis le printemps passent devant la photo de l'enfant adorable, assise sur un gros caillou avec, près d'elle, le chien des étés heureux. Ils sont, malgré eux, touchés par les marques de profonde sympathie qu'on leur manifeste de toutes parts. L'amitié qui les entoure se purifie, atteint une qualité rare, dans le partage réel des souffrances intimes. C'est ainsi qu'ils comprennent pourquoi la femme du joaillier a une telle affection pour son mari. Il l'a épousée, bien que fille-mère, a élevé en montagne son enfant comme s'il était le sien et pour couper court à toute malveillance, aux yeux du monde, après l'avoir pris comme apprenti, il l'adopte et en fera son héritier.

Un jour, une vieille dame à qui la guerre a tout pris, vient proposer un étrange marché à Marie-Romaine.

— Gardez-moi, soignez-moi, je suis âgée et seule. A ma mort, tout ce que je possède sera pour vous...

Soigner, garder, ce sont des choses « que l'on fait de bon cœur », pour rien, pas pour de l'argent. Mais Marie-Romaine est encore trop vidée de sa substance, trop usée pour pouvoir « donner », pour partager le fragile équilibre qu'elle conserve grâce au silence et à la solitude. Elle n'a pas encore le courage d'assumer une responsabilité nouvelle. La dame a bien regretté... a trouvé une autre garde-malade et quinze jours après, fait sa fortune, une fortune immense, en s'éteignant brusquement...

Qu'est-ce que la perte d'une fortune que l'on ne soupçonnait pas, lorsqu'on vient de perdre un enfant ?

Jean parle d'aller à Insbrück, en Autriche, pour voir comment réunir enfin leurs trois petits disparus.

Et l'été arrive. Jean tient à ce que Marie-Romaine et ses filles retournent à Monte Terlago.

Les citadines respectent sa solitude. Elle va, chaque jour, s'asseoir à l'ombre d'un châtaignier, seule avec son ouvrage.

En ce vendredi après-midi où le soleil de juillet poudre d'or les sommets dans un ciel immuablement bleu, la chaleur est écrasante dans la chambre aux volets clos. Graziella et Clara, près d'elle, somnolent sur leur lit. Elle abandonne sa couture et appuie sa tête lasse au mur rugueux. Là, Virginie barbouillée de mûres, là triomphante et émue, un papillon entre les doigts, là...

Jean, avant de les rejoindre demain, a enfin pris rendez-vous avec le notaire pour cette histoire d'association. Tant mieux, tout sera en ordre pour les petites.

Le chant monotone des grillons, le calme absolu qui l'entoure peu à peu l'engourdissent. Va-t-elle s'assoupir ? Une angoisse inexplicable étreint son cœur. Un fracas énorme la secoue. Au dehors ou dans sa tête ?

— Fillettes, n'avez-vous rien entendu ?

— Non, maman.

— Comme un grand bruit ?

— Mais non, maman. Rien du tout.

Elle se lève et sort dans la cour. Elle est sûr qu'il est arrivé malheur à Jean. Il est trois heures...

Comme elle guette son arrivée, le lendemain ! En vain. Tout le monde s'ingénie à lui dire qu'il a été retenu par ses affaires. Inutilement. Le dimanche, personne.

Et la semaine recommence. Lorsqu'elle voit apparaître le curé de Terlago avec un télégramme qui le prie d'avertir la famille **avec précaution**, elle sait.

Et les recherches commencent. Les journaux parlent de la disparition. Vite, elles sont redescendues à Trento pour être au cœur des nouvelles. Huit jours pour que meure petit à petit l'espérance. C'est un paysan de Vigo di Fassa qui le découvrira en contrebas d'une route, sous un pont où coule un torrent glacé, cramponné à son vélo, la tête dans vingt centimètres d'eau, le front scalpé par la force du courant, les genoux brisés, une bosse à la tête et les pommettes écrasées.

Le médecin légiste fait remonter la chute au vendredi précédent vers trois heures de l'après-midi.

XIV

Un bref orage de printemps déchire le soir, réveillant l'écho des montagnes alentour. Au milieu des vignes hautes et des vergers d'oliviers, la maison solitaire apparaît dans l'illumination furtive des éclairs.

A l'intérieur, cloîtrées dans leur chambre et leur chagrin, trois femmes veillent. Les deux plus jeunes psalmodient un moment :
— Santa Barbara e San Simon, protegene de sta saeta
     Protegene de sto ton'... [1]
Marie-Romaine n'entend pas le tonnerre. Autrement puissant est celui qui ravage son cœur.

Deux ans plus tôt, le médecin avait-il cru qu'elle allait perdre la raison ? Il avait ordonné un changement immédiat de cadre. Don Bartolo avait prêté sa maison de famille à Ceniga, sur la route de Dro et fait entrer Graziella comme secrétaire à la mairie du village.

A Trento, grâce au tuteur, M. Lubich, les affaires avaient été vite liquidées : la part de Jean, disparu avant d'arriver chez le notaire, remboursée intégralement. Quant à Graziella il n'avait pas même été question qu'elle proposât ses services à « l'associé »,

1. « Sainte Barbe et saint Simon, protégez-nous de cet éclair. Protégez-nous de ce tonnerre... »

trop visiblement heureux d'être, désormais, seul patron de l'affaire !

Puis vint l'hiver si doux de la vallée du Sarca, l'hiver de la première solitude et l'une après l'autre les saisons.

Tant de misères traversées, tant de peines partagées, tant de dangers courus ensemble, pour être là seule... Depuis quand ? Hier ? Un an, deux ans ? Engourdie, comme assommée d'abord. Puis la longue habitude du travail, lui avait fait retrouver, malgré elle, les gestes quotidiens qui préservent l'existence. Morte parmi les vivants ou vivante parmi les morts ?

Pas de démonstration. Mais qu'on ne s'y trompe pas. Le silence, la réserve de Marie-Romaine n'étaient pas résignation — cela jamais — ni courage comme on le dit — non, pas encore — mais désespoir et respect. Ne pas charger les autres du propre poids de ses peines.

Réalisme aussi. Elle était seule, et seule elle resterait. Elle appréciait l'amitié dont on l'entourait, sachant qu'on ne pourrait faire davantage. Beppy était malade et Candido en France avec sa jeune femme. Zio Momi n'était plus.

Un jour, sa cousine Adèle était venue la voir en lui portant une photo de ses parents, retrouvée dans les papiers de famille. Après son départ, elle avait regardé longtemps le jeune couple parfaitement inconnu.

Alors en elle, petit à petit, une tempête était née, la rendant enfin au monde des humains. Une colère sans nom contre les hommes, engendrant le mal. Les religieuses avaient raison, comme toujours. Oui, une colère contre les hommes qui suivent leur bon plaisir au lieu d'écouter les conseils des parents, les hommes qui dilapident le bien familial sans souci de leurs enfants, les hommes sans parole et sans honneur qui ne tiennent pas leur engagement.

Les hommes lâches, incapables d'assumer leurs actes et de prendre leurs responsabilités, qui ne pensent à leurs fils qu'avec une gerbe le jour de leur enterrement, comme son beau-père.

Les hommes qui font la guerre, qui abusent de leur force, qui meurtrissent.

Les hommes ambitieux, insouciants...

Et la terrible ronde des « si » entraîne la roue intérieure, aveugle, dangereuse.

Si mes parents étaient restés à Calavino... Si nous n'étions pas partis à cause de la guerre... Si Virginie n'était pas allée chez Beppy... Si Jean était resté chez son patron... S'il avait été voir le notaire plus tôt... Si j'avais eu le courage de soigner cette pauvre dame... Si j'avais pensé aux enfants au lieu de penser à moi... Si...

Toutes fenêtres et volets clos pour ne pas attirer la foudre, la maison craque et gémit sous les rafales de pluie. Marie-Romaine n'a pas besoin de lumière pour s'orienter dans la pièce obscure. Combien de nuits, serrant sa robe de chambre, les bras croisés sur la poitrine, l'a-t-elle ainsi arpentée ? Douze pas de la porte à la fenêtre et cinq de l'armoire au lit. Mais ce soir, c'est pour la dernière fois et les enfants le savent bien.

A travers la cloison, le bruit feutré de sanglots qu'on étouffe lui parvient augmentant sa peine et son désarroi. Clara, la tête cachée sous ses draps, doit pleurer Lancio et ses amis.

Lancio [1], couleur d'ébène et de feu...

Depuis bientôt deux ans, le chien-loup, féroce avec les étrangers mais si doux pour elles, était leur seul compagnon et gardien. Couché en travers de leurs portes, il veillait toute la nuit. Comme étaient rassurants ses grondements sourds dans le silence... Clara doit sourire dans ses larmes si elle pense à la terreur du facteur. La brave bête ne pouvait le sentir, peut-être à cause de son uniforme ? Lorsqu'il apparaissait à la grille au bout de l'allée, le chien, dans un effort terrible brisait sa chaîne d'un tel élan qu'elle s'enroulait sur les hautes branches de l'olivier le plus proche. Il se précipitait contre la porte du jardin avec des aboiements si furieux que le pauvre homme tremblant n'osait

1. « Elan. »

113

donner son courrier. Un petit chien, un jour, est entré on ne sait comment dans la propriété. Lancio l'a littéralement « pulvérisé » avant que l'une ou l'autre ait eu le temps d'intervenir !

Pas plus qu'elle, il ne sortait du jardin. Sauf quelques pas sur la route, quelquefois, pour aller à la rencontre de Clara, revenant chargée du village. Dès que la bête et l'enfant s'apercevaient, lui courait vers elle, ventre à terre et elle n'avait que le temps de lâcher ses paquets et de se trouver un appui pour le dos. Il arrivait dans un tel bond de joie qu'il lui sautait au cou avec une force terrible.

Pauvre Lancio, si fidèle... Un marchand de vin est venu le chercher. C'est un ami du tuteur des enfants. Pourvu qu'il le soigne bien et que même sans elles, leur compagnon de solitude soit heureux...

Dans sa retraite presque totale, elle avait gardé Clara près d'elle. Après les Dames du Sacré-Cœur de Jésus de Trento, qu'aurait fait l'adolescente à l'école communale ? Toujours « pronta e volonterosa »[1], elle lui rendait bien des services et surtout lui servait de lien avec l'extérieur. Heureusement, elle jouait volontiers avec les petits fermiers du voisinage : Nènélé, Quirino qui la faisait toujours enrager en lui disant :

— Ma petite, moi, je ne veux pas travailler la terre comme mes parents, je me ferai curé !...

Fiorella qui portait si bien son joli nom, Pasquina et Lisa. Surtout Lisa, avec qui sa benjamine partageait tout, même ses souliers noirs vernis pour qu'elle ait aussi, malgré son extrême pauvreté, la joie d'en porter. L'une en mettait un au pied droit et l'autre au pied gauche.

Marie-Romaine, malgré l'arrachement, reconnut très vite que ce dépaysement avait été salutaire aux enfants. Que seraient-elles devenues à Trento ? Jean avait une telle qualité de présence qu'il animait tout ce qu'il touchait. Ici, aucun objet ne lui avait appartenu. La crainte d'aviver chez l'une ou l'autre la même

1. « Toujours prête et volontaire pour... »

douleur que chacune savait porter en elle à son sujet, mettait instinctivement retenue et pudeur dans le moindre de leurs propos.

Jean, leur père... Inexplicablement, Marie-Romaine souffre davantage pour ses filles que pour elle-même.

Est elle, à travers elles, sans le savoir, une nouvelle fois orpheline ?

Aussi ne disait-elle rien, quand, au fil des jours, désœuvrée, la petite prenait pour le feuilleter, le dernier cadeau de son papa : son cher journal. Mélancolique, elle la voyait contempler un moment la couverture brune avec sa guirlande de myosotis et ses trois fleurs roses. Elle savait aussi que, lorsqu'elle l'ouvrirait, trois mésanges joueraient sur un paysage d'hiver encadré par trois boutons de roses.

Heureusement que Clara, avant de quitter Trento, avait pu y faire signer tous ceux qu'elle aimait. L'enfant relisait souvent les « pensées » au-dessus des noms. Pourquoi la chère Elena, toujours si gaie, avait-elle écrit :

— « Il dolore più forte per l'anima sensibilé è quello di non sapersi fortamente amata » [1].

La Révérende Mère des Filles du Sacré-Cœur de Jésus lui conseillait « d'être toujours dans sa famille l'ange des petits sacrifices, toujours prête à renoncer à ses petites commodités, à ses propres vues ou projets personnels, pour satisfaire ceux des siens »... Et son professeur de dessin avait écrit : « La vie est un rosaire de petits sacrifices qu'une âme généreuse égrène en chantant »...

— Pas seulement de petits, maman... mais de gros sacrifices. Dites, comment les égrener en chantant ?

Pauvre enfant ! Tout à l'heure, elle avait voulu mettre dans sa valise sa poupée, son petit fer à repasser, celui qu'elle remplissait de braise et sa dînette en cuivre...

---

1. « La souffrance la plus grande pour une âme sensible est celle de savoir qu'elle n'est pas profondément aimée. »

Marie-Romaine écoute.

Clara a dû s'endormir à force de pleurer. Mais Graziella ? Elle doit être étendue sur son lit, les yeux grands ouverts dans l'obscurité et réfléchir, une fois de plus.

Marie-Romaine comprend bien qu'en allant seule à San Giovanni là-haut, à l'enterrement de son papa, c'est non seulement l'enfance, mais la jeunesse de son aînée qui sont restées dans la Vallée de Vigo di Fassa. Lourde est sa responsabilité de chef de famille, à présent.

La jeune fille, raisonnable, sait bien que sa mère a raison et qu'elle ne peut songer ni à Mario de Trento, ni à Renzo ici, bien trop riche pour elle. Et pourtant, comme il a une belle maison avec un grand portail surmonté de deux lions de pierre. Elle a si souvent raconté à sa mère comment elle avait fait sa connaissance le jour, où, à la mairie, remplaçant le maire, elle avait célébré un mariage. Son bagage est prêt aussi. Elle voudrait simplement pouvoir emmener son violon.

Marie-Romaine reprend sa marche et ses douloureuses méditations. Car, fragile convalescente du malheur, pour la première fois depuis des années, elle est tenaillée par l'angoisse du lendemain. Une angoisse matérielle et morale. Certes, elle a toujours compté, certes elle a dû prendre d'autres graves décisions, mais Jean était là.

Depuis sa disparition, elles ont vécu sur la « part » du magasin et le modeste salaire de Graziella. Mais quand la petite réserve sera épuisée ?

Au souci d'argent s'ajoute celui de l'avenir des jeunes filles. Que faire ? Mario, malgré l'éloignement, cherche toujours à rencontrer Graziella. Il semble un petit jeune homme sérieux et gentil, mais Jean n'en voulait pas. Ici, Renzo, le fils d'un gros propriétaire, lui fait la cour. Leur père vivant, avec le magasin, leurs filles pouvaient être de bons partis. Plus maintenant. C'est fini. Elles ont tout perdu. Et puis, elle a vu incidemment les parents du jeune homme. Sa grande mérite qu'on l'épouse pour elle, sans l'arrière-pensée qu'une mère ait voulu « se caser » et la caser.

Alors, doucement, l'invitation de Candido et Silvia a cheminé en elle... Graziella n'a que dix-sept ans, elle est bien trop jeune pour se marier. Comment rester à Dro avec ses deux soupirants ? Il faut partir et trouver du travail ailleurs... mais pas dans leur Trentin : hélas, il n'y en a plus.

Petit à petit, toutes les trois se sont faites à l'idée, non pas d'un départ définitif, mais d'un voyage touristique... avec leurs dernières économies.

Des Français viennent recruter des travailleurs dans leur région. Elles veulent s'informer. Elles ont lu, puis étudié, comparé, discuté le petit fascicule intitulé « Notizie sulle Miniere di ferro di Meurthe et Moselle » [1] qu'ils distribuent.

Combien de fois ont-elles soupesé les mots : « l'aria è buona ed il clima è sano » [2]. « Les Italiens qui viennent dans l'est de la France », peut-on lire également dans la brochure, « ne doivent pas craindre d'être isolés ; ils pourront conserver leurs habitudes de vie en trouvant sur place les produits de leur pays ». Les Italiens peut-être, mais elles ? « Les habitations neuves, de types divers, présentent toutes les conditions d'hygiène ; l'eau est potable et les lumières électriques. Les prix des loyers varient entre 3 F et 7,50 F par pièce et par mois. »

Quelle surprise de découvrir que pour gagner de 25 à 32 F par jour, le mineur doit charger dix tonnes de minerai...

Et la Caisse de secours ? Et ce paragraphe sur les infortunes : « In caso d'*infortunio* sul lavoro, gli operai italiani sono beneficati con il medesime disposizioni legali degli operai francesi [3] ».

Cela veut dire quoi ?

1. « Notice sur les mines de fer de Meurthe-et-Moselle. »
2. « L'air est bon et le climat est sain. »
3. « En cas d'accident ou de malheur durant le travail, les ouvriers italiens bénéficient des mêmes dispositions légales que les ouvriers français. »

La mort ? Une « infortune » ? O combien !

Alors, Marie-Romaine est revenue à Trento.

Personne ne saura jamais ce qu'il lui en a coûté de remonter ses quatre étages, de donner ses meubles au garde-meubles, de ranger une dernière fois sa maison et de rendre les clefs de son foyer.

Demain, elle part pour la France avec, pour tout bien, une malle et deux valises.

Un arrachement, une séparation de plus. Un peu comme une nouvelle mort, en somme...

L'orage dans le ciel s'apaise, mais pas dans son cœur déchiré où Dieu est présent, mais si loin...

Signora Maria ?

Non, plus jamais.

Vedova Maria-Romana [1].

---

1. « Veuve Marie-Romaine. »

XV

Marie-Romaine, avec une satisfaction qu'elle n'a pas éprouvée depuis des mois, regarde autour d'elle. Tout est en ordre dans le nouveau logement, le deuxième que ses filles et elle occupent depuis leur arrivée en Lorraine. Après les corons et grâce à l'embauche de Graziella à la mine, elles viennent d'obtenir un « trois pièces » à l'étage d'une cité « à quatre » dans le quartier de la gare.

Dans la cuisine, il y a du carrelage rouge, une petite cuisinière à bois et à charbon, une pierre à évier grise, l'eau courante et une ampoule électrique coulissante, sous son assiette de porcelaine laiteuse. Marie-Romaine l'a personnalisée en la parant d'un abat-jour de toile blanche, brodé de festons rouges, assorti au cache-torchon suspendu près de la fenêtre qu'elle vient de parer de filets. Un cabinet personnel à l'étage, un petit bout de grenier, une cave avec sa réserve à bois et à charbon sous l'escalier et ses deux bacs à linge apportent un confort nouveau.

Elle commence à se sentir chez elle. Elle a placé quelques photos dans le renfoncement du buffet à deux corps, sous les portes aux petits carreaux de verre cathédrale et le réveil sur un petit napperon. Une table et quatre chaises, le tout en bois blanc, complètent le mobilier de la cuisine.

Marie-Romaine a pu trouver une nappe à petits damiers, bordée d'une courte frange, comme le dessus des étagères du placard près de l'évier. Dans l'une des chambres au parquet lessivé, prodigieusement propre, un grand lit de fer ; dans l'autre, luxe suprême, une occasion unique : une armoire à glace, un lit ancien et leur table de nuit qu'elle s'est procurée pour une « bouchée de pain ». La femme du marchand de meubles voulait s'en défaire pour s'acheter du « moderne ». Pour Marie-Romaine, c'est presque la chambre de Trento. En bonne place, sous une housse trône la malle au couvercle rebondi, contenant sa cassette. Un humble coffret de bois sculpté, à fine serrure où dorment ses trésors : un vieil écrin dans lequel jaunit une coupure de journal au milieu de quelques fleurs séchées, son cimetière..., l'annuaire 1923 du Touring Club italien, dernier achat de Jean, l'agenda agricole 1924 de Ceniga qui lui a permis de découvrir tant de choses inconnues sur la culture et l'élevage, son inséparable livre de cuisine, ses papiers, quelques images pieuses, souvenirs d'amis et des photos. Pas d'argent. Elles en ont si peu qu'il est là, à portée de la main dans le tiroir de l'armoire, avec son petit carnet de comptes.

Oui, tout est en ordre.

Alors, comme chaque jour, son ménage terminé, en attendant ses filles, elle va s'asseoir près de la fenêtre avec son ouvrage.

Sur la plaque luisante de la cuisinière qu'elle astique chaque jour avec une toile émeri fine sous un chiffon, la bouilloire chantonne. Dans le four, attendent les « briques » qui réchaufferont les lits, la nuit venue, bien enveloppées dans leur housse de molleton.

L'automne a tout dépouillé au long des journées de plus en plus courtes. Son regard, au-delà, des vitres, erre sur le paysage.

Du Trentin aux cités, le long voyage n'a pas émoussé le profond intérêt qu'elle porte aux êtres et aux choses, bien au contraire. Dans le balancement des wagons, Marie-Romaine et ses filles ont traversé une Italie qu'elles n'ont jamais vue et qui ne leur est rien.

Elles gardent de ce parcours un souvenir étrange. Entre Turin et Bardonnecchia, une certaine fébrilité s'était emparée du train.

Les contrôleurs et les douaniers passaient et repassaient sans cesse. A la frontière, pleins d'égards pour les personnes qui, comme elles, même en troisième classe, voyageaient pour leur plaisir ou convenance personnelle, ils refoulaient impitoyablement tous les ouvriers « à contrat » et leurs familles. Ils les regroupaient ensuite autour d'un homme venu les attendre pour différents contrôles.

Les voyageuses regardaient, pensives, tous ces gens, alignés près d'un baraquement, qui, subitement, ne pouvaient continuer leur voyage avec elles. Traits tirés, inquiets ou résignés, ils se tenaient immobiles par paquets au milieu de leurs baluchons, les enfants agrippés aux jupes des femmes. Ils ressemblaient tant aux réfugiés des convois de guerre ! L'exode, pour eux, n'était donc pas fini ?

A Modane, lorsque le train a débouché du tunnel, sur le versant français, leur destination était la même. Pourtant Marie-Romaine et ses filles étaient toujours considérées, avec déférence, comme des touristes, mais eux n'étaient plus que des émigrés conduits par l'agent recruteur des mines de fer envoyé à leur rencontre pour les choisir...

Elle se souvient du choc qu'elles ont éprouvé, ce 26 mai 1925, en arrivant à Baroncourt dans les premières lueurs du matin. Une plaine comme elles n'en ont jamais vue... Immense, nue, si verte, sous le vent et la pluie... Si triste, si rébarbative. Comme ses habitants : ceux des villages entrevus, qui se tiennent à l'écart ou ceux des cités cosmopolites que l'appel des sirènes a dressés comme du bétail à monter et descendre trois fois par jour dans les entrailles de la terre, si jaunes, dans l'odeur forte du carbure.

Les images des convois de guerre jadis croisés lui reviennent encore en mémoire, irrésistiblement. Elle reconnaît les pommettes saillantes des Slaves, le teint basané des Hongrois, la volubilité des Italiens. Mère et filles rencontrent leurs premiers arabes : des Marocains paisibles, chéchia sur la tête, à la démarche dandinante.

Elles ont l'impression d'être dans un monde à part, qui ne

ressemble en rien à ce qu'elles ont connu jusque-là et dont le reste du pays ne semble même pas soupçonner l'existence tant il est replié sur lui-même.

Tout les a surpris. Tout les surprend encore. Et en premier lieu l'uniformité de tout ce décor tracé au cordeau. Le prospectus n'a pas menti. Les maisons sont neuves. Elles sont même imposantes sous leurs toits de tuiles aux angles rabattus, flanquées sur le côté de leurs petites « écuries ». Exactement semblables suivant les types de constructions des différents quartiers, elles sont séparées par des jardins, nus encore, qu'entoure et divise grillage ou haie. Des arbres maigrelets essaient de les égayer. Près de chaque escalier, un petit monticule blanc les a intriguées : le résidu des lampes à carbure.

Tout est encore trop neuf pour être humain, pour que se créent de vrais liens entre ceux qui demeurent ici depuis si peu de temps. Et pourtant, avec étonnement, Marie-Romaine découvre vite qu'habiter tel quartier est mieux considéré qu'habiter tel autre. Dans chacun, il y a le coin des Polonais, des Italiens, des Yougoslaves... L'un des corons est même appelé « le Maroc ».

En regardant les mineurs passer, hâves dans leurs bleus jaunis, musette sur l'épaule d'où dépasse le bouchon de porcelaine blanche de la même bouteille « de limonade », même lampe au bras et même casquette, visière souvent à l'envers pour les Polonais, même chapeau aux bords rabattus pour les Italiens, elle ne voit en eux aucune différence. Tous semblables et pitoyables à gagner si durement leur vie. Qu'est-ce qui les pousse à se vouloir les uns plus importants que les autres ? Leur passé ? L'inconscient besoin d'échapper au nivellement, à l'anonymat de l'émigration en gagnant un peu de considération ?

Cantines, corons, cités. Une autre hiérarchie dans le bien-être et la civilisation de ces pays neufs. Les premières pour les ouvriers seuls ou célibataires, les seconds pour les nouveaux arrivants et les foyers en transit, Italiens surtout, les dernières, en priorité, pour les familles réunissant quelques critères d'honorabilité et de stabilité. En effet, certains ont la bougeotte. Ils quittent leur travail, leur logement, pour en chercher un meilleur ou pour retrouver ou suivre un parent, un copain, un « pays ». Ceux qui, tout au début, sont venus, tentés par l'aventure, ont vite compris qu'il n'y a pas de place pour elle dans le ballet bien réglé des hommes jaunes... Ils repartent alors après un baroud d'honneur.

Par la fenêtre de la chambre de devant et par celle de la cuisine où elle est, Marie-Romaine peut embrasser, d'un seul regard, tout l'univers de la mine.

La mine-mère : souveraine absolue de qui tout dépend, sans laquelle on ne peut rien faire, rien être, rien avoir. « Coopette » [1], chapelle, salle des fêtes, écoles, mairie, terrain de foot, presbytère aussi, tout lui appartient. A peine arrivée, Marie-Romaine a compris son importance capitale.

Elle paraît pourtant si inoffensive à première vue, dans le bon ordre de ses bâtiments et des parterres fleuris de roses qui les séparent. Sur le carreau, autour du puits, se dressent les bureaux, l'infirmerie, l'atelier, le magasin, les douches, le hangar des locomotives et la machine d'extraction. Déesse vénérée, cœur et cerveau de l'ensemble, sur laquelle des gardiens veillent jour et nuit. A la recette là-haut, près des accus aux vitres souvent brisées, le stock et, à ses pieds, les voies de chemin de fer.

La mine-mère est là, tranquille, avec ses silos mystérieux et, un peu à l'écart, ses montagnes de matériaux divers, ses piles de traverses et de bois, ses tas de charbon que les femmes, souvent, vont chercher avec des chariots à quatre roues et timon de bois. Immobiles, en chapelet, ses rames vides ou pleines aux grands wagons roux marqués d'une affichette blanche, attendent. Le tout est entouré d'un haut mur que percent au nord et à l'ouest de grandes portes munies d'imposantes grilles noires. A chacune d'elles veille un gardien.

Toute l'enceinte est saupoudrée d'une impalpable et tenace

1. Coopérative.

poussière vieil or. Les traverses entre les rails et celles de l'escalier de bois coupant la belle allée qui monte en un virage élégant vers les bureaux, sont ainsi recouvertes d'une patine rouille, indélébile.

Marie-Romaine ne sait pas définir l'odeur étrange qu'elle respire ici pour la première fois. Le carbure peut-être ? La terre ou le minerai ? Comment savoir ?

Elle n'arrive pas à imaginer que toutes ces pierres de fer ont été détachées des entrailles de la terre, à bras, à vie d'hommes. Des blocs si énormes ! Comment ont-ils pu être soulevés ?

Les blocs, hantise des mineurs.

Elle les entend d'ailleurs beaucoup plus souvent dire « travailler aux blocs » que travailler « au fond », comme les autres disent « travailler au jour » plus que travailler à l'atelier, au magasin ou ailleurs en surface. Deux races, ceux de dessous et ceux de dessus... Parmi ces derniers, tout à fait à part, les intouchables, ceux du bureau : les employés, qui savent tous lire, écrire, compter.

Marie-Romaine ne pense plus, comme les premiers jours, que les cantiniers en face de son coron basculent dans leurs caves d'énormes tonneaux quand un roulement lointain gronde dans le sous-sol. Elle sait maintenant qu'à plus de trois cents mètres sous terre des charges d'explosifs sont tirées pour détacher les pierres de fer.

La mine n'est pas bruyante. Les trois femmes se sont très vite habituées à l'imperceptible chant des molettes des grandes roues, là-haut, sous le petit toit de leur chevalet. Elles savent maintenant, quand celles-ci tournent dans l'un ou l'autre sens, que la benne monte ou descend et que le choc de l'arrivée des wagonnets chargés, à la bascule [1], sera suivi, peu après, soit du fracas de leur renversement dans la rame qui les attend dessous, prête à recueillir par des trappes énormes le précieux minerai, soit de

1. Pont culbuteur.

leur expulsion sur le stock. Ces bruits réguliers comme une énorme pulsation, se font, par leur cadence même, vite oublier.

Mais comment supporter, huit fois par jour, le mugissement de la sirène [1], auquel répond l'écho de ses « collègues » alentour ? Au début, il vrillait son cerveau et accélérait le rythme de son cœur. Elle se rend bien compte maintenant que son lugubre appel n'a pas domestiqué les hommes seuls, mais les femmes et les enfants aussi.

Quand les premiers sont descendus, les femmes peuvent sortir, une fois leur travail terminé. Les latines, petites et rondes, vêtues de noir, surveillent à grands cris leur progéniture. Elles tricotent debout en bavardant au bout du jardin. Silencieuses, le visage étroitement encadré par leur foulard multicolore, sous le châle à frange, les slaves font paître leurs oies tout au long des fossés ou bien elles jardinent. Dans le silence revenu, la rue est aux petits enfants blonds platine ou si bruns. Un rhume constant les fait souvent renifler ou s'essuyer le nez d'un revers de manche. Ils n'ont pas encore acquis l'habileté des pères qui, tout en marchant, se tenant une narine et soufflant de l'autre, savent se débarrasser au loin de ce qui gêne leur respiration...

Mais quand ils remontent !

Tricots, bavardages, jeux, volailles, jardins, vite, tout est abandonné au signal impératif. Les foyers sont regagnés en hâte, les feux s'attisent dans les râclements des pelles et le tintement des cercles en fonte des cuisinières. Des odeurs de cuisine plus personnalisées que des pièces d'identité, renaissent et se répandent par les rues des cités. Les hommes vont rentrer. Slaves et méridionaux sont maîtres en leurs demeures. Il faut que tout soit prêt et que leurs épouses, libres en leur absence, soient présentes et disponibles.

Dociles et soumises, elles comprennent et acceptent.

Souvent, elles ont mangé avant, avec les enfants qui vont à l'école et qui, à cause des postes, voient très peu leur père.

1. Le gueulard.

Alors, debout, elle servent leur mari, avec, chaque jour, le même cérémonial. S'il n'est pas passé aux douches avant de rentrer, elles tiennent prête dans l'écurie une lessiveuve d'eau chaude et le linge de rechange avec les bleus du jour et de la semaine. Certaines les déchaussent, délaçant avec peine le dur lacet de cuir de leurs gros souliers cloutés : d'autres leur lavent le dos. Puis elles leur présentent le repas, en racontant suivant leur humeur et leur fatigue, les petites nouvelles du jour qu'ils approuvent ou désapprouvent par grognement, la bouche pleine. Pendant qu'ils mangent, elles s'occupent de la lampe à carbure et vident la musette, recueillant avec respect le croûton de pain qu'ils ont pu laisser. S'il est trop souillé de poussière, les lapins s'en régaleront. Ils n'ont jamais assez de boisson : il fait si chaud en bas à charger le minerai. Avec soin, elles rincent les bouteilles pour que le fond de café, nature ou au lait, n'aigrisse pas la boisson du lendemain. La dernière bouchée avalée, s'ils ont eu le courage de manger, la fatigue les terrasse et, repoussant leur assiette, ils s'écroulent à même la toile cirée, la tête sur leurs bras repliés. Sinon, ils s'allongent sur la banquette où ils sont assis, entre le mur et la table. Les épouses, silencieuses, desservent et veillent sur le repos de leur mari, dehors, s'il fait beau, assises sur l'escalier ou à l'intérieur, près de lui, en tirant l'aiguille.

Elles acceptent. Elles acceptent tout, au-delà de leur rude attachement, même les coups parfois et les cris souvent, parce qu'elles savent que leur fragile sécurité de déracinée repose sur la seule aptitude au travail de cet être écroulé, qui dort là pesamment. Sans elle, plus de salaire, plus de logement, plus rien. Devenues veuves, si aucun fils n'est apte à prendre aussitôt le relais du père, elles seront expulsées avec leur progéniture jusque dans leur pays d'origine... Sans plus attendre d'ailleurs. Elles savent qu'en rentrant du cimetière, elles trouveront leur pauvre « ménage » sur le trottoir et leur logement occupé.

Au retour de l'école, les enfants trouveront un père aux cheveux ébouriffés qu'il coiffera en arrière de ses mains dures, calleuses, avant de s'étirer plus taciturne que jamais, ou bâillant à s'en décrocher la mâchoire. Le souper, pour eux, arrivera, avant qu'il ait réussi à se remettre en mouvement.

Marie-Romaine n'a personne au fond. Sa sœur, son beau-frère et ses neveux sont repartis dans un autre coin de France, plus clément. Candido est boulanger à la coopérative. Mais comme elle partage l'angoisse de ces épouses quand la sirène, brusquement, mugit plusieurs fois de suite en dehors de ses heures habituelles ! Comme elle a mal de les voir courir toutes au portail de la mine où une « infortune » est arrivée.

Avec quelle ferveur on prie ici aussi sainte Barbe, sous l'immense ciel de plaine où courent de fantastiques nuages au-dessus des chevalets qui, de tous côtés, hérissent la ligne d'horizon. Ciels embrasés des couchants et de la nuit des hauts-fourneaux proches. Triste pays. Morne pays, dont Candido n'avait jamais parlé dans ses lettres. A quoi bon ? Dans sa lutte pour le pain quotidien, le peuple peut-il se préoccuper d'autre chose que de sa survie, trop heureux qu'on la lui assure, qu'on pense et agisse pour lui... Comment pourrait-il avoir des prétentions de beauté, d'harmonie ?

Marie-Romaine, dans le calme de sa demeure, se demande encore comment ses filles et elle ont pu s'adapter et traverser l'épreuve des corons. Ces corons bruyants, ces casernes où se libère la tension amassée au fond...

Dès leur arrivée, Silvia a trouvé dans l'un de ceux-ci une pièce à louer, unique solution pour trois femmes seules. L'hôtel est trop cher et de toute manière, il est réservé aux employés et aux cadres, français de préférence.

Ce coron est une grande et longue maison triste à un seul étage, aux façades symétriquement percées. Toutes les deux fenêtres, devant et derrière, au rez-de-chaussée, une porte s'ouvre sur un couloir qui traverse le bâtiment de part en part. Il donne accès à quatre pièces. Un escalier de bois mène à l'étage où le même corridor dessert quatre autres pièces. Seule différence : du carrelage jaune en bas, du plancher en haut. Pas d'eau courante.

Les fontaines sont dans la cour, les poignées de leurs pompes polies par l'usage.

Bien alignés en face, une série de cabinets communs aux habitants de l'immeuble s'élèvent assez loin au fond des jardins. Les portes en bois avec leur petite ouverture en losange laissent passer des relents caractéristiques. Les plus distingués présentent sur une grande pointe rouillée des feuilles de papier journal coupé, un broc rempli d'eau à côté d'une balayette en coudrier.

Au début, Marie-Romaine et ses filles osaient à peine sortir, surtout les jours et les soirs de paie. Le coron tout entier vibrait d'une excitation singulière où se mêlaient chants, accordéon, disputes, rires, danses, bagarres, cris, exclamations des joueurs de cartes et de « mora ». Bien joli lorsque tout cela ne se terminait pas par des poursuites au couteau, ou la défénestration des meubles et des ustensiles de cuisine !

La jeune femme frissonne quand elle repense à tout cela... Au monde décrit par les religieuses... Au monde découvert au théâtre avec Jean, à Trento et pendant la guerre... Un monde civilisé malgré tout, dans ses qualités et ses défauts.

Mais ici ? Comment peut-il devenir aussi sauvage certains jours ? Parce que déshumanisé par le travail lui-même et la peur du lendemain ? Cette peur qui fait perdre aux hommes le respect d'eux-mêmes et les rend comme des loups les uns pour les autres. Combien de fois n'a-t-elle pas retourné toutes ces questions dans sa tête, pendant ses longues nuits d'insomnie, bénissant le sommeil profond de la jeunesse qu'aucun bruit n'atteint. C'était assez des interrogations qu'elle devinait dans les yeux étonnés et quelquefois inquiets de ses filles pendant le jour.

Rien, ici, de comparable avec leur exode en 1915. Elles l'avaient vécu entre femmes d'abord, dans le calme d'un village perdu de Bohême, puis avec Jean, sur les bords du Danube, dans une communauté de compatriotes. Même le dénuement total, la famine, le chagrin, les épidémies n'avaient pas fait perdre aux hommes leur dignité. Oui, dans leur cœur, leur âme et leur chair, ils avaient souffert de deuils auprès desquels la faim, l'exil,

Marie-Romaine à son arrivée en France
(photographie figurant sur son passeport).

Giuseppe et Thérèse les parents de Marie-Romaine.

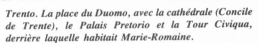

Trento. La place du Duomo, avec la cathédrale (Concile de Trente), le Palais Pretorio et la Tour Civiqua, derrière laquelle habitait Marie-Romaine.

Zio Momi et sa fille Adèle.

Le portail d'entrée de l'Institut des filles du Sacré Cœur de Jésus.

La Révérende Mère fondatrice Beata Térésa Verzieri. (1751-1831).

Institut des filles du Sacré Cœur de Jésus. Le cloître.

Jean.

Première photographie de Marie-Romaine.

Réfugiées en Bohème, Marie-Romaine, Graziella et Clara.
Pour pouvoir se changer, les femmes reçoivent un costume du pays.

Un des camps de réfugiés trentins. Les barraques en bois.

Aschach... Jean, l'un des gardiens du camp de prisonniers russes.

Les réfugiés orphelins.

Raconte, grand'mère ! Le château de Tenno et le lac de Garde.

Vigo di Fassa. Le cimetière où Jean repose au milieu des montagnes.

La petite Virginie.

Graziella et Clara en 1925.
Dernière photo avant le départ pour la
France.

Trois femmes seules, en Lor-
raine : Graziella, Marie-Ro-
maine et Clara.

Notizie sulle Miniere di ferro di Meurthe e Moselle : :

SITUAZIONE GEOGRAFICA

Le Miniere di ferro sono situate su di un altipiano ben arieggiato dove l'aria è buona ed il clima è sano. Delle numerose linee ferroviarie ed una rete molto sviluppata di buone strade, delle quali alcune con servizio di tram o d'autobus, rendono facili le comunicazioni con delle città, quali: *Nancy* e *Metz,* e diversi centri molto importanti: *Briey, Conflans, Longwy,* ecc.

La mine de La Mourière. Piennes (Meurthe-et-Moselle).

Les cités de la Meuse, à La Mourière, en 1927.

Les corons à La Mourière, en 1927. L'auto est en Meuse, le cheval en Meurthe-et-Moselle...

Les cités de la gare, à La Mourière, en 1927.

Un chantier de traçage. Les mineurs posent...

Un chantier de dépilage.

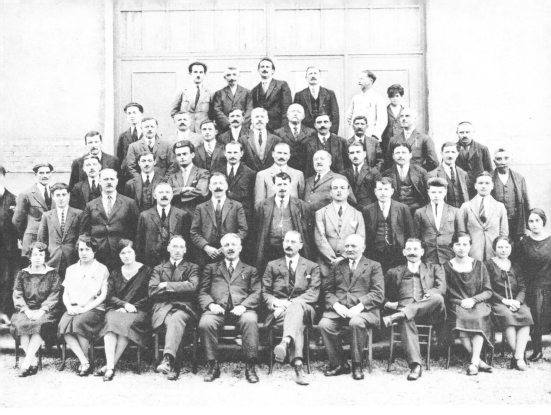

Les employés.

La consultation des nourrissons.

CONSULTATION
DE
NOURRISSONS
MINE DE LA MOURIÈRE

Vittorio, la dernière passion de Marie-Romaine.

27 août 1967. La dernière photo de Marie-Romaine.

la pauvreté ne sont rien. Mais ils l'avaient fait avec réserve et gravité, dans la splendeur des paysages. Ces derniers fortifieraient-ils le cœur et serait-il donc plus facile de souffrir dans la paix et la majesté des montagnes que dans la nuit des corons ?

Mais, morte est la petite jeune femme qui trottinait si heureuse sans le savoir par les rues élégantes de sa chère et si pittoresque petite ville...

Morts sont trois de ses enfants. Et mort, aussi, est son mari, Jean, cet homme dont elle a partagé les jours et les nuits pendant dix-sept années.

Dix-sept ans. Si peu de chose quand elle y pense : un souffle, une cicatrice, une invisible marque au cœur, à l'âme. Assez pour être heureux ou malheureux, pour faire le bonheur ou le malheur de l'autre. Tenir pendant tant de jours entre ses mains, la joie ou la peine d'un être... et le découvrir trop tard.

Jean.

Son courage, son honnêteté, sa joie de vivre... Elle a essayé de le rendre heureux, oui, mais au fond sans pouvoir l'accepter vraiment, à cause de... ce devoir.

En soupirant, elle constate, une fois de plus, que rien de ce qui arrive n'est inutile. Même pas l'épreuve des corons. Comme cet « instinct » qu'ont les hommes lui apparaît maintenant avoir été, chez Jean, doux et patient. Comme sa vie, malgré ses chagrins, a été grâce à lui, protégée et tranquille en comparaison de ce qui se vit ici. L'aurait-elle su autrement ?

Marie-Romaine pose son ouvrage sur le rebord de la fenêtre. Elle n'y voit plus assez pour travailler. Immobile, elle regarde, sans la voir, la nuit d'hiver tomber sur les cités silencieuses.

Monde étrange venu de l'ex-empire, aux colères et aux joies imprévisibles, à fleur de peau, si disparate... Il ne retrouve son vrai visage, sa dignité que dans l'unité, une fraternité même fugace que devant le malheur ou l'insulte.

Comme elle se sent solidaire, Marie-Romaine, de ces gens hier encore inconnus, de ce peuple de forçats qui se cabre sous l'injure.

Non, ils ne sont pas venus manger le pain des Français : on est

129

venu les chercher, les acheter presque, en Pologne, en Italie et même en Yougoslavie et en Hongrie, avec un contrat ! Bien sûr, ils sont pauvres. Bien sûr, ils n'ont rien ; sans cela ils ne seraient pas là, mais ils viennent faire le travail que les Français ne veulent ou ne peuvent pas faire. Et cela leur donne le droit ou de faire venir leur famille ou de la nourrir là où elle est restée.

Et pourquoi ne leur serait-il pas permis de se priver de tout pour économiser quelques années de soleil ou de vie dans leur pays ? Ou de tout dépenser pour oublier ? Ces Lorrains ne peuvent-ils comprendre que c'est là le seul espoir, la seule force qui leur permet de risquer continuellement leur existence de taupe ou de supporter de vivre, déracinés, dans ce morne pays ? Avec quelle gravité les têtes ont hoché devant le cri d'un nouveau venu après sa première journée au fond :

— Mais je n'ai tué personne pour mériter toute ma vie de faire un travail pareil !

Et le tragique silence de cet autre qui se mourait du « mal du pays »... Une collecte le sauva, in extremis : seul, il n'aurait pu payer son voyage de retour.

La population est jeune pourtant. On n'embauche pas les vieux. Combien ont tremblé devant l'œil expert du recruteur venu à leur rencontre à la frontière ou les choisir à l'arrivée, après leur voyage. Pas de grands-pères et pas de grands-mères. Ils sont restés, inutilisables, dans les pays lointains avec, quelquefois, un enfant ou deux, trop petits pour supporter le transit ou assez grands pour « garder la terre ». Ce petit bout de terre qui n'a pu les nourrir.

Marie-Romaine croit que c'est pour cela qu'ils s'étourdissent quand ils le peuvent, que les hommes boivent quelquefois et que les femmes sont si tristes et si réservées.

Fermières à la miche de pain des douces collines de Moravie, reverrez-vous un jour vos chaumières blanches près du puits à balancier ?

Il n'est pas bon de s'attendrir ainsi. La jeune femme se lève, allume la lumière et tisonne son feu. On ne peut tout avoir.

Pourvu qu'il n'y ait pas d'accident et qu'on puisse garder travail et santé : le reste s'arrangera. Et des lendemains qui seront meilleurs, parce qu'ils ne peuvent être pires, se lèveront bien...

Alors, en attendant, avec un certain respect, chaque jour, le petit peuple des cités passe devant le château de Monsieur le Directeur, belle et imposante demeure au milieu d'un parc, dernier refuge des arbres de la forêt qui s'élevait là, à la place des maisons. Patron souverain, empereur de la mine, détenteur de tous les bienfaits, puisque détenteur du travail, juge et arbitre des membres de cette étrange famille dont il est le père, roi Salomon et saint Louis des mêmes sujets disparates, venus de l'empire d'Autriche à l'empire du fer, il règle jusqu'aux conflits domestiques et conjugaux.

Marie-Romaine ouvre la fenêtre pour fermer ses volets. Elle contemple un instant cette plaine qui va, qui ondule sans fin jusqu'à la ligne noire où, la nuit, brille une lumière fidèle.

Plaine farouche et déserte... comme son cœur.

Mais pas comme celui de ses enfants qui veut, qui doit battre.

Allons, elle a eu sa part de vie, dans le soleil et la splendeur des montagnes ! Il faut reprendre la lutte pour que ses filles trouvent la leur, malgré le vent et la pluie qui tombe si souvent.

Sinon, à quoi servirait-elle désormais ?

Alors courageusement, silencieusement, elle vit sa vie jour après jour. Elle fait son devoir.

— Dieu ne ferme jamais une porte qu'Il n'ouvre en même temps une fenêtre, disait la Révérende Mère Supérieure générale...

Cela doit être vrai ici aussi. Il faut donc s'appliquer à la découvrir et à défaut de bonheur, reconnaître et accepter vraiment les petites joies quotidiennes, les seules qui gardent réellement en vie, sans dessèchement intérieur, sans fossilisation.

Joie d'être enfin chez elle, dans ce petit logement tranquille. D'avoir ici de la famille. Comme elle plaint ceux qui arrivent absolument seuls pour prendre place dans ce... bagne.

Joie aussi de voir ses filles au travail presque aussitôt. L'une est à la mine, grâce à ses diplômes ; l'autre est apprentie dans une épicerie-mercerie. Quel soulagement de la savoir en sécurité pour l'hiver chez la brave commerçante qui veut bien la garder la nuit quand elle va aux cours du soir apprendre le français !

Sourire du petit Angelo au foyer de son frère Candido. Bonheur de savourer chaque jour le bon pain frais, savoureux, fleuri comme une brioche, qu'il pétrit la nuit à grandes brassées et découpe en petites flûtes croustillantes, longues baguettes, gros pains ou miches énormes, comme on le lui demande ici. La boulangerie de la coopette embaume le quartier. Elle offre son large comptoir, à droite en entrant, après la petite caisse surélevée, entourée de fin grillage. Derrière, sur des présentoirs aux parures de cuivre étincelantes, attendent les fournées qu'avec dextérité, d'un coup de couperet sec, les clients feront débiter dans le craquement des croûtes dorées.

Emotion de retrouver, au Comptoir français, des « waferis », ces gauffrettes fourrées au chocolat qu'elle achetait à Trento. Cette épicerie, avec ses casiers de bois remplis de légumes secs, de semoules, de pâtes diverses, ses étagères bien garnies, ses pompes à huile ou à vin au détail, ses cuves en bois contenant des olives, des cornichons, des anchois, des morues salées, ses bocaux ventrus plein de café, de pastilles, de bonbons, de sucettes, de gâteaux secs, est son trait d'union avec le passé. Sous des globes, beurre, fromages, mortadelle, panzetta, coppa [1] entamés, sont protégés des mouches qui prennent leur revanche sur les grands bacchalas [2] pendus, tout gris et tout secs au plafond. Les différentes odeurs mêlées sont si puissantes, qu'en fermant les yeux, elle peut se croire un instant dans la petite boutique, là-bas, sous les arcades... Quelle satisfaction de pouvoir choisir sa viande chez « la » Talie, l'accorte bouchère qui parle italien.

Joie aussi de voir lever ses premières semailles. Avec quel soin, elle, la citadine, a planté, en consultant l'agenda de Ceniga, son morceau de jardin ! On dirait d'ailleurs qu'une sainte émulation

1. Lard roulé.
2. Morues séchées.

a saisi chacun dans son rectangle de grillage. Pas seulement parce que le garde passe contrôler, mais pour l'apaisement inconscient que la terre apporte aux exilés. Est-ce le besoin ou la nostalgie qui fait pousser dans les différents jardins, choux, concombres, chicorée amère, haricots ou plantes aromatiques en priorité ?

Devant sa fenêtre de cuisine, quelques boutures de fleurs essaient de prendre racine. Elle les soigne avec vigilance, comme si sa vie en dépendait. Sur le rebord extérieur, elle met chaque jour les miettes de pain des repas, soigneusement recueillies, pour les oiseaux, des petits moineaux effrontés qui viennent d'on ne sait où...

Marie-Romaine, après sa longue méditation, soupire. Oui, il y a beaucoup de fenêtres ouvertes dans sa vie...

Alors, du fond de sa solitude il lui faut, plus que jamais, observer intensément tout ce qui l'entoure pour essayer de connaître et par là-même de comprendre et de trouver des raisons d'excuser, d'accepter, d'aimer.

— Ma chi sa, Signor, perchè i è cosi ?... [1]

Une veuve et ses deux filles. Trois femmes seules, désormais solidaires d'un nouveau peuple, loyales, idéalistes, assumant cette solidarité jusqu'au scrupule.

Que ce pays qui les accueille, qui les nourrit, n'ait rien, jamais, à leur reprocher, rien à dire sur elles. Faire honneur, toujours : une manière qu'ont les pauvres de payer leur dette.

Le logement est toujours impeccable au cas « où quelqu'un viendrait », de la mine surtout. Les tenues sont rigoureusement correctes. Tous les achats — sans exception — sont réglés comptant. Se priver plutôt, mais ne rien devoir à personne. Il faut prouver que les étrangers aussi peuvent tenir parole, avoir du courage... Elles se sentent inexplicablement fières des « Mangianima » [2], ces Italiens qu'on cite en exemple pour les quatorze tonnes qu'ils chargent chaque jour avec une énergie farouche.

1. « Mais qui sait, Seigneur, pourquoi ils sont comme cela ? »
2. Mange-Mine.

Ce pays qui les accueille, pour elles, ce sont les Français. Les Français de la mine — elles ne voient jamais les autres — qui travaillent au bureau. Ces « employés » qui habitent dans des maisons plus grandes avec des arbres autour, près du petit bois, longeant le carreau à la suite du château de Monsieur le Directeur. Les employés : princes de l'empire du fer, qui vont travailler avec leur chaîne de montre sur leur gilet. Dans le Trentin, on disait des Français, peut-être à cause de Napoléon, qu'ils étaient « falsi e cortesi » [1]. Elles ne peuvent rien en dire : ils ne fréquentent pas les étrangers.

Elle sort très peu. Les bourgs sont à quelques kilomètres et comportent une seule grande rue, large, impersonnelle, triste. Elle ne s'y rend presque jamais. Elle n'a rien ni personne à y voir. Rien à y faire. Des cafés, quelques commerçants italiens ou juifs pour la plupart et, tout au bout, des fermiers, dans le vieux pays. Une affiche a retenu son attention, un jour, en passant : un grand gaulois chevelu et casqué, aux belles moustaches tombantes, vante sa bière, la meilleure. Par rapport à quoi ? Elle a souri. Dans chaque pays traversé autrefois, les bières étaient les meilleures aussi : à Trento, à Insbrück, à Linz, à Bukwice, à Vienne et à Prague...

Le dimanche, où pourrait-elle aller, si ce n'est à la chapelle ? Petite, intime, sécurisante, elle est amoureusement entretenue par une jeune fille active et silencieuse. Avec son fin visage et ses cheveux noirs tirés en bandeaux, coiffée d'un lourd chignon, elle semble une madone descendue de l'un des vitraux. Dans le parfum tenace de l'encens des dimanches, elle fait, chaque semaine, ses bouquets si discrètement que, sous les mantilles noires ou les fichus multicolores, les femmes à mi-voix, sans distraction, continuent leur rosaire.

Les cierges pleurent devant la Vierge noire de Czestochowa dans son cadre doré et un saint Antoine de Padoue rose et bouclé dans sa longue bure, le « Bambin Gesù » sur les bras.

_____

1. **Faux et courtois.**

134

Les yeux des fidèles perdus dans leurs dévotions fixent, sans les voir, les autres statues. Sauf, peut-être, cette frêle religieuse qui perd les roses de son bouquet et la jeune bergère qu'un élan semble porter en avant, une main repoussant sa quenouille et l'autre brandissant un étendard. On dit que c'est une enfant de la région qui, dans les temps anciens, sauva la France.

Les émigrés, un peu étonnés que dans ce pays on fasse deux communions, la petite et la grande, retrouvent avec ferveur leurs offices. Magnificence de la liturgie, seul lien commun entre eux et avec leur passé. La chapelle est pleine, non seulement à cause de la présence de Monsieur le Directeur et de toute sa famille, mais parce que les années, les distances, les différences s'effacent une heure par semaine, dans les chants latins, le coude à coude endimanché, les fleurs, l'encens, la turbulence des enfants de chœur dans leur robe rouge à surplis de dentelle blanche, les envolées assoupissantes du prédicateur...

Un culte qui fait se dresser, au long des rues tapissées de fleurs et des processions embanniérées, de sublimes reposoirs et promener l'ostensoir sous un dais d'or et des statues sur des brancards décorés. La plus vénérée est la patronne des mineurs : la main sur une tour, tenant la palme du martyre, les yeux tournés vers le ciel sous le royal diadème.

Un seul peuple : les pauvres, les déracinés qui, dans leurs peurs, essaient de se concilier les mêmes divinités.

L'aumônier des Italiens est passé les voir. Marie-Romaine réalise mal encore qu'elle fait partie de leur colonie. Elle n'a rien de commun avec eux : ni gastronomie, ni coutumes, ni culture. Et pourtant, ses filles et elle font partie des « sales macaronis ». Quans elles ont enfin compris, elles ont essayé d'expliquer l'erreur, de parler du Haut-Adige, du Tyrol. La rancœur des propos a fait place à la haine en parlant de sales boches. Elles ont senti alors que c'était beaucoup plus grave, à cause du phare qui luit la nuit à l'horizon, en souvenir d'une terrible bataille. Une bataille comme celle vécue par Franz, dans les Karpathes. Alors, elles se sont tues. Elles ne diront plus jamais rien.

— Oh, ma petite fille, parlez-moi encore, j'aime tellement votre accent. Il me semble que vous chantez...

Clara raconte que dans le bourg, une vieille dame française se fait une joie, chaque fois qu'elle la rencontre, de la faire parler...

En six mois, ses filles s'expriment presque couramment en français ; elle qui maintenant le comprend un peu, n'ose et n'osera jamais le parler en public. Les jeunes filles font les démarches et si elle doit les accompagner, elles lui servent d'interprètes. Elle a trop peur de se tromper, de se ridiculiser. Dans les cités, tous les émigrés d'ailleurs font comme elle, sans s'en rendre compte, profitant de la remarquable faculté d'adaptation de leur progéniture.

— Mais maman, vous parliez bien le dialecte morave à Brno et l'autrichien à Aschach...

Avec qui parlerait-elle ? Et de quoi ? Pourquoi et comment ces familles qui l'entourent se sont-elles expatriées ? Tout ceux qui sont ici ont certainement plus souffert qu'elle. Il ne faut pas rouvrir les plaies. Quant aux autres, ne font-ils pas assez pour eux sans avoir à s'occuper de l'état d'âme des émigrés ?

Marie-Romaine a maintenant une conscience aiguë de son peu d'importance. A Trento, elle existait pour Jean, sa famille, ses amis. Ici, elle n'est plus rien, pour personne, en dehors des siens...

Toujours vêtue de noir, elle ne pense qu'à servir, car vivre, c'est servir, sinon à quoi bon ?

Sans amertume. Pourrait-il d'ailleurs en être autrement ? Consciente et solidaire des millions d'autres femmes à travers l'Europe à qui la guerre a pris aussi fils, mari, maison, pays et qui n'imagineraient pas ne pouvoir accepter leur vie telle qu'elle est...

XVI

— Maman ! Il arrive !

Mario, son service militaire terminé, quittant pays et famille, a réussi à les rejoindre. Tant de constance touche Marie-Romaine. Graziella, toujours si grave, retrouve le sourire. D'ici, il n'y a plus de nord, ni de sud dans le Royaume de Victor-Emmanuel. Avec émotion on parle de mariage.

Quand elle sera revenue de Longwy où elle a été envoyée pour démêler des dossiers de dommages de guerre, Graziella ira à Trento récupérer leurs biens. Marie-Romaine, en attendant, prépare les repas du fiancé qu'elle apprend ainsi à connaître et à apprécier. Coiffeur de son métier, il est wattman au fond [1]. Tout ce que son beau-frère et ses neveux racontaient, avant leur départ, sur les conditions de travail des mineurs dans la poussière et le danger est donc vrai.

Alors, dans la petite cuisine toujours si propre, au fil des jours et des repas, peu à peu, le fond sournoisement est venu prendre une place qu'il ne quittera plus.

Les longues galeries aveugles débouchent avec leurs petits trains dans les quartiers d'exploitation où, méthodiquement, tranche par tranche, on tire le minerai sur les indications du porion, interprète de cet enfer de Babel. Les hommes brisent les blocs au pic, les chargent à la pelle ou à la main. Puis les cloi-

1. Conducteur de petite locomotive.

137

sons sont abattues, on « purge » le tout, on étaie avec des « chandelles » et on continue dans les fracas et la poussière qui colle au corps, brûle la gorge et les poumons.

— Madame Marie, il faut un rendement de dix tonnes par homme occupé dans chaque chantier, soit trente tonnes par jour au total puisque chaque mineur a un ou deux aides !

Des tandems ou des trios célèbres d'avaleurs de minerai que Monsieur le Directeur félicite et cite en exemple se sont ainsi formés. Parmi ces « mange-mine », il y a, par exemple, « Guitare » ainsi surnommé à cause de son effroyable maigreur. Celle-ci permettrait de jouer avec ses côtes comme avec les cordes de cet instrument si ses copains, en le voyant, avaient le cœur à rire...

Marie-Romaine, souvent, repense à ces récits. Qu'y a-t-il derrière cette énergie, cette volonté farouche de produire ? Le besoin vital d'émerger, de capitaliser plus vite, de payer quelque chose au pays, de repartir, d'oublier ? Mais surtout n'est-ce pas l'angoisse d'être licenciés, renvoyés ? Une angoisse qui les amène à cacher maladies et accidents, à risquer leur vie pour élever leur famille ?

La sensibilité de Mario lui fait pressentir bien des drames secrets. Parfois, devenus trop lourds à porter seul, il les partage avec elle. Comme elle s'émeut alors des souffrances qu'ils révèlent ! Il confie la révolte intérieure ou extérieure, la résignation amorphe des premiers jours de ces hommes qui arrivent des campagnes ou du soleil et qu'il conduit pendant des kilomètres à travers la nuit des galeries pour la première fois. Ces premiers jours que certains voudraient pouvoir reculer indéfiniment à cause de leur soi-disant incompétence et surtout de leur peur. Hélas, le contrat ne prévoit que deux mois maximum d'apprentissage pour ceux qui n'auraient pas immédiatement « les aptitudes professionnelles suffisantes pour être mineur ou aide-mineur ». Et ces rages impuissantes qui se passent sur les pics et les pelles sous l'œil des porions qui en ont vu et maté d'autres... Ne serait-ce que lorsque leur remboursement figurera sur les retenues de leur prochaine quinzaine.

Et que dire des jeunes apprentis avec leurs bras maigres d'adolescents, leurs traits tirés et leurs yeux si cernés... à qui l'on apprend d'abord à trouver le fil du bloc de minerai avant de taper de toutes leurs forces, avec le pic, pour le faire éclater.

Les mineurs, jeunes ou vieux, ne s'arrêtent que pendant les tirs ou à mi-poste, pour la pause.

— Dis, Mario, c'est comment en-dessous ?

— C'est la nuit, la poussière et la solitude. Si vous saviez, Madame Marie, comme on est tous saisis, consciemment ou non, par l'étrange silence, l'obscurité totale, la majesté des galeries désaffectées, à quelques pas des chantiers mêmes...

Un silence si profond qu'on y perçoit à peine les coups de mine voisins qui pourtant sourdement résonnent en surface dans le sol des cités... Où les gouttes d'eau, seules parfois, tintent en tombant dans les rigoles. Ces rigoles où les hommes se soulagent et qu'on dit être aspirées, filtrées, javelisées avant d'aboutir dans chaque maison, au-dessus des éviers...

Pause et casse-croûte. D'énormes morceaux de pain avec lesquels les hommes font l'expérience du camembert, de la cancoillotte, ces fromages d'ici jusqu'alors inconnus de tous, de la panzetta, de la mortadelle, de la saucisse rouge à l'ail, des sardines ou du thon. Mais gare à l'épouse, en remontant, si elle a oublié d'y joindre l'ouvre-boîte !

Pendant ces courts arrêts, ils bavardent dans leur langue ou comme ils peuvent, avec les quelques mots de leur français très approximatif s'ils ne possèdent pas la même nationalité. Sans aucun passé commun, ils n'ont que leur présent à raconter. Un présent aux seuls petits faits banals de la vie d'en haut et qui deviendront si vite ragots et cancans.

Alors, quand les mains ne saignent plus, quand les paumes, tout souvenir d'ampoule à jamais évanoui, se sont recouvertes d'une corne jaune, épaisse, par habitude, fatalisme, résignation, fatigue ou philosophie, les « jaunes » discutent de leur sort, plaisantent même, comparent leurs façons de travailler.

Oui, leurs mines de fer sont bien mieux que les mines de charbon. Plus propres, elles permettent le travail, debout, à l'aise. Et il n'y a pas de gaz. Pourtant, il y a bien des accidents. Le port du casque n'existe pas et l'achat de la poudre des explosifs est à la charge des mineurs. Combien de malheurs seraient évités si, ceux-ci, par économie, n'essayaient pas de récupérer à tout prix le coup raté..

Etre mineur, c'est un art, un métier qu'on n'improvise pas. Reconnaître la veine, donner la bonne direction au trou qui contiendra l'explosif et la mèche, faire évacuer hommes et wagonnets et savoir attendre... Déceler le craquement suspect d'une paroi ou d'une voûte qui se décolle, entrer le premier, sonder, organiser le chargement, puis l'évacuer en poussant les berlines à la force des bras jusqu'à la galerie d'évacuation où les petites locomotives les mèneront à la recette du fond...

Une profession aux lourdes responsabilités matérielles et morales, rude, terrible, apeurant puis fanatisant peu à peu ceux qui l'exercent au point que la mort seule, enfin, leur fera abandonner. Que les quartiers soient bons ou pourris, inondés ou pas, taillés dans la couche verte ou grise... Quelle promotion, après une infortune, pour un manœuvre de devenir à son tour mineur...

Oui, les récits de Mario peuplent le petit logement de tout un monde étrange, insoupçonnable, si différent de celui du jour.

— Maman, c'est tout ce que j'ai retrouvé...

Devant la nouvelle malle ouverte, Marie-Romaine contemple les restes de son foyer. Tant que ses meubles existaient, là-bas à Trento, elle pouvait — oh! rarement, les jours où la ronde de la grande roue lui faisait trop mal — rêver à l'impossible retour.

Et voici que Graziella rentre les mains vides ou presque de son rapide voyage.

Marie-Romaine ne peut y croire.

En deux ans à peine, les concierges du garde-meuble à Trento ont abîmé, souillé la literie impeccable dont elle était si fière, éventré le beau sofa, taché tous les meubles, distribué ou revendu leurs affaires. Si loin, que dire, que faire ? Graziella a pris un peu de linge, le store pare-soleil, le carillon, la série de casseroles en cuivre : tout ce qui restait...

Marie-Romaine ferme les yeux. Le cœur serré, elle revoit en pensée les caisses bien préparées, les affaires soigneusement pliées dans la naphtaline, le toucher satiné de ses meubles bien cirés, son ménage, sa vaisselle, la jolie lampe à pétrole, ses livres, le parol [1] de la polenta si brillant, sa machine à coudre, la clarinette et la mandoline de Jean dans leur étui, sous les housses fatiguées d'avoir tant servi...

Et Lancio, leur bon chien ?

Lancio est mort de chagrin et de faim au fond de la cave où il était enfermé continuellement pour garder les tonneaux du marchand de vin auquel elles l'avaient confié avec tant de recommandations.

Il lui faut donc renoncer. Encore renoncer.

Elle n'est plus rien et maintenant elle n'a plus rien.

Elle laisse son logement au jeune couple qui vient de se marier dans la plus stricte intimité. Avec Clara que la mine a embauchée, elle va habiter, tout en avant des cités, près de la grand-route, un rez-de-chaussée qui se trouve libre, dans une maison à quatre logements. Elle n'a de voisins que d'un côté. En face, il n'y a personne puisque s'achève là une voie de raccordement. Le jardin y est plus grand, entouré d'un petit mur. Elle s'y sent mieux parce que plus tranquille encore. Fière ? Oh non ! Assoiffée de paix et de silence. Travailler, aider tout le monde, nuit et jour s'il le faut, mais avoir le calme et l'ordre chez soi, loin du bruit et de la curiosité. Comme elle a du mal à se faire à cette vie publique des cités où tout se sait, tout se voit, tout se dit, au « fond » comme au « jour »...

1. Marmite spéciale pour cuire la semoule de maïs.

Les cités de la gare sont comme une énorme maisonnée turbulente. De sa nouvelle demeure elle ne verra plus, par les dimanches ensoleillés, les familles pique-niquer au son de l'accordéon, dans les prés, non loin des maisons. La dure fatigue et les soucis sont pour quelques heures oubliés et les refrains repris en chœur. Les enfants heureux, dans leurs pauvres habits, dansent et frappent dans leurs mains. Elle n'entendra plus les Polonaises chanter dans les maisons, les soirs d'hiver, à la veillée. Réunies chez l'une ou l'autre, avec patience et dextérité, elles plument les plumes d'oies pour enlever la tige du milieu qui risquerait de percer le coutil. Quelle fierté pour chacune que la confection de ce vaste édredon qui recouvre les lits polonais. Edredons, oreillers, si légers, si doux, si merveilleusement chauds... Et ces énormes coussins qu'elles feront disparaître sous de magnifiques housses brodées, gloire de leur foyer. Elles les entretiennent jalousement pour en faire, plus tard, cadeau à leurs filles le jour de leur mariage : humble et rutilante dot des cités...

— Maman, nous connaissons quelqu'un qui cherche à prendre pension pour les repas.

Après bien des hésitations, Marie-Romaine qui n'aime toujours pas cuisiner, même si elle le fait très bien, accepte enfin de prendre un pensionnaire momentanément, comme beaucoup d'autres, pour augmenter ses maigres revenus. C'est un curieux grand jeune homme de Vénétie, soigneux, tranquille, qui n'avait jamais entre autres, mangé d'artichauts. Ne voulant pas la froisser et ne sachant comment faire, il avala en entier celui qu'elle avait préparé, feuilles et bourre y compris. Il avoua le lendemain avoir eu bien du mal à le digérer !

Lui aussi est heureux de pouvoir parler de sa famille, de la guerre encore si proche, de la faim, de sa bonne grand-mère qui avait fait durer plusieurs jours l'éclair au chocolat qu'il lui avait offert. C'était le premier qu'elle voyait !

— Julio ! Tu ne voudrais pas que je mange en une seule fois une si bonne chose ? Ce serait un péché mortel !

Et de le savourer, petit à petit, avec de la polenta.

Candido et Angelina ont un deuxième fils. Elle est très touchée qu'il l'ait appelé Jean.

— Maman, venez voir « Charlot » avec nous...

Maintenant qu'il y a un homme dans la famille depuis le mariage de Graziella, Clara et Marie-Romaine sortent quelquefois le dimanche au cinéma. Peu à peu, bien que muets, les films remplacent les pièces de théâtre qu'elle aimait tant.

Une autre passion se réveille en elle : la bibliothèque que Monsieur le Directeur vient de mettre à la disposition du personnel. Elle n'aurait jamais osé s'y rendre si Graziella n'avait pas été choisie pour en assurer la permanence. Son esprit, depuis des mois, des années, sevré de culture est irrésistiblement attiré vers ces rangées de livres couverts de papier brun, derrière les rideaux noirs. Comme elle y aime l'odeur si caractéristique de l'encre d'imprimerie. La même qui flottait autour de Jean avant la guerre...

Elle lit tout ce qui paraît en italien et courageusement aborde le français. Le soir, avec Clara, elle cherche dans le dictionnaire les mots qu'elle ne comprend pas, qui se prononcent de la même façon sans vouloir dire la même chose.

Avec application, comme une écolière consciencieuse, elle découpe les articles, conseils, recettes qui l'intéressent et les colle sur un cahier pour « savoir vivre ». Avec courage encore, elle aborde Dante Alighieri et sa « Divine Comédie ». Elle aime à redire ces vers :

> « Lascia dir le genti
> Stà come torre che non crolla
> Ne per urto giammai
> Ne pel soffiar dei venti... » [1]

----

1. « Laisse dire le Monde — Demeure inébranlable comme la Tour que n'émeuvent ni les coups ni la tempête... »

Sous la pression de ses « trois » enfants, elle abandonne le noir uni pour le noir à petites fleurettes blanches, pour le gris foncé, le mauve. Il lui faut d'ailleurs renouveler sa garde-robe. Avec sa vie sédentaire, elle grossit pour la première fois. Pour la première fois aussi, elle coupe ses cheveux avec l'impression de commettre un sacrilège. Elle qui n'a jamais pu mettre un chapeau, se résigne à coiffer une sorte de toque à la mode, tant la vue de ses cheveux ébouriffés l'agace. Si Jean la voyait !

Mais rien ne peut lui faire quitter son corset, bien qu'elle remplace sa chemise de dessous par un maillot de peau plus souple.

Tant de broderies, de couture et la lecture, enfin, fatiguent ses yeux. Pour travailler et lire désormais, elle devra porter des lunettes.

Marie-Romaine surveille dans son jardin, la croissance des haricots « della zia Nani » que Graziella a rapportés de Trento. Ils se sont merveilleusement bien adaptés à la terre argileuse. En regardant se balancer sur leurs rames les petits croissants verts si tendres, Marie-Romaine revoit la chère brave femme ramenant patiemment au logis son ivrogne de mari. Que peut-elle bien faire maintenant ? Elle qui était à son chevet pour la naissance difficile de Graziella, attentive comme une mère, apaisante et si douce. L'exilée n'oublie pas...

Elle s'inquiète de quelques minuscules chenilles sur les mirabelliers dont elles ont aimé aussitôt les incomparables fruits dorés.

Des haricots... Des mirabelles... Les arbres dans les jardins neufs s'étoffent et les rosiers grimpent en corbeille dans les massifs ou s'étirent le long des grillages.

Le jury des « jardins ouvriers de France » passe et décerne des prix fort appréciés. La mine-mère fait régner l'ordre et la propreté. Les maisons sont remises à neuf pour chaque nouveau locataire, les jardins parfaitement entretenus et les rues propres même autour des cantines et des corons. Tranquillement, avec leur tombereau et leur grand cheval de labour — la mine en possède deux — les charretiers passent chaque semaine balayer les rues et ramasser les ordures. Il y en a très peu. Ceux qui possèdent à peine n'ont rien à jeter. Ils ne savent pas d'ailleurs. Tout peut toujours resservir, sinon ils brûlent, donnent à leurs bêtes, ou mettent en tas au bout du jardin pour fumer la terre. Même le crottin des chevaux est récupéré sur la route, précieusement, après leur passage.

A la coopette, les listes de crédit sont moins longues et les dettes moins criardes. Les émigrés commencent à comprendre le français et savoir la valeur de leur argent. Plus ou moins installés, ils peuvent voir venir sans épuiser leurs paies par ces avances qui les leur faisaient manger avant même de les avoir gagnées.

Au-delà des souvenirs, du renoncement, de l'habitude, du besoin vital de travailler, parce qu'enfin, chacun peut être bien « chez soi », petit à petit, ce peuple nouveau se sent chez lui dans ce repli de la Grande Plaine, autour de son chevalet.

— Maman, quand viendrez-vous nous voir ?

— Bientôt...

Marie-Romaine traverse quelquefois les cités pour rendre visite à Graziella et Mario, ses jeunes mariés.

Des cités qui vivent maintenant plus calmement, au rythme bien réglé des « postes » des hommes, — ces trois tours de huit heures qui permettent un rendement continu —, des allées et venues des écoliers et du travail des femmes qu'elles adaptent aux horaires des maris et des enfants.

En effet, si ces dernières regrettent de voir descendre les mineurs quand il fait beau l'après-midi, elles « attaquent » leurs diverses tâches avec une plus grande énergie, sachant bien que, pour elles, c'est la bonne semaine. Quand les hommes sont de nuit ou du matin, leur journée est perdue. Aussi n'entreprennent-elles leurs grands travaux que dans les postes d'après-midi où elles se savent tranquilles jusqu'au soir.

D'un quartier à l'autre, en début de semaine, les cités alors sentent bon la lessive avant de se parer des draps immaculés souvent rincés au lavoir dans le claquement des battoirs. Comme elles pestent lorsque le vent tournant rabat sur le linge fraîchement étendu les escarbilles noires du panache de la locomotive qui va et vient de la gare proche avec ses rames vides ou pleines... Puis, en chapelets, de maison en maison, les « bleus », les caleçons longs et les maillots de coton rayé à manches, qu'elles ont dû mettre tremper plusieurs jours pour pouvoir « les ravoir », viennent les remplacer sur le fil qui court le long de l'allée du jardin... Par beau temps, leur succèdent les édredons et les oreillers rouges dans leurs housses blanches. Les slaves aèrent ainsi leur lit. Quelquefois les costumes et habits du dimanche.

Au milieu de la semaine, les épouses repassent, portes ouvertes, dans un nuage de vapeur, essuyant prestement leurs fers qui chauffent au coin de la cuisinière, sur un tissu épais prévu à cet effet. Elles les portent rapidement près de leur joue pour en éprouver le degré de chaleur ou bien, lestement, la mesurent du bout de leurs doigts humides qui grésillent. Un petit goût de roussi se promène toujours dans le jardin alentour...

— Vous mangez tous les jours sur une nappe, avec des serviettes ? Même toute seule avec votre fille ? Ben, vous en faites des manières !

— Tiens ! Vous avez eu du monde, hier ? Vous n'avez pas lavé le même service de table...

Le linge est compté. On sait ce que chacun possède. Marie-Romaine laisse dire. Elle s'émerveille de ce que les Polonaises amidonnent tout, même leurs draps. Elles les lavent ainsi beaucoup mieux malgré l'âcre transpiration de leur mari. L'amidon protège les fibres du tissu de l'encrassement. C'est un amidon qu'elles font elles-mêmes en délayant la farine avant de la verser dans une grande casserole d'eau bouillante [1], mélange qu'elles agitent vigoureusement avec la pointe du sapin de Noël gardée précieusement d'une année à l'autre pour cet usage. A défaut de farine, elles recueillent le jus des pommes de terre râpées [2].

1. Krochmal.
2. Kiowski Kartoflan.

146

L'une et l'autre préparation sont filtrées au tamis et mélangées à la boule de « bleu » qui fera étinceler leur linge.

A quelques rares exceptions près, les femmes sont prises maintenant d'une sainte émulation. Elles s'affairent chez elles. L'affront suprême n'est-il pas de s'entendre dire par le mari allant prendre son poste à cinq heures et demie, le matin :

— Ta voisine est moins faignante que toi ! Regarde : son linge est déjà dehors...

Les paysannes deviennent femmes d'intérieur. Pourtant, au début, que de difficultés ! Elles ont tant de raccommodage : les habits des nombreux enfants qui passent de l'un à l'autre et les bleus que les manipulations des blocs usent si vite. A la couture, au ménage, elles préféraient le jardinage, la culture. Elles aimaient faire leur champ. Ces champs qui, au-delà des cités, découpent soigneusement leurs parcelles et complètent les jardins. Elles s'y rendent encore avec un sac de jute roulé sous le bras ou jeté sur l'épaule, contenant faucille et pierre à aiguiser pour, chemin faisant, ramasser l'herbe pour les lapins. Elles aiment aussi, en présence de leur mari, s'offrir le luxe de tricoter, crocheter ou broder.

Quelle maison n'a pas, à présent, son cache-torchon portant un alsacien, une alsacienne ou le couple, ou bien encore un paon dans le magnifique éventail de sa queue finement brodée au point de tige ?

C'est à peu près partout la même ordonnance intérieure, quel que soit le type de cité... Que l'évier soit à droite en entrant ou au fond, à gauche, près de la fenêtre, les yeux fermés, chacun y trouverait la pierre grise, le petit placard aux garnitures diverses, la cuisinière, la caisse à bois, le buffet, la banquette dure, ornée de coussins ou de tapis de tête, la table et les chaises. Près de la fenêtre ou de la porte, une glace, une petite étagère bordée d'une bande festonnée de rouge portant le nécessaire à barbe : blaireau, savon, bol et rasoir... Au-dessus du fourneau se trouve généralement un sèche-torchon à bras mobiles tandis qu'un fil à linge traverse la cuisine...

Fritures, oignons roussis, paprika douçâtre, ragoûts, coulis de tomates au romarin, basilic, minestrone, soupes diverses aux poireaux, aux choux composent le fumet des cités auquel s'ajoute, le samedi, le suave parfum des pountchkis, du gâteau polonais au sucre, des pulstice yougoslaves et des torté italiennes.

— Ferme ta porte, parisien !

Celle-ci presque toujours ouverte en semaine — les enfants, en effet, à peine réveillés, sont dehors — est gardée férocement ce jour-là et fermée quelle que soit la saison. La recommandation résonne partout à travers les quartiers.

Il faut protéger la pâte des gâteaux et des beignets afin qu'elle lève bien. D'un tour de main inégalable les « mamma » étalent prestement la leur, si fine, qui deviendra des lasagnes, des capelettes ou des tortelles, selon qu'elles la laisseront nature ou qu'elles y placeront une farce de viande ou de verdure.

Cette farce, les enfants la regardent faire, émerveillés chaque fois par la dextérité de leur mère. Rien ne résiste au balancement rapide et irrésistible de la lame courbe à deux poignets, qu'elles promènent légère, mélangeuse, râcleuse, sur le hachoir. Au fil des usages, celui-ci prendra peu à peu la forme des billots ondulants des vieilles boucheries. Pâtes simples et pâtes farcies, sur un linge blanc enfariné, attendront le bouillon du dimanche, sur le haut de l'armoire, hors de l'atteinte des enfants.

Marie-Romaine va, dans les rues bien droites, de son pas tranquille, toute imprégnée de la vie qui s'y révèle.

Les souliers sont cirés sur les marches de l'escalier dehors où est quelquefois moulue la provision de café ou d'orge. D'un geste vif et rond, les ménagères aux poignets épais et aux bras grassouillets, assises sur le perron, tournent la manivelle du moulin de bois maintenu entre leurs genoux. Tiroir après tiroir, elles emplissent une boîte de fer ou un bocal en verre, de la poudre brune, odorante.

Le samedi, bien avant le retour des hommes du dernier poste, un certain entrain, imperceptiblement, s'empare de chacun. Les enfants sont appelés à grands cris pour le bain. Dans la cuisine chauffée, souvent à cause de la pâtisserie de l'après-midi, un rideau sombre est tendu devant les quatre petites vitres de la porte d'entrée, ou le petit volet de bois accroché. Derrière les chaises où les habits propres sont préparés, l'un après l'autre, en commençant par le plus petit, les enfants, énergiquement aidés par leur mère, font leurs ablutions dans la grande lessiveuse ou bassine à tremper le linge. Quelle promotion pour l'adolescent devenu apprenti de pouvoir prendre sa douche, à la mine, avec les hommes...

Les têtes sont surveillées, les peignes fins passés au-dessus d'un papier, clair de préférence, où, d'un coup d'ongle efficace et précis, certaines carrières prendront fin. Devant la moindre occupation suspecte, les crânes sont vigoureusement frictionnés à la Marie-Rosa avant d'être enserrés dans une serviette ou un torchon.

Le matin, brillants comme des sous neufs, dans leurs vêtements du dimanche, à l'appel des cloches, suivant les quartiers, les nouveaux paroissiens vont à la chapelle ou à l'église du bourg, plus rarement aux vêpres ou à la « bénédiction », sauf pour les grandes fêtes.

Après le repas, le seul de la semaine que la famille peut prendre ensemble, celle-ci va en visite ou reçoit. D'autres vont regarder ou jouer aux boules, assister à un match de foot, prendre un verre au café en faisant une « scoppa » ou une partie de « mora », ou tout simplement, à petits pas tranquilles faire un petit tour...

— Bonjour Madame...

Timidement, Marie-Romaine a salué la marchande des quatre saisons tirant sa charrette à bras. Les cailloux de la rue, traversant les cités, font tressauter et mettent en péril ses piles de légumes et de fruits en équilibre instable. Lorsqu'un client lui fait signe, elle s'arrête aussitôt. Son étal repose alors sur le pied de bois qui se balance placidement à l'arrière pendant le parcours. La brave femme fait ainsi, quelquefois, entre le bourg et les cités un bout de chemin avec le facteur que la côte oblige à mettre pied à terre.

Elle et lui sont les seuls Lorrains à pénétrer régulièrement dans ce monde à part. Le père Henri, grande pèlerine bleu marine, goutte au nez, casquette à liseré rouge, chaussures hautes, noires et cirées, serre-pantalons à la cheville, sacoches en cuir rivées à son dos et à son vélo est un personnage important dans les cités. Recevoir sa visite est un événement que les voisins commentent. Peu loquace et perpétuellement bougon, il est, malgré tout pour les émigrés, le « fil » inconscient qui renoue des liens avec ce qui était « avant ». Un « avant les cités » dont il ignore tout mais dont il pressent l'importance. Un « avant » qu'il voudrait bien connaître, mais comment ? Puisque ces gens-là ne parlent pas français...

Intrigué par les petits paquets si légers qu'il apporte dans presque toutes les familles polonaises en décembre, il a accepté, une fois, de trinquer pour voir ce qu'ils contenaient : des grandes hosties rectangulaires.

— Opłatek. Pour Noël...

— Je vais vous expliquer ce que c'est, maman, dit Clara. La fille de nos voisins m'a raconté.

Et Marie-Romaine se souvient au fil du récit, des coutumes de Moravie. Pour Noël, chaque famille polonaise reçoit de ses parents restés en Pologne, ces grandes hosties à l'image de la sainte Cène. Elles sont gardées précieusement jusqu'à la vigile de la Nativité où tout le monde observe un jeûne strict avec thé noir et hareng salé. La journée est consacrée à la préparation de la fête et du repas du soir. Le sapin est orné de bougies multicolores, des grands colliers du costume folklorique, de petits sablés de formes diverses enveloppés dans du papier d'étain et de fleurs artificielles en papier de couleur, en laine ou en fil. L'ingéniosité des femmes fait merveille pour pallier la précarité des moyens.

A dix-neuf heures, toute la famille propre et endimanchée se retrouve, debout, autour de la table parée du linge le plus immaculé et de la vaisselle la plus belle. Au milieu, sur une assiette garnie d'un napperon blanc, les Opłatek sont là, coupés en fonction du nombre des convives. Le chef de famille allume le sapin et dit la prière. Il prend ensuite sa part de Kolendy, se tourne vers son épouse et lui présente trois souhaits en cassant chaque fois un petit bout de son morceau d'hostie avant de le manger. A son tour, elle agit de même et les vœux, dans le recueillement, font avec le pain partagé, le tour de la table.

Le dîner spécial de la veillée de Noël peut ensuite être consommé. Il comprend douze mets : orge perlée, betteraves rouges, carottes, sarrasin, haricots blancs, choucroute, pruneaux, pâtes, champignons, hareng salé, makownik [1], pommes et pain.

Cette soirée est exclusivement réservée à la famille. En attendant la messe de minuit, parents et enfants chantent et prient pour préparer Noël. C'est seulement au retour qu'avec café, gâteaux, fruits et jeux, les voisins seront invités ou qu'eux-mêmes accepteront des invitations.

Le lendemain, les maîtres de l'école polonaise, avec leurs élèves, présentent des petites pièces de théâtre, des danses, des chants populaires et religieux auxquels s'associent une assistance émue. Même les incroyants, pleins de nostalgie, viennent chercher là l'âme profonde de leur pays un instant ressuscitée...

Marie-Romaine dit toujours à ses filles, les jours de mélancolie ou de souci, ce proverbe :

— Canta, che la te passa [2] !

Ce doit être vrai pour tout un peuple aussi.

Mais ce qui fait se retrouver, d'un même élan, d'une même joie, tous ces habitants pourtant si différents, ce sont les cirques de passage et la fête foraine avec ses manèges et ses attractions.

Les uns et les autres s'installent sur la grande place au milieu des enfants excités, à la satisfaction visible des parents. Les lourds chargements sont tirés par des camions poussifs. S'y joignent quelquefois de légères roulottes de bohémiens diseurs de bonne aventure. Toutes en bois, les petites fenêtres garnies de rideaux à

1. Brioche à la graine de pavot écrasée.
2. « Chante, cela te passera. »

petits carreaux rouges ou bleus, elles laissent entrevoir des intérieurs inattendus, propres et coquets.

— Allez ma belle, viens que je te dise ton avenir...

Peut-être à cause de leur mystère, de leur passage en leurs propres pays lointains, ils ont leur part de succès. Les chevaux paissent à côté, les chiens, las de suivre, enfin se sont accroupis à l'ombre, entre les roues. Des cages se balancent sous l'auvent du toit plat dessus et arrondi sur les côtés. Tandis que les femmes belles et farouches prennent leur tour à la pompe, les hommes, fiers et silencieux, tressent leurs paniers, apparemment indifférents.

— Qui sait pourquoi on les traite de voleurs ? Et de voleurs d'enfants qui plus est !

— Approchez, Mesdames et Messieurs... Je demande un volontaire.

Le dompteur, sanglé dans sa veste à brandebourgs rouges, frappe de sa badine ses bottes écarlates en surveillant du coin de l'œil le lion magnifique qu'il a fait grimper sur un tabouret.

— Oui, un volontaire pour venir me raser dans cette cage.

Un murmure parcourt l'assistance. Avant qu'elles aient pu intervenir, Mario s'est présenté. Sans sourciller, sous les applaudissements, il fait impeccablement la barbe qu'on lui a demandé de faire.

C'est un grand cirque. Il a même des phénomènes : un pauvre homme énorme et un couple de nains. Pour rien au monde, Marie-Romaine ne voudrait être à leur place. Etre donnés en spectacle ainsi, comme des bêtes curieuses ! Pauvres gens. Par contre, les animaux l'intéressent beaucoup. Mais penser qu'ils viennent de pays si lointains pour passer, même bien soignés, le reste de leur vie en cage : quelle tristesse ! Pauvres bêtes aussi, au fond...

Dans les cités, il y a peu d'animaux domestiques, ces bouches inutiles à nourrir. Mais les lapins et les volailles ne manquent pas. Partout, pour eux, petit à petit, le toit des « écuries » s'est prolongé avec des tôles, des planches recouvertes de papier goudronné afin d'abriter les clapiers enfermés souvent dans le poulailler. Avant la première sirène, les coqs chantent. Les hommes du poste d'après-midi ou de nuit pestent dans leur lit, heureux encore si, au cours de la nuit, les oies vigilantes n'ont pas lancé leurs cris d'alarme.

Marie-Romaine se souvient de son premier printemps en Lorraine, passant avec un tel étonnement de la douceur à la glace, de la boue au gel, à la neige, pour voir éclater d'un seul coup les bourgeons dorés des cornouillers puis les aubépines blanches. Dans l'air étrangement limpide et léger des cités où se dilue la fumée des feux de friches, de partout les promesses des nids s'annoncent tout à coup. Les poules éperdues de joie, chantent aux quatre coins des jardins leur ponte laborieuse.

Chez les Slaves comme chez les Latins, la maison doit être nettoyée de fond en comble avant le Jeudi-Saint. Dans chaque enclos, les fils à étendre le linge ploient maintenant sous le poids de la literie, des rideaux, des descentes de lit que martinets ou battoirs d'osier tressé dépoussièrent allègrement. Les vitres des fenêtres dégarnies étincellent et lancent d'une maison à l'autre des éclats de soleil.

Le Samedi-Saint, certains Italiens font le « gloria » en se baignant les yeux avec de « l'eau bénite », en mangeant pain ou brioche dans un doigt de vin blanc. Les Polonais, eux, suivant leurs moyens, font bénir par leur aumônier quelques-uns sinon les douze mets de leurs Pâques auxquels ils ne toucheront pas avant le dimanche matin. Ils râpent dehors le krzàn [1] avant de l'enfermer dans un bocal avec un peu de sel et de vinaigre. Ils peignent leurs œufs avec recherche et minutie.

Le jour de la résurrection, après l'alleluia chanté debout et en famille, c'est à la mère que revient l'honneur de bénir la maison, les siens et, avec le buis qu'elle divise en douze brins, les douze plats [2]. Ce repas béni est partagé avec les animaux domesti-

1. Raifort.
2. Oeufs, sel, pain, charcuterie, fromage, raifort, pâté d'oie, beurre, café, lait, sucre, brioche.

153

ques. Et c'est seulement lorsqu'il est entièrement consommé qu'elle place les rameaux dans la maison.

Le lundi de Pâques, dans la rue, pour la grande joie des badauds, les Italiens tirent, à trois pas, avec une pièce de monnaie, les œufs durs sagement alignés au long d'un mur tandis que les Polonais, des « pensionnaires » surtout, s'arrosent copieusement avec des seaux d'eau... Toute la communauté d'ailleurs se promène avec des petites bouteilles de liquide dans les poches afin d'asperger les amis. Cela s'appelle faire « dengus ». La légende dit, en effet, que cette coutume remonte à la nuit des temps, lorsque les gens émerveillés se regroupaient pour parler de la résurrection. Les Pharisiens, jaloux, leur jetaient alors de l'eau pour les disperser.

Puis, prestement, dans l'une ou l'autre maison, les bancs et les tables enlevés, les chants sont entonnés et, au son de l'accordéon, les danses accueillies dans l'enthousiasme.

Marie-Romaine rougit au souvenir de certains regards d'employés... Qu'imaginent-ils ?

N'exprimeront-ils jamais un peu de compréhension à défaut d'autre chose ? Savent-ils combien les émigrés observent scrupuleusement les jeûnes prescrits ? Et le courage qu'il faut à certains pour refuser au nom de leur croyance de « prendre leur poste » le Vendredi-Saint, jour de grand deuil ? Ne licencie-t-on pas pour moins que cela ?

A la Pentecôte, les maisons sont garnies de plantes vertes et de branches nouvellement coupées. Les portes d'entrée aussi : avec l'Esprit-Saint, une vie nouvelle commence...

On voit revenir du côté de chez les employés, les religieuses quêteuses, en bure brune, ou sous leur cornette aux ailes blanches.

De ci, de là, par beau temps, la matelassière arrête sa petite voiture aux roues de fer, devant les maisons. Sur un coutil largement étalé, nœud après nœud, les dents acérées de la râpe qu'elle balance d'un geste rapide et régulier, dévorent des montagnes de laine...

154

Puis les fraises des bois opiniâtres reprennent possession, petit à petit, de leur territoire aux extrémités du carreau de la mine. Elles se faufilent entre les traverses, sous les rails et, inconscientes, ourlent du joli feston de leurs feuilles dentelées, égayées de fleurettes blanches, le pied du stock énorme arraché au sous-sol. D'étain et de rouille, en harmonie parfaite avec les blocs qui le rendent invisible, le rouge-queue courageusement est revenu faire son nid dans le minerai. Depuis que son battement de queue et son petit œil noir l'ont trahi, Marie-Romaine considère avec d'autres yeux la montagne de pierres granuleuses.

La Grande Plaine s'humanise... ou les hommes la rendent-ils plus humaine ? Qu'importe.

Marie-Romaine a quarante-deux ans et se prépare avec émotion à être grand-mère... bien que cela lui paraisse impossible.

Quelle différence entre la jeune fille craintive qui travaillait chez sa tante et elle, maintenant ?

Même dépendance, même inquiétude face à l'avenir et même solitude physique et morale. Avec surprise, elle a découvert dans le miroir quelques fils d'argent dans sa chevelure, un affaissement de ses traits et des petites rides nouvelles.

Comment pourrait-elle être grand-mère puisqu'elle n'a pas eu le temps d'être jeune fille et jeune femme ?

Et pourtant...

XVII

Le vent, la bise, la tempête et la brise ont balayé tant de fois la Grande Plaine tour à tour fauve, blanche, verte et dorée...

— Maman, savez-vous que l'oncle Beppy, à Trento, m'a assuré que lorsque j'aurais vingt ans, il me confierait un grand secret. Il l'a appris, lorsqu'il était enfant, chez le grand-oncle chapelain de Calavino. Dites, et si cela avait un rapport avec le Castel Madruzzo ? N'avez-vous pas raconté vous-même qu'un morceau de parchemin retrouvé indiquait qu'il faudrait prélever sur les revenus du château le montant des études de tous les garçons de notre famille qui voudraient devenir prêtres ?

A son tour, Clara est allée passer quelques jours de vacances à Trento.

Quelle enfant ! Et quelle imagination ! Au bureau, sa candeur lui vaut bien souvent d'être mise en boîte par les employés. Heureusement que sa droiture et sa conscience professionnelle la protègent.

— Clara enfin ! Ne vous balancez pas ainsi sur votre chaise en faisant vos calculs !

Elle a été guérie à tout jamais de sa vilaine habitude, lorsqu'un jour, juste sur le passage de Monsieur l'ingénieur, son siège a glissé en arrière, la précipitant sous la table, rouge de confusion...

Comme autrefois Graziella, Clara fait, à son tour, ses confidences à Marie-Romaine.

156

C'est dans ce bureau qu'un jour de février, elle sert d'interprète à un jeune ouvrier italien, embauché depuis trois jours et qui, furieux, veut déjà résilier son contrat.

Les récits de son beau-frère Mario font tout de suite comprendre à la jeune fille que ce jeune homme, qui termine le tour du monde comme marin de « la Regia Nave Trento », soit devenu fou à la pensée de travailler sous terre, même pour se nourrir.

Il raconte l'Adriatique, le soleil, la « bora », côté yougoslave, l'« ausa », côté italien, ce vent ardent, chaud, tourbillonnant, qui balaie toute brume sur la mer, si belle, si bleue. Et il dit son désespoir, après soixante-douze heures de voyage et le « tri » de Modane, de se retrouver avec ses deux compagnons, au « fond » dans l'obscurité, malgré leur contrat de forgeron et de mécanicien « au jour ».

Elle écoute, explique, traduit.

Pour rien au monde, il ne veut redescendre.

A la suite d'un grave accident survenu le jour même, un ouvrier de la forge vient de perdre une jambe, là-haut à la recette. La place libre est à prendre. Il est resté. Dans le vent d'hiver qui hurle dans les montants du chevalet, il embrasse d'un seul regard la plaine infinie. Ce n'est pas la mer, mais comme en elle, les horizons y sont vastes et changeants. Et puis « de jour », il a les même horaires que la petite interprète et s'arrange pour dégringoler de son perchoir au moment où, sortant des bureaux, elle traverse le carreau. Il peut la rejoindre et faire avec elle un bout de chemin...

C'est un grand jeune homme mince, aux dents éblouissantes, au nez fin, allongé, aux yeux clairs rapprochés sous des sourcils épais. Il est beau. Marie-Romaine comprend que sa cadette ait été sensible à la cour qu'il lui a faite aussitôt. C'est qu'elle est diablement jolie aussi, si gaie, si insouciante. Elle a d'admirables yeux noisette dont les expressions rieuses lui rappellent avec une furtive émotion, le regard de Jean.

Le jeune homme est orphelin. Son père a disparu dans les Karpathes, compagnon de Franz, peut-être... ? Et sa mère, veuve, a dû élever seule quatre enfants. Curieuse prémonition, elle aussi a pressenti la fin de son mari : brusquement, ce jour-là, à l'aube, les volets de sa chambre se sont ouverts seuls, avec fracas.

Elle vient de mourir et son fils en a bien du chagrin. Il a connu la guerre, la faim, la pauvreté. Il a fait sa communion avec, aux pieds, les bottines maternelles. Et enfin, comme Marie-Romaine, il fait partie des « annexés » par l'Italie. Trieste appartenait aussi à l'Autriche, autrefois. Son arrière-grand-père était régisseur dans les chasses de l'empereur.

Il est honnête, sobre, travailleur, propre et habile de ses mains. Et il chante non seulement les complaintes de son pays dans un dialecte qu'elles ne comprennent pas, mais toutes les belles chansons qu'elles aiment : les sérénades de Toselli, Schubert, Tristesse de Chopin, Torna à Sorrento et celles à la mode actuelle de Tino Rossi et Rina Ketty. Il dessine et fait leur portrait.

Ils se sont mariés le 27 septembre 1930.

Une petite Annette, l'année suivante, leur est née dans la neige de décembre.

Marie-Romaine sourit en pensant à Clara sur le chemin de la mine, sautillant le long du trottoir à la rencontre de son mari, puis attendant que le bébé arrive, sans savoir par où, car on ne parle pas de ces choses-là. Elle est tranquille et confiante dans sa chambre, tandis que la sage-femme ronfle au pied du lit.

— Vous me réveillerez, ma petite, quand ce sera le moment !

Et le lait, montant, pressé, abondant à chaque tétée, coulant le long de la blouse en petites flaques sous le bureau de la mine.

Et son cri joyeux :

— Maman, j'ai faim !

avant d'engloutir des rations préparées pour elle dans la casserole de trois litres.

Enfin les allées et venues de la jeune mère, l'enfant brûlante entre les bras, dont, silencieuse comme toujours, elle partage l'angoisse. Bienheureuse colère paternelle qui, seule, fait se déranger le médecin... Où est-il le cher docteur Lachmann, père et conseiller de tous ses malades, riches ou pauvres ? Ici, les ouvriers ne sont pas soignés comme les employés.

Pourtant, à l'infirmerie de la mine, médecin et soins sont gratuits. Le docteur et l'infirmière craignent-ils de mettre en faillite la caisse de secours minière ? Sanglés dans leur blouse et tablier blancs, ils règnent au milieu des vapeurs d'éther, de teinture d'iode et de bleu de méthylène dans le cabinet de consultation ou la salle de pansements. D'un certain âge, aussi rébarbatifs l'un que l'autre, on pourrait dire qu'ils partagent le même dédain pour leurs malades, s'ils les considéraient comme tels. Mais on ne considère pas comme des patients ordinaires ces gens qui ne savent même pas dire où ils souffrent. Et pourtant, s'ils savaient comme aux yeux de ce petit peuple des cités, le médecin est encore un personnage magique qu'on ne dérange pas pour rien ! Les mineurs ne se sont pas encore habitués à la gratuité, à l'assistance et par celles-ci à la dépendance. Alors, indifféremment, sont prescrits potions, élixir parégorique, pommades universelles que le pharmacien, de toutes manières, tient toutes prêtes d'avance !

— Mesdames, il faut venir à la consultation des nourrissons.

Marie-Romaine et ses filles sont sceptiques. Les bébés sont nourris au sein et malgré toutes les tribulations des parents, assez beaux. Elle éprouve une étrange impression en pensant que certaines femmes, par cette simple démarche, passeront du Moyen-Age au vingtième siècle.

Sans doute l'hygiène va-t-elle y gagner, mais la contagion ?

Toutes les jeunes mères ne réagissent pas comme elle, bien sûr. Cette visite médicale obligatoire est, pour certaines, comme une mondanité. Elles ne voudraient pas la manquer. Abandonnant leurs tresses, elles se sont fait couper les cheveux « à la garçon », comme c'est la mode. Grâce à cette consultation, elles peuvent donc, en semaine, mettre leurs habits du dimanche.

Coiffés de leur petit bonnet orné de dentelle, les bébés emmaillottés sont enveloppés dans une grande cape ou dans un « burnous ». Sur les quatre cent cinquante mamans des cités, elles sont une soixantaine à se retrouver ainsi, chaque mois, dans la petite salle d'attente où, malgré l'interdiction, le ton des conversations monte vite, bientôt couvert par les pleurs des enfants. Une vraie tour de Babel...

Toutes se sont habituées aux cités, sauf deux. Le déracinement a ébranlé leur raison. L'une a dû être conduite à l'asile d'aliénés à Maréville ; l'autre, inoffensive, passe ses journées au coin de sa rue, une main tenant son coude et l'autre son menton. Elle parle dans sa langue, les yeux fixés sur un invisible univers. La première laisse, sans le savoir, la charge de ses huit enfants et la seconde de ses deux petits garçons à leurs « aînées », des fillettes de douze et dix ans. Pour ces « petites femmes », enfance, jeunesse, école sont finies à tout jamais.

Oui... le vent peut souffler sur la Grande Plaine. Il chante ou pleure différemment au cœur de chacun.

Grâce à leur travail, ses jeunes ménages commencent à s'installer : quelques bons meubles remplacent les premiers, en bois blanc, un peu plus de linge, quelques provisions d'avance, une bicyclette.

Graziella reprend quelquefois son violon, Mario et Augusto chantent. Il y a si longtemps qu'elle, Marie-Romaine, n'a pas vraiment chanté. Elle ne peut plus.

Elle goûte aux spécialités de Calabre que Mario fait venir de son pays : des figues fourrées délicieuses, des oranges sucrées comme du miel, des saucissons parfumés et des petits fromages extraordinaires, en forme de goutte, durs à l'extérieur et remplis de crème à l'intérieur. Il a encore des oncles là-bas et son « héritage », un lopin de terre brûlé par le soleil et couvert de vignes et d'oliviers.

Quel dommage que ce soit si loin...

— « Ninele — Nanele — Feghele cantando
Che la me popa — se va n'dromenzando... » [1]

Marie-Romaine berce le bébé, qui tarde à s'endormir. Elle marche, accordant ses pas au balancement de ses bras. Elle chantonne la paisible berceuse, mais son esprit est si loin. Il erre dans leur vie bouleversée.

Près du petit tertre dans le cimetière tout neuf, où repose Jean-François, le deuxième bébé de Graziella, petit ange qui n'a vécu que quelques jours : Jean, comme son Nané et François, comme Franz...

Vers Clara, seule à Paris pour apprendre un nouveau métier. Vers son deuxième gendre qui est au service militaire. Clara et lui ont opté pour la nationalité française par déférence pour le pays qui les accueille et afin de préserver l'avenir de leurs enfants. A chacune de ses permissions, les bandes molletières et les boutons de cuivre de sa vareuse éveillent en Marie-Romaine tant de souvenirs...

Vers cette enfant, enfin, que l'un et l'autre lui ont confiée avant de partir.

Sa colère oubliée renaît contre les hommes. Encore écœurée de ce qu'elle vient de lire sur le déroulement de la Grande Guerre où tant de morts et de misères auraient pu être évitées dans tous les camps, elle pense aux gros titres des journaux ces derniers temps : inflation, crise économique, chômage général... Ils sont suivis de statistiques, de propositions, de déclarations, de suppositions auxquelles, comme elle, le peuple ne comprend rien.

Mais son instinct lui dit qu'une nouvelle fois, il va perdre sa précaire sécurité. Pauvre peuple, éternel jouet des puissants si prodigues en paroles, en promesses... quand sortira-t-il de l'angoisse, de la confusion, de la haine, de la défiance, de la servilité, de la jalousie, qu'engendre l'insécurité ?

1. « La, La, La — Faites tout en chantant
Que ma petite fille s'endorme... »

— Sen dal bon pocca roba... [1]

La petite Annette s'est endormie. Doucement, elle la dépose dans son lit, la recouvre et quitte la pièce à pas de loup. Son ouvrage l'attend sous la tonnelle où s'entrelacent les fleurettes blanches du houblon sauvage. Lasse, elle s'asseoit en soupirant. Ses cheveux ont repoussé. Elles les maintient tirés à l'arrière, avec des « fixe-crans ». Sur sa blouse, une tache invisible qu'elle gratte... Elle regarde ses mains, pensive, comme il y a si longtemps dans un certain grenier pendant les récréations du couvent. Une vie droite et solitaire : oui. Mais pas tranquille. Même si elle est redevenue l'orpheline des Dames du Sacré-Cœur de Jésus.

En effet, elle, si démunie, qui croyait ne plus rien avoir, a perdu, avec le mariage de sa deuxième fille, un bien si grand, dont elle ne soupçonnait pas l'importance depuis tant d'années : un budget à gérer.

Cette fois, c'est bien fini : elle ne possède plus rien que sa petite garde-robe. Ensuite, il lui faudra... demander. Certes ses enfants l'associent étroitement à leurs besoins, à leurs dépenses, mais cela ne sera plus jamais la même chose.

— « Mettre son point d'honneur à ne plus rien devoir à personne grâce à son travail... ». Ironie.

Pourtant elle se dépense sans compter dans l'un et l'autre des jeunes foyers dont elle partage la vie. Sinon, où irait-elle ? Instinctivement, comme au temps de la grande horloge, elle se fait petite, attentive à se rendre toujours utile, à se faire oublier... D'autant plus que le caractère de son deuxième gendre la déroute un peu.

Son mari, celui de Graziella, ses frères, sont les seuls hommes qu'elle ait connus : calmes, tranquilles. Lui est nerveux et jaloux. Elle s'en est aperçu le jour où Clara a fait une danse avec un autre cavalier avant d'être élue, sans l'avoir recherché, demoiselle d'honneur de la reine des mines. C'était au grand bal de la salle des fêtes. Comme elle dansait bien le charleston, l'insouciante

1. « Nous sommes vraiment bien peu de chose... »

162

enfant ! Rien ne les a préparées toutes deux à cette impétuosité, à ce non-conformisme, à ces colères : charmant au demeurant, les oubliant aussitôt, mais les laissant tremblantes, éperdues, se demandant ce qui a pu les provoquer.

Marie-Romaine se secoue. N'est-elle pas comblée par l'affection de ses enfants et petits-enfants ? Le poids du présent n'est-il pas suffisant sans le charger de celui du passé ?

Car partout on parle de licenciements.

Graziella ne travaille plus au bureau. Heureusement, le consulat d'Italie l'a nommée institutrice de l'école italienne des cités. Quand sa journée à la mine est finie, Mario, pour rendre service aux uns et aux autres, reprend quelquefois son métier de coiffeur. C'est d'ailleurs ce qui a donné l'idée à Clara de tenter sa chance. Puisque la mine l'a congédiée aussi, elle fait un stage dans une école de coiffure de la capitale. Réussira-t-elle ?

Il ne devrait pas être permis de dépouiller les pauvres de leur unique bien, le travail, surtout une nouvelle fois... Que sera demain ?

Marie-Romaine tend l'oreille... Le bébé n'a pas bougé.

Invisible sous la tonnelle, elle laisse son regard errer sur le jardin écrasé de soleil. Les légumes attendent la fraîcheur du soir ; même l'énorme rhubarbe, les groseilliers, les cassis, les fraisiers, semblent flétris. Les roses, les œillets, les grands lys blancs, les touffes de citronnelle, de sauge, de romarin mêlent leurs parfums. Les reines-marguerites, les gueules de loup, les lupins rivalisent de hauteur malgré la chaleur. Quel dommage que les grands lilas mauves et blancs à fleurs doubles soient fanés. Leurs bouquets embaument si bien la maison. A l'ombre, dans le poulailler, vautrées dans leur nid de poussière, les poules halètent, bec ouvert. Tout est calme dans les cités en ce début d'après-midi. Marie-Romaine entend seulement la voisine du dessus marmonner derrière ses volets. La pauvre femme, une Française pourtant, a la manie de la persécution et pense qu'on lui installe une « machine infernale ». Elle prend même les ronflements de son gendre, la nuit, pour le passage d'un avion-espion.

163

Pourvu qu'elle ne réveille pas l'enfant avec ses va-et-vient continuels. Marie-Romaine va voir. Attendrie, elle contemple le sommeil confiant de la toute petite fille. Quel charme dans ce doux abandon. Minutes, heures, jours de bonheur inespérés, malgré les soucis du moment, qui lui redonnent un bébé tout à elle, rien qu'à elle...

Oh, non ! Elle n'a pas perdu la main. D'instinct les gestes reviennent, spontanément, au bout des mains, au bout du cœur. Elle retrouve les comptines et berceuses entendues, le dimanche après-midi, il y a si longtemps à l'orphelinat et qu'elle chantait déjà à ses petits. Ses petits... Ce bébé est-ce Annette, Claretta, Guerino, Virginie ? Peut-être tous à la fois. Il vaut mieux ne pas trop y penser : ces cicatrices-là aussi font si mal.

Virginie, le petit rossignol, aurait quatorze ans. Et Guerino ? Elle compte : presque vingt. Et la première petite Clara, morte chez la nourrice ? Vingt-quatre. Peut-être serait-elle mariée aussi ?

Quel homme son fils serait-il devenu ? Aurait-elle eu en elle assez d'amour, la vie lui aurait-elle permis de le laisser devenir ce que lui se devait d'être et non ce qu'elle aurait aimé ou voulu qu'il fût ? Le regarder croître en dehors d'elle, dans son univers à lui, pour lui, fragile enfant, vulnérable adolescent, jeune homme et homme enfin ! Elle le voyait grand, beau de la beauté du cœur, sûr de lui, visage ouvert, calme et généreux, vrai, courageux, comme son père. Son cœur frémissait parfois en « le » reconnaissant furtivement au hasard des rencontres...

Tant de promesses en un tout petit enfant. Tant de possibilités perdues à jamais... Pourquoi ? La digue entrouverte pour la première fois depuis si longtemps l'emporte sur ses flots impétueux. Le soleil d'après-midi jouant dans la fente des volets d'une cité minière en Lorraine ? Non pas... Celui de Trento filtrant au-delà du Duomo à travers les persiennes, tandis que flotte l'arôme du café fraîchement torréfié.

Elle entre dans la chambre, sûre d'être accueillie par le merveilleux sourire de Guerino. Comme il sait l'attendre, les yeux grands ouverts, en gazouillant paisiblement dans son berceau ! En

164

l'apercevant, il gargouille d'aise en battant des bras, les yeux pleins d'étoiles. Elle l'enlève de son lit et d'un élan le serre contre elle. A pleines mains, il prend sa tête, les doigts agrippés dans son chignon. En riant tous deux, elle le pose sur l'oreiller tout prêt sur la table de la cuisine. D'une main leste — elle a une telle habitude maintenant — elle le démaillotte en enroulant la bande au fur et à mesure, ouvre le molleton et les trois langes, le carré, le rectangle et le triangle, en accompagnant le tout d'onomatopées diverses. Avec tendresse, elle découvre alors les talons roses, les perles des petits orteils en éventail, la peau si tendre et si douce, les petites cuisses potelées...

Insbrück... Où elle n'ira jamais plus.

Quelquefois, avant de s'endormir, les images d'autrefois essaient de se reformer dans sa mémoire. Des images où éclatent sur un fond de montagnes, le rire de Jean, la jolie voix de Virginie et les yodle de Franz. Vite, respirer très fort et penser à autre chose.

Dieu ! Que lui est-il arrivé ?

Comme ces vannes, maintenant, sont difficiles à refermer.

Marie-Romaine, de retour sous la tonnelle, prend cette fois résolument son raccommodage. Vivre son présent. Il faut vivre le présent. Tout à l'heure, avec le bébé, elle ira jusqu'à la coopette. Elle ose quelquefois. Cela fait huit ans qu'elle est ici et elle a pu se rendre compte que les autres femmes, de son âge, arrivées presque en même temps, ne parlent pas beaucoup mieux qu'elle. Et puis le magasin est à deux pas ; il y a juste la route à traverser et si peu de voitures automobiles. D'ailleurs, au bruit de leur moteur, elle reconnaît leur propriétaire : Monsieur le Directeur, Messieurs les ingénieurs, le docteur, le dentiste et quelques habitants du bourg. Il y a aussi quelques motos et un side-car.

Les commerçants ambulants qui se promènent maintenant dans les cités comme le marchand de poissons et de glaces, le laitier, viennent avec leur charrette à cheval ou à mulet. L'une, entièrement fermée, a un volet de cuir qui se lève sur le côté et l'autre par derrière pour servir les clients. L'un les attire avec une trompette de cuivre toute cabossée, l'autre avec une sorte de corne au son nasillard. Le rémouleur, quant à lui, s'installe çà et là en pédalant pour faire tourner sa meule aux cris indifférents et résignés de :

— « Ciseaux — couteaux — rémouleur ! »

De sa vieille charrette, tirée par un bourin poussif, le ferrailleur, lui, repère les petits rectangles de peau retournée qui sèchent sous l'auvent des écuries. Il lance alors :

— « Marchand d'peaux d'lapin ! »...

Les quelques sous qu'il offre vont souvent enrichir la tirelire des enfants, surtout s'ils portent la peau eux-mêmes, non sans un certain effroi d'abord. Cet homme original et crasseux n'a-t-il pas pour mission aussi d'emmener avec lui les gamins indociles ?

En attendant, le dimanche, les petits reconnaissent tout de suite l'appel du marchand de glaces, suivant immédiatement l'arrêt du petit trot vif de son mulet. Des profondeurs de sa petite maison blanche et rouge à deux roues, sous les couvercles rebondis, il tire des portions d'émulsion onctueuse qu'il place en équilibre instable sur des cornets en biscuit sec. La marmaille des cités qui le suit en courant, donnera sans regarder la monnaie demandée d'une main, en surveillant, la bouche déjà pleine de salive, la boule de manne glacée qu'on leur dépose dans l'autre.

Durant toutes ces années, peu à peu, Marie-Romaine a vu la vie s'organiser. A Trento, elle n'aurait jamais prêté attention à tous ces détails, mais elle sort si peu et elle a tellement besoin de toutes ces radicelles pour trouver la sève quotidienne, nécessaire à son existence. Et puis, peut-être parce qu'elle n'est plus d'aucun pays et qu'elle a croisé si souvent la mort, tous les peuples l'intéressent, tout ce qui est vie la passionne.

Est-ce l'habitude de voir lieux et habitants ? Les cités lui semblent moins rébarbatives qu'au début. Les conditions de travail certes, sont toujours aussi dures, mais mieux nourris, mieux habillés, mieux logés, les émigrés ont l'air moins perdus, moins farouches. Certains ont pu faire venir de la famille. D'autres ont retrouvé « des pays ».

Comme dans son jardin, les fleurs poussent partout au long des allées, des grillages et des rues. Petit à petit, chacun s'est installé dans sa maison et dans sa vie avec cette sorte de paix que donne la sécurité.

Au fond, frères de poussière, de danger et de sueur, les hommes sont plus bavards et communiquent plus que leurs femmes au jour.

Tout se sait. Tout se dit. Tout se répète. Toujours.

De la saine émulation des débuts qui faisait tout partager, défricher, planter, astiquer, laver, récurer pour oublier, survivre, se faire bien voir et surtout « ne pas paraître moins que les autres », il ne reste que cette dernière raison. La pudeur de posséder différemment fait naître une certaine gêne dans les rapports entre voisins. On compare, critique, jalouse de ci, de là, dans ce monde clos, fermé, toujours replié sur lui-même.

Et la crise actuelle n'arrange rien. Marie-Romaine s'en étonne et pense à la fraternité des premiers temps où presque tout était mis en commun, même les recettes de cuisine. C'est ainsi que les femmes ont échangé leurs spécialités, souvent goûtées par les maris, au fond et réclamées ensuite.

Devant la profusion des récoltes annuelles, elles ont toutes appris à faire la confiture, les bocaux de mirabelles et de quetsches, les conserves de haricots verts enfilés dans des bouteilles sombres et qu'il faut ressortir avec un petit crochet en fil de fer. Entre les deux « Marie » — 15 août, 15 septembre — elles gardent leurs œufs dans du papier de soie, tête en bas, ou bien elles les mettent dans de la gélatine comme à Aschach. Marie-Romaine conserve les siens dans un grand pot de grès gris à fleurs bleues.

Le seul plat que tous les habitants de la Grande Plaine, Lorrains et émigrés, sauf certains latins peut-être, ont en commun, c'est la choucroute. Elle achète la sienne à la coopette, mais les Polonaises, à l'automne, la font elles-mêmes en râpant leurs choux pour les conserver, dans un tonneau, avec une saumure spéciale.

Un couple de moineaux vient se disputer brusquement à l'entrée de la tonnelle qu'ils croyaient déserte sans doute. Effarouchés, ils s'envolent vers le lilas, puis, du mirabellier aux platanes de la rue.

Par une étrange association d'idées, Marie-Romaine repense aux Sainte-Barbe des premières années avec leurs danses polonaises tourbillonnantes et endiablées, au son de l'accordéon. Où les mineurs épuisés trouvaient-ils la force de danser ainsi les polkas, mazurkas, oberek, cracowiak et autres ? Dans leur volonté tendue pour conjurer le sort de ces débuts d'hiver toujours si fertiles en accidents... ?

Chaque famille doit maintenant avoir son édredon, car il n'y a plus de veillées pour plumer les oies...

— Allons, Mariette — depuis la mort de Jean plus personne ne l'a appelée ainsi — regarde ! Malgré tout, la vie est bonne dans les cités. Tout est en ordre chez toi et autour de toi. Une école ménagère remplace le café bruyant qui dérangeait Monsieur le Directeur, juste en face de son château. Après le certificat d'études ou l'école primaire, les filles peuvent apprendre maintenant leur métier de femmes d'aujourd'hui. Elles s'y familiarisent aussi avec la cuisine locale que, difficilement, elles pourront faire goûter chez elles. Les pères, en général, n'apprécient pas les nouveautés, sauf la tarte et plus rarement la quiche. D'autres coutumes s'installent au moment des fêtes religieuses : le buis sur les tombes pour les Rameaux, les petits groupes d'enfants déguisés le jour du « mardi-gras » ou tout endimanchés pour souhaiter le premier janvier la « Bonne Année », allant de maison en maison dans leur quartier pour recueillir beignets et petits sous... Aux fêtes chômées, inconnues jusque-là, du 11 novembre et du 14 juillet, les nouvelles lois sociales ont ajouté les jours de congés. Les jeunes, à la guinguette derrière la chapelle, peuvent, le samedi soir, aller danser, apprendre le tango, et le dimanche sur les bicyclettes neuves qui, timidement, font leur apparition, partir à la découverte du pays...

168

Souvent, pour promener ses petites-filles, Marie-Romaine va dans les prés si verts, derrière les cités. Là, la Grande Plaine se permet quelques fantaisies. Elle se pare d'un petit bois, fait dévaler ses parcs où les vaches blanches et noires broutent entre les champs lumineux de colza. Elle révèle de minuscules vallons, offre le bourg étalé autour de son clocher neuf, la centrale électrique — araignée tentaculaire au milieu de ses fils — les puits et leurs cités.

Au fil des saisons, de solides paysans, derrière leurs chevaux, y tracent leurs sillons profonds et luisants, sèment et moissonnent des champs tour à tour bruns, verts, dorés. Au retour, immobiles sur leurs attelages, ou se balançant assis en amazone sur le dos de leurs bêtes, que savent-ils des cités et de ses habitants ? Et les mineurs s'interrogent-ils quelquefois sur ces Lorrains à qui la mine-mère a pris les terres ?

A quelques kilomètres s'élève un de leurs villages. Rien de comparable avec ce que Marie-Romaine a connu dans son Tyrol : dans le nord, de jolis chalets blancs avec leur balcon de bois, accrochés çà et là sur la moindre parcelle cultivable et dans le sud, de pittoresques maisons enchevêtrées au-dessus de leurs ruelles... Ici, une route trop large, dégoulinante du purin de ses tas de fumier offre des maisons serrées aux façades identiques avec leur petite fenêtre, leur porte et leur portail. Les femmes n'ont-elles pas de goût, de temps, de courage, pour que tout y soit si sale au-dedans et au-dehors, dans les essaims de mouche ? Ou peut-être la faute en revient-elle au temps, si triste souvent ? Marie-Romaine est perplexe.

Elle revient de la Grande Plaine, doucement, accompagnée par le babillage des enfants et le chant des alouettes.

Elle est allée jusqu'à Douaumont aussi. Elle a vu le phare. Le même brûle-t-il dans les Karpathes ? En elle, tout a chaviré devant la forêt de croix blanches.

— Pora zent [1].

Elle unit dans un même et douloureux souvenir tous les morts de tous les fronts, de tous les âges, de toute cette guerre.

Oui. C'était presque la sécurité, enfin.

L'enfant se réveille. La grand-mère se lève prestement.

Que Clara et Augusto reviennent vite et que cette crise passe sans nouveau sang versé.

1. « Pauvres gens. »

XVII

De la crise à la guerre : juste quelques années pour se réadapter, travailler différemment, trouver sa place, émerger et tout reperdre de nouveau.

De la crise à la guerre : beaucoup de courage, d'espoir, d'efforts, en vain...

Pourtant, dès son retour de Paris, avec son beau diplôme tout neuf, Clara, avec foi, installe son petit salon de coiffure. Après son régiment, Augusto, ne dédaigne pas, en rentrant de la mine, donner un coup de fer ou rouler les bigoudis pour les « indéfrisables ». Petit à petit, une fois les appareils remboursés, le jeune couple respire. Ils achètent une grande cuisinière à charbon en émail bleu, à feu continu, flanquée sur le côté d'un réservoir d'eau chaude, un aspirateur « électrolux » et, après des mois d'économies, un petit morceau de cette terre lorraine qui les a accueillis. Augusto aussitôt y plante des arbres fruitiers. Quel plaisir pour lui de s'asseoir dans son herbe et de sentir vivre SA terre, de cueillir sur SON arbre, SES mirabelles... Est-ce qu'on peut s'imaginer ?

Graziella et Mario, de leur côté, font l'acquisition d'une machine à coudre, d'une belle salle à manger, avec un buffet au-dessus de marbre et d'un canapé-lit recouvert de velours rouge. La jeune femme l'agrémente de deux splendides coussins dont elle peint elle-même le motif du milieu : de belles roses sur satin noir. Un appareil photo, au ventre en accordéon fixe les événements familiaux. Argenterie et vaisselle fine viennent peu à peu garnir les tiroirs et les vitrines. Sur une petite table, grand luxe : un appareil de T.S.F.

Fascinée par lui, Marie-Romaine apprend vite à le manipuler. Et un soir, dans le silence de la maison endormie, elle capte une émission italienne. C'est la retransmission de Madame Butterfly. Seule, droite sur sa chaise comme au Théâtre Verdi de Trento, le buste en avant, retenant à grand-peine les bienfaisantes larmes oubliées, elle entend soudain :

— « Sur la mer calmée... »

Jean !

Après le théâtre, le cinéma, la bibliothèque, elle se passionne pour la radio et le phonographe, leur dernière acquisition, merveille du génie humain, dont Jean lui avait parlé il y a bien longtemps avant la guerre...

Etre là, avec ces drôles de soucoupes noires, remonter une manivelle, poser une aiguille et pouvoir s'offrir le concert de son choix... Mon Dieu, si Jean voyait ça ! Elle lui achèterait le concerto pour clarinette de Mozart qu'il aimait tant... Mais avec quel argent ?

Où est-elle ? Mariette, tu es folle. La fenêtre est ouverte sur la réalité, pas sur les rêves. Sur le présent, pas sur le passé.

Et le présent, ce sont trois nouveaux petits-enfants. Une blondinette chez Clara : Marie et deux bambins encore chez Graziella : Eliane, puis Jean-Marie.

C'est aussi Carmen et Annette, les aînées, qui vont rentrer à l'école.

Ah ! l'école !

Quatre fois par jour, Marie-Romaine voit passer au bout de son jardin, les écoliers de sept à quatorze ans. Les garçons vont par bandes, pantalons aux genoux, dépassant de leur tablier noir, sac dans le dos, tête rasée sous le béret. Les filles, par deux ou trois, en noir aussi, ont quelquefois un col blanc, un tablier « de devant » polonais, brodé de fleurs multicolores, un châle à franges, des nattes enrubannées de rouge tressautant dans leur dos, sous leur foulard à ramages. Les plus petites donnent la main aux grandes.

Quelles images de la grande roue, enfouies au plus profond d'elle-même, la rendent ainsi réceptive ?

L'école est une énorme bâtisse avec ses deux ailes en tous points semblables pour les filles à droite et les garçons à gauche. Elle s'élève au fond d'une vaste cour séparée au milieu par un haut mur contre lequel, de part et d'autre, s'appuient les cabinets et une petite fontaine. Douze jeunes platanes, de chaque côté, l'ombragent en partie. Chaque grande façade est percée, au rez-de-chaussée par les six fenêtres des deux grandes classes et au premier de six autres, plus petites, pour les appartements des maîtres. Chez les filles, à gauche au-dessus de sa classe, le logement de Madame la Directrice et à droite une classe enfantine supplémentaire à cause du grand nombre d'élèves.

Madame la Directrice !

Célèbre dans les cités à cause de sa passion pour l'enseignement mais encore plus pour la France. Sans cesse tiraillée, écartelée entre ses deux amours. Comment ne pas trahir l'un en servant l'autre ? Elle, la sœur des héros tombés à Verdun, enseigner aux petits fils de la triple Alliance ! Les « naturalisés », ces Français de quarante sous, ne comptent pas. Malheureux enfants d'émigrés qui portent la « faute » de leurs pères, gare à eux s'ils réussissent, s'ils ont l'audace de dépasser les petits Français, mais gare à eux aussi s'ils ne réussissent pas ! Comment ? Tant de peine et de patience françaises gaspillées pour eux ? Egarés à deux ou trois dans les classes soumises, les petits autochtones « de souche », ne sont pas plus heureux dans l'exemple constant à être ou ne pas être qu'ils doivent sans cesse donner. Et, que dire, si les fils de ces étrangers ont le toupet d'aller, en plus, à l'école polonaise ou italienne ?

Et les cruelles difficultés des petits Polonais entre le ON et le AN et celles des petits Italiens avec le U et le OU, mais tellement

173

plus favorisés par ailleurs pour tracer avec leur plume sergent-major, à l'encre violette, leur nom avec les élégants jambages de l'écriture penchée obligatoire. Quelle sueur d'angoisse pour les petits slaves devant leur WZYK. Ils regrettent jusqu'à leur prénom pourtant si chantant dans leur langue. Comme il serait plus facile de porter un numéro comme leurs condisciples italiens : Primo, Secundo, au lieu de Wenceslas, Wladislawa, Wojcieh, Kazimierz, Thaddeck, Brunislawa.

Lorsqu'elle entend parler de la petite dame en noir, aux yeux gris dans son visage carré, une fossette dans son menton volontaire, les griffes de sa bague si ennuyeuses pour les joues ou les cheveux dans les claques à revers de main, Marie-Romaine pense irrésistiblement à certaine Révérende Mère Supérieure générale. Même émoi et même silence sur son passage... Et pourtant même amour sans doute, pour ses élèves. A peine une couvée la quitte-t-elle, une fois le certificat d'études passé (quelques élèves seulement ont l'honneur d'être présentés) qu'elle se pare aussitôt de toutes les qualités, servant d'exemple à la suivante. Elle a, pour en parler, une tendresse qui ne peut qu'être réelle... mais que les élèves voudraient tellement pouvoir éprouver un peu plus... avant.

Dans la cour de récréation, son regard perçant surveille les jeux que, mystérieusement, les saisons ramènent. Successivement, la cour résonne des cris stridents et libérateurs des parties de « gendarmes et voleurs », de « l'épervier-chasse », des « villes », des « statues », des « gamelles ». Le printemps voit revenir les billes, les balles, les cordes, la marelle et l'été, dans les gravillons de la cour, les plans savants d'imaginaires châteaux compensent sans doute la monotonie des logements si semblables.

A son coup de sifflet, en bas des douze marches d'ardoise noire, les petites, les moyennes et les grandes se mettent en rang aussitôt, guettant, anxieuses, le signal de rentrée. Pour ne pas oublier de faire le salut en passant devant Madame la Directrice et les maîtresses, elles commencent à baisser la tête dès les premières marches. On dirait alors que la grande porte aspire un énorme mille-pattes docile, les rangées d'enfants montant l'une

174

après l'autre sans interruption. Les petites, elles, instinctivement, lèvent les pieds sitôt franchie la porte vitrée au fond du couloir, en grimpant à l'étage vers les appartements privés où se trouve leur classe.

Alors, midi et soir, raccompagnés jusqu'à la grille de la cour par leurs maîtres, les enfants, sitôt sur le trottoir, s'échappent en courant et criant de toutes leurs forces. La grande côte les apaise. Lorsqu'ils atteignent les corons et le coin de la coopette, calmés, ils rentrent sagement.

Seules les grandes vacances leur donnent assez de courage et de souffle pour chanter jusqu'au bout des cités :

— « Gai, gai l'écolier, c'est demain les vacances...

« Gai, gai l'écolier, c'est demain que je partirai. »

Avec quelles invisibles marques au cœur ces enfants grandiront-ils ? Est-ce qu'on guérit jamais de n'avoir pas été comme les autres parce qu'on vous l'a fait sentir ?

En attendant, Marie-Romaine écoute réciter : « Nos ancêtres les Gaulois », ces mêmes Gaulois qui fondèrent Trento, disait Jean, les fleuves de France, les départements, leurs préfectures, sous-préfectures et chefs-lieux de cantons et les Fables de la Fontaine qu'elle aime beaucoup.

Les tâches, maintenant sont minutées pour elle dans l'un et l'autre foyer. Elle veut permettre aux jeunes mères de continuer à travailler aussi longtemps que possible.

En les aidant ainsi de toutes ses forces, Marie-Romaine qui n'a rien à leur donner, rêve pour ses petits-enfants d'un humble patrimoine reconstitué. Patrimoine que son père n'a pas su garder et qui leur aurait épargné, à ses frères et à elle, tant de chagrins. En les contemplant, sa pensée revient souvent vers ses parents. Elle n'arrive toujours pas à comprendre. Etre bottier, avoir depuis des générations « pignon sur rue », faire en quelque sorte partie des notables du village et aller épouser on ne sait qui, avant de tout abandonner pour partir sur les routes. Pourquoi ? Mais pourquoi ?

Elle sait qu'elle ne reverra jamais Nando parti en Argentine, ni son beau et tendre Franz, disparu. Beppy n'a pas eu d'enfants et Candido, qui n'est pas né à Calavino, ne se sent pas directement concerné. Elle s'appelait Thérèse... Candido ne peut dire qu'une chose : leur mère était triste et belle. La beauté ! Qu'importe la beauté. C'est bonne qu'elle aurait dû être. Il n'aurait pas ses pauvres jambes déformées.

Ces derniers temps, elle se fait moins de souci pour lui. La « crise » a fait fermer la boulangerie de la coopette. Heureusement, une mine voisine l'a embauché comme magasinier. Malgré l'amour qu'il avait de son métier, c'est mieux pour lui : il était très fatigué.

Alors grâce au travail de tous, à une juste économie, car l'avarice et la malhonnêteté sont des péchés mortels qu'ils ne commettront jamais, peu à peu, les années passent dans une sécurité relative.

Carmen fait sa première communion. Annette commence à apprendre le piano. Des nouvelles extraordinaires circulent sur l'aéropostale. Ils écoutent les nouvelles de Mermoz, de Guillaumet, perdu si loin dans la Cordillière des Andes, si près, au fond, de Nando. Ils s'émeuvent du rapt du petit Lindberg, de la mort de la Reine Astrid. Marie-Romaine a conduit ses petites-filles voir Blanche-Neige et les sept nains, Shirley Temple. Avec leurs parents, elle a vu « Les deux orphelines », la « Kermesse héroïque », « François Iᵉʳ » où un acteur si laid le pauvre, mais tellement sympathique, l'a fait rire aux larmes. Mon Dieu, il y avait longtemps que cela ne lui était pas arrivé. Elle aime Buster Keaton, Fernandel, Ramon Novaro dans « Ben Hur ». Elle déteste la gouaille si vulgaire de Maurice Chevalier mais s'intéresse à Joséphine Baker qui ne serait pas mal si « elle ne montrait pas son derrière pour une cerise »...

Chaque semaine, elle lit « La Vie au Foyer », le « Petit Echo de la Mode », quelquefois « Ciné-Revue » et les « Veillées des Chaumières » que ses clientes réclament à Clara. Elle n'aime pas les feuilletons à l'eau de rose :

— « Tutté mumié » [1]...

Le petit salon de coiffure, installé dans le logement, reçoit les femmes d'ouvriers et d'employés. Il élargit brusquement le cercle restreint de leurs relations. Mario, de son côté, sa petite sacoche noire sous le bras, va à domicile couper les cheveux des maris. Leur discrétion, leur savoir-vivre et leur honnêteté leur ouvrent bien des portes et, ô merveille, des Français deviennent leurs amis au point d'accepter de porter l'unique petit-fils, Jean-Marie, sur les fonds baptismaux.

— « Donner sa chance à Graziella »...

Oui, Jean avait raison. Rien n'est jamais perdu, surtout ce qui demande peine et effort.

Etre accueillis dans un intérieur où chaque meuble, chaque bibelot possède une histoire et forment ensemble celle d'une famille... Témoins de tout un passé, serviteurs heureux du présent et qui donnent une âme à la maison la plus neuve... Etre admis à rentrer dans le cœur des autres et à partager. Quel honneur et quelle émotion pour des émigrés qu'une telle confiance ! Pouvoir donner à son tour et non pas toujours recevoir comme des assistés perpétuels. Qu'existe-t-il de mieux pour rendre aux hommes leur dignité ? La conscience de leur valeur ? Certes, bien des employés encore, regardent les ouvriers de très haut, se scandalisant de leur générosité, mère supposée de leur pauvreté, alors qu'elle est leur richesse.

— Che stupidi ! Noi capis nient [2] !

Pourquoi les Français s'imaginent-ils toujours que l'histoire des émigrés, si humbles d'aspect qu'ils soient, commence le jour de leur arrivée en France ?

Marie-Romaine, avec l'excuse de garder les bébés, sort peu. Que dirait-elle à ces dames ? Mais comme Graziella sait bien recevoir ! Elle ne lui connaissait pas ce don. C'est vrai que la pauvre jeune femme, depuis son séjour chez les Dames de Sion, de Rovereto, n'a guère pu l'exercer. Elle se réjouit donc pour

1. « Des grimaces, des manières... »
2. « Ils sont stupides et ne comprennent rien. »

ses enfants de ces fils renoués sans savoir qu'ils tissent la trame du malheur.

Comment n'ont-ils jamais pensé que leur humble réussite, fruit de leur courage et de leur travail, pouvait faire des envieux ? Peut-être parce que pour les purs, tout est pur.

Non. Ce ne sont pas les Français, mais les hommes en général qui sont « falsi e cortesi ». Si Augusto et Clara, par leur naturalisation sont intouchables, Mario et Graziella qui ne sont pas encore français, à cause des responsabilités de cette dernière dans l'école italienne, deviennent les victimes toutes désignées de la jalousie et de la méchanceté.

Marie-Romaine ne peut plus écouter le grand air de la « calomnie ». Il illustre trop bien leur drame. Alors qu'en France, le Front Populaire arrive au pouvoir et que Léon Blum obtient les premiers congés payés, qu'en Espagne la guerre civile fait rage, l'Italie est passé peu à peu, aux mains du Duce et l'Allemagne en celles d'Hitler. Mais peuvent-ils s'en rendre compte seulement ? Les programmes scolaires subissent insidieusement l'influence des partis qui gouvernent. Pour les émigrés, le consulat les communique aux instituteurs. Graziella fait apprendre à ses élèves l'histoire et la géographie d'Italie. Elle dicte les textes imposés.

Voilà. L'infernal engrenage est en place. Il va broyer les innocents. Alors que les sourires qu'on leur adresse ne diminuent pas, alors qu'on dit à la coopette que « la poire est mûre et qu'elle va bientôt tomber », une pétition circule dans les cités et arrive sur le bureau du préfet. Une institutrice et son mari font, dans son département, de la subversion fasciste. Ils viennent même d'avoir la visite clandestine, le soir, d'un agent de ce parti. L'affaire ne traîne pas. Les gendarmes apportent un avis de refoulement.

Refoulés !

Eux, refoulés. Comme l'intégrité et l'honneur rendent vulnérables. Une intervention de la population, ouvriers et employés, directeur en tête, a lieu immédiatement. Le non-lieu est accordé aussitôt. Trop tard. Mario est mort de chagrin en trois jours d'agonie morale et physique. Il laisse une veuve et trois orphelins, qui vont toucher un petit capital-décès pour la mise au point duquel il avait reçu plusieurs fois, le soir, la visite d'un agent... Oui, mais un agent d'assurances.

Attaquer les diffamateurs ? Faire justice ?

La population, comme à chaque infortune, défile nuit et jour dans la jolie salle à manger aux glaces voilées, dans le lourd parfum des fleurs, à la lueur vacillante des six cierges, pour rendre un dernier hommage au compagnon de travail et à sa famille. Le glas des funérailles solennelles, s'étirant par les cités entre les maisons aux volets clos en signe de deuil, s'éteint à peine qu'une terrible nouvelle secoue l'Europe entière : une nouvelle fois, la guerre est déclarée.

Etrange destin pour ce peuple, à peine enraciné, que de se retrouver dans un pays-frontière. En cortège pitoyable, il voit passer sur la route, nuit et jour, sans interruption, les réfugiés alsaciens, lorrains, affolés, chargés comme des mulets sur d'invraisemblables moyens de locomotion.

Augusto est mobilisé. Il veut, avant de partir, mettre tout son petit monde en sécurité. Clara, sa femme, attend son troisième bébé. Marie-Romaine reprend sa malle et entasse les affaires des cinq enfants. Clara déplie une carte et cherche au centre de la France, un havre de paix, loin des frontières.

Graziella, que le Directeur de la mine a immédiatement réembauchée, reste pour travailler — il le faut bien — et garder les logements.

Un train roule vers la ligne Maginot, un autre vers le Berry, avec un Jean-Marie infernal, qui ne cesse de pleurer. Des soldats excédés qui partagent le compartiment oublient de rapporter l'eau promise à l'enfant pour le calmer.

Dans le balancement des wagons de troisième classe, deux femmes surveillent constamment les portières de leur compartiment. Le futur bébé gigote doucement dans le ventre de sa mère. Quelle chance qu'il ne soit pas encore né !

Le souvenir du petit Guerino et d'un autre exode, il y a vingt-cinq ans, ne quitte pas Marie-Romaine.

XVIII

Alors, premières réfugiées, elles arrivent dans une Brenne alanguie, paisible de la sécurité des gens « de l'intérieur » qui n'ont jamais été envahis. Epuisées par plusieurs jours de voyage, elles téléphonent, au hasard, à un prêtre que ses fonctions doivent rendre secourable.

Après l'injustice, la médisance, le deuil, la guerre, que peuvent-elles espérer ? Seules, désemparées, plus que jamais conscientes de leur peu de valeur dans ce pays inconnu aux habitants soupçonneux pour lesquels, comme « lorraines », elles sont des... « sales boches » ! A force d'être et de ne pas être, un fois de plus, elles ne sont plus rien.

Mais on vient les chercher en voiture. Et le miracle s'accomplit. Elles sont attendues.

La vieille maison basse, longue, charmante sous son grand toit bruni par le temps, avec ses baies symétriques à petits carreaux, ses portes-fenêtres ouvertes spontanément sur ses intimes secrets, semble posée sur l'herbe, à l'ombre d'un charme immense, centenaire. Elle a, au-delà des siècles et malgré sa simplicité apparente, fière allure dans le minuscule hameau près du château.

Celui-ci s'élève, paré de vigne-vierge, dans le grand parc où bois, prairies et cultures se font d'harmonieuses grâces. Une grande allée, bordée de tilleuls, descend puis remonte vers le village voisin. La terre est craquelée par la sécheresse de ce bel été finissant et de curieux petits insectes noirs et rouges jouent à cache-cache dans ses fentes.

Dans la paix du soir, l'antique demeure est prête avec ses lits improvisés, le couvert est mis, le sel est dans la salière, l'huile et le vinaigre dans la petite bouteille double, sur la table rustique...

Elles comptent donc pour quelqu'un ! Un « quelqu'un » noble, discret, qui comprend, qui apaise.

Beauté du lieu, sérénité de la nuit, calme de la demeure, bonté de celles qui l'ont préparée, la mère et la fille bouleversées, englobent tout dans la même déférente gratitude.

Le château et son hameau se dressent à l'écart des villages dans cette région d'étangs, de brumes, superstitieuse et magique où la Creuse, paresseuse, fait des méandres avant de partir entre ses peupliers et ses grottes préhistoriques, vers le Val de Loire.

Depuis les vacances à Monte Terlago, elles ne se sont jamais senties si bien. La difficulté de Marie-Romaine à s'exprimer couramment en français autorise certaines questions. Et merveille de la part de leurs hôtes, personne, depuis des années, ne leur a dit ainsi que le Sud-Tyrol est beau et merveilleux. Son histoire est connue : on les « identifie » enfin.

O joie de ces jours, malgré l'inquiétude qu'elle éprouve en pensant à sa fille et à son gendre, si loin. Les nouvelles arrivent, irrégulières. Graziella a déménagé. Elle habite près de son travail, sur le carreau même de la mine. La Direction espère ainsi l'aider à surmonter sa double solitude de femme et de mère. Sur la ligne Maginot, sans matériel, sans munitions, sans chefs, Augusto attend.

Après la cueillette des pêches et des poires on récolte les pommes. Dans le grand salon du château où une Vierge charmante tient un Enfant-Jésus nu et dodu, chaque soir, avec leurs hôtes, elles vont réciter le chapelet.

Une nuit de novembre, dans une pièce enfumée, aux fenêtres ouvertes, une petite Jeanne hurlante fait son apparition. Peu après, c'est l'emménagement dans le dernier étage du château pour l'hiver... L'immense sapin, le petit cadeau à chacun.

Les martinets piaillant, dans leurs rondes folles ramènent le printemps.

Les soldats français qui battent en retraite font halte dans la vieille maison, puis reculent encore, en leur laissant des poux.

La terre résonne un matin sous les sabots des chevaux. Devant le château se tiennent des officiers allemands, altiers sur leurs montures. Déjà ?

Aux petites filles qui descendent avec celles du château à l'école du bourg, Marie-Romaine à son tour recommande :

— Restez bien ensemble et si un soldat ou un homme vous ennuie trop, tapez de toutes vos forces, là-haut, entre leurs jambes.

En se donnant la main, les enfants inquiètes, regardent les géants blonds qui, dans les fossés, font la sieste, heureux.

Puis c'est l'attente angoissée, tous volets fermés, de l'issue d'une bataille au centre de laquelle elles se trouvent et qui dure toute une journée. Peu après, l'armistice est enfin signé.

Par un long détour à travers une France chaotique, Augusto, épuisé, les souliers sans semelles, arrive enfin. Son sac est plein du chocolat qu'il a ramassé dans un champ, où un train entier s'est renversé. Non, elles n'ont pas reçu et ne recevront jamais la valise envoyée avec tous les manteaux et la poupée en celluloïd d'Annette. Le jeune père sait l'attachement de sa fille pour sa Véronique...

Avec les derniers réfugiés et un laisser-passer pour la zone libre, en train, en auto, en stop, en charrette à cheval enfin, Graziella peut les rejoindre. Comme ce pays est doux et reposant et comme est aimable leur refuge ! Avec les jeunes mères, silencieuse comme elles, Marie-Romaine regarde les enfants insouciants dévaler les prairies en pente et se promener en carriole avec l'âne qui, chaque matin, les réveille.

Malgré ces vacances inattendues, elles mènent leur petit monde avec la même fermeté. Le coin, la fessée, le martinet, les excuses publiques — suprême affront — sont les garanties d'une stricte observance des bonnes vertus d'obéissance, de politesse, de respect et de prévenance. La petite Annette qui ne se « tient pas droite », comme le balai dans le dos ne suffit pas, est attachée au tronc du grand charme sur la place... Incident de parcours qui ne l'empêche pas d'offrir ensuite à sa petite voisine, en guise de pastilles de réglisse soigneusement enveloppées dans du papier à cigarettes « Job » soustrait de la blague à tabac de son papa, des... crottes de chèvre, ces braves bêtes dont elles découvrent et l'entêtement et les délicieux fromages.

Marie-Romaine aime, le soir après souper, tandis que les bébés dorment, avoir assises en rond autour d'elle, près de leurs mères, ses quatre petites-filles. Ensemble, elles écossent des petits pois, équeutent des fraises, effilent des haricots en écoutant la belle histoire de « Nanino et Guita »[1], du Petit Tailleur...

Tout son bonheur est là, dans ces êtres qui écoutent et racontent si volontiers.

Papa Augusto prend souvent le relais avec les aventures de la Fée Belinda, de la Princesse aux trois devinettes et bien d'autres encore qu'il arrête malicieusement au moment le plus palpitant pour envoyer tout son petit monde au lit... en promettant la suite pour le lendemain si elles sont sages. Ah ! le beau concert de protestations. Le papa est inflexible. Avec sa formidable puissance de travail, il aide aux moissons et une saine fatigue, le soir, se fait sentir. Les œufs, les laitages, les volailles achetées grâce à son labeur, économisent leurs dernières réserves.

Oui... ce sont presque des vacances qu'ils vivent, conscients de leur chance et si reconnaissants. Hélas, Graziella va repartir seule en Lorraine où son emploi l'attend à la mine.

Le prêtre qui veut bien se dire leur ami, leur trouve travail et logement. Un travail un peu particulier, humble, effacé, au service des plus petits. Augusto, pour les siens, accepte tout. Et au pas lent d'un cheval pacifique, c'est le déménagement, le retour à la civilisation, au village.

Pour les habitants du bourg, qui ont fait payer l'eau de leur fontaine publique aux pauvres gens qui fuyaient l'an dernier, ils redeviennent les réfugiés. Qu'importe, puisque d'autres les ont

1. Hans et Gretel.

accueillis avec amitié et confiance. Alors ils mettent, comme toujours, leur point d'honneur à être irréprochables, à ne pas décevoir, à ne pas gêner, à ne rien devoir à personne. Et puis ils rencontrent d'autres réfugiés, une famille de Paris qui leur fait découvrir une approche nouvelle de la médecine qui correspond tout à fait à leur bon sens profond, à leurs saines intuitions : la méthode naturelle du docteur Carton.

Voilà encore une autre fenêtre ouverte sur ces temps malheureux.

Marie-Romaine écoute, observe, amusée quelquefois, ces berrichons qui roulent les R en parlant et qui trinquent dur. Mais sa pensée constamment revient dans les cités vers Graziella : un peu gonflée, les lèvres mauves, essoufflée, elle a le cœur malade. Chagrin, solitude, souci du lendemain, méchanceté de certains collègues, les nerfs de sa « grande » craquent. Dans ses lettres, transparaît une lassitude profonde, un mal du pays, une impossibilité de continuer à vivre dans ce cadre où, avec Mario, elle avait mis tant d'espérance.

Marie-Romaine se souvient de Ceniga, après la mort de Jean, puis de la France. Elle comprend comme seul un cœur lui-même éprouvé peut comprendre.

Depuis qu'à son tour, l'Italie a déclaré la guerre à la France, les Italiens sont très mal vus dans les cités. Comme s'ils en étaient responsables ! Pourquoi ne pas profiter des offres de rapatriement qui leur sont faites ? Sans rien dire, Marie-Romaine a compris. Elle refait sa malle. Etre et rester ensemble : le rêve devait être trop ambitieux.

Clara et Augusto, à deux, pourront lutter. Elle rejoint donc Graziella avec Carmen, Eliane et Jean-Marie. C'est entendu, elle gardera les petits pendant que leur mère ira gagner leur pain quotidien.

Et c'est la première séparation.

Jeanne, adorable, fait ses premiers pas, Clara attend son quatrième. Le cœur de Marie-Romaine est bien lourd.

— Che il Signor te bénédissa, popa [1].

Quand se reverront-elles ?

Dans les cités, ce ne sont pas les Allemands qui ont volé... Heureusement, il leur manque peu de choses et bientôt, par trains séparés, deux veuves, trois enfants et le wagon qui contient leur foyer roulent vers l'Italie du Nord.

Marie-Romaine a laissé la pendule, les casseroles de cuivre et le store, mais a emporté sa robe de chambre, même si elle ne la porte plus, sa malle et sa cassette.

Les trois petits dorment encore lorsque le train arrive à Desenzano. Le lac est là, inchangé, magnifique comme un coin de Méditerranée oublié dans les Dolomites, avec ses eaux limpides à la merveilleuse couleur d'outre-mer. Tout repose encore dans la pénombre des aurores de montagnes alors que déjà le soleil levant fait resplendir leurs sommets.

Retrouver ce pays après quinze années... Et en temps de guerre...

Là-bas, une route qui n'existait pas : la Gardesana occidentale, se riant des difficultés, traverse dans un chapelet de tunnels tous les rochers ; ici, une rue remplace le sentier d'où, tremblante, elle surveillait, jeune mariée, la barque de Jean.

— Marie-Romaine ! Vous ici... Mais quel miracle ! Que devenez-vous ?

— Insomma cara, se va avanti pian-pianin'... [2]

Don Bartolo est parti en Amérique, mais ses sœurs sont toujours là, vieillottes, démodées, fidèles à elles-mêmes. Il y a longtemps que l'exilée n'a pas autant parlé.

Bref entracte. Graziella doit à tout prix travailler car, une nouvelle fois, elles n'ont plus rien. Après un bref séjour à Riva, la famille s'installe à Varone, avec ce qui reste du wagon, pillé en chemin. Par qui ? Peu importe... En temps de guerre, les réclamations ne servent à rien. Marie-Romaine découvre avec émo-

1. « Que le Seigneur te bénisse, ma petite fille. »
2. « Enfin, ma chère, on avance tout doucement... »

tion que le propriétaire de leur maison, autrefois, avant la première guerre, avait fait partie avec un des vieux docteurs de Riva, des quelques commanditaires qui, faisant confiance à son frère Nando, l'avaient aidé dans ses prospections minières de Covelo...

Et la vie se réorganise dans l'indéfinissable émotion du dialecte, des coutumes et des parfums retrouvés.

Etranges rapports de mère à fille. Une fille devenue chef de famille avant d'être nommée chef de bureau de l'usine où elle assume certaines responsabilités. Dans le pays, avec un peu de méfiance, elle est pour tous la « Française »...

Mais une femme aussi, courageuse, extrêmement soignée, toute volonté tendue pour « tenir », étouffant cœur et souvenirs. Tout à la fois homme et femme, père et mère avec les durs conflits de frontière que cet état représente. Quand cesser d'être l'un, pour être l'autre ? Sa grande a-t-elle été heureuse ? Sans les études que Jean lui a fait faire, que seraient-elles devenues toutes trois à sa disparition ? Et maintenant ? Mais le monde entrouvert à Rovereto n'a-t-il pas fait d'elle à tout jamais une personne déplacée ?

Marie-Romaine respecte la lassitude et les silences de certains soirs. Elle suggère, partage, exécute et le plus souvent se tait. Deux femmes pour nourrir avec les seules cartes d'alimentation trois enfants qui grandissent ! Elles ont retrouvé toutes les deux leur ligne de jeune fille, mais voient avec inquiétude, comme tant d'autres mères, fondre les joues des enfants. Carmen les inquiète. Après une crise de rhumatisme, son cœur lui fait mal. Dans la cour de l'école, résignée et tranquille, elle regarde les autres : elle ne peut plus jouer. Eliane, fluette, reprend le violon abandonné par sa mère et Jean-Marie va rentrer à l'école. Pauvre gamin tout penaud que le curé renvoie, alors qu'il se présente, comme chaque dimanche, pour enfiler son surplis d'enfant de chœur pour la messe. La figure gonflée par une piqûre de guêpe, le brave homme ne l'a pas reconnu !

Mais la guerre, cette fois, c'est aussi le ronronnement des

avions, la nuit, et le manque de combustibles, le jour. Dans ces pays de rocs, de vignes et de fleurs, il n'y a pas de forêt et encore moins de charbon. L'angoisse de l'approvisionnement en bois ! En trouver d'abord, puis le payer. Les montagnards le descendent sur leur dos puis sur des chariots, au pas lent de leurs bœufs. Comme elles surveillent son déchargement, vestales improvisées au service d'un insatiable dieu... Valeur d'une brindille, d'un copeau perdu, d'une planchette égarée, d'une braise encore chaude...

Toujours de noir vêtue — ce n'est pas le moment d'acheter autre chose — quelques petites mèches rebelles s'échappant du chignon qui s'argente, lunettes sur le nez, dents que les privations ébranlent, Marie-Romaine n'est plus dérangée tous les mois. Cela s'est fait insensiblement, sans malaises. D'ailleurs en aurait-elle eu qu'elle n'y aurait pas fait attention, comme toujours. On ne fait pas d'histoire pour ce qui n'en vaut pas la peine et moins on s'occupe de soi-même, mieux cela vaut. Les religieuses ont encore raison. Pour se guérir, il n'y a qu'à soigner toutes les misères des autres.

Elle découd, recoud, détricote, retricote continuellement. Même pendant les alertes, cette forme nouvelle de la guerre, tandis que tout le monde court aux abris, sereinement elle continue son ouvrage. Les soldats allemands lui crient au passage :

— Bonne pour guerre, grand-mère !

Bonne pour la guerre ! Elle hausse les épaules... Le peuple, oui, comme toujours est bon pour tout, chair à canon, chair à misère, pion que le chantage à la sécurité arrive toujours à déplacer sur l'échiquier des grands. Quand donc viendra une Europe, un monde sans frontières où tous les hommes seront frères ? Bonne pour la guerre ! Eternel et étrange destin des femmes de subir et réparer les conséquences de la folie conquérante des hommes. Perdre fils, frères, maris, soigner les infirmes qui reviennent et élever les fils de ceux qui ne reviendront pas. Innombrables fourmis silencieuses et dignes, courageuses, infatigables, dont on ne parle jamais et qui, au-delà d'elles-mêmes gardent ce pauvre monde viable, propre, nourri, chaud, harmonieux. Quand auront-elles droit à la parole ? Quand donc viendra l'heure des étoiles, si utiles et qu'on ne voit jamais de jour ?

Un jour, avec la Corriera, pour des formalités, elles sont remontées à Trento. La tête du Crucifix au Duomo n'est pas plus inclinée. Les fiacres ont disparu ; les autos les remplacent et c'est dommage. Sur la grande place de la gare, devant le Jardin de Dante, il y a des constructions nouvelles. A « sa » fenêtre, d'autres rideaux, sur « son » rebord, d'autres fleurs... Leur cousine Anne-Marie est seule : elle a quitté sa classe devenue trop lourde pour un poste de secrétaire de mairie, dans une localité voisine. Comme toujours, aucune détresse non plus ne lui échappe. Ses parents, tendrement soignés, ne sont plus. Disparus aussi Beppy et son « secret », les Pontalti, Elena, l'ami joaillier, Gigi, les Meyer... L'« associé » a fait fortune et sa librairie est la plus importante de la ville... avec la clientèle de Jean.

Marie-Romaine a trop mal encore. Une autre fois, elle restera à Varone et relira les lettres de France que la censure a laissé passer.

Clara et les siens sont maintenant de retour en Lorraine et le fils tant désiré, Dominique, est enfin arrivé. Une petite fille, Noëlle, l'a suivi. Bienheureuse colère de son gendre qui décuple quelquefois une telle énergie. Le dernier bébé lui doit la vie : la sage-femme, elle, pensait qu'il ne vivrait pas.

Marie-Romaine, malgré les restrictions, ne se fait pas trop de soucis pour leur ravitaillement en France. Elle connaît l'amour du père pour ses enfants et les ressources multiples dont il dispose pour le prouver. Un homme à la maison, c'est quand même bien utile... Clara parle aussi du froid et de la neige qui a duré de novembre à mars, les contraignant pour les baptêmes, à mettre les landaus sur des traîneaux pour aller à l'église.

Les images de la Grande Plaine blanche qui passent devant ses yeux, se heurtent au diadème immaculé du lac. Ici, les orangers sont en fleurs...

XIX

— Nonnina [1], comment était grand-père Jean ?

Entre Carmen et Anne, qui la tiennent par le bras, Marie-Romaine marche à petits pas tranquilles.

Elles vont, à travers les petits prés en escaliers, juste au-dessus du village, écouter mourir le jour et naître la nuit. L'heure est exquise et le panorama splendide. Assises sur les pierres encore chaudes, elles contemplent sans pouvoir s'en rassasier le spectacle qui s'offre à elles.

Le Val Ballino finit doucement au bord du lac, sept cents mètres plus bas. Au premier plan, le village delle Villé mêle confusément ses toitures, laissant à peine émerger son clocher à coupole ; plus bas, la dentelle nettement découpée des créneaux du Castel de Tenno, puis Pranzo à peine éclairé et enfin Varone et Riva comme une couronne de perles scintillantes qui se reflètent dans la moire frémissante de l'eau. A droite, là où le soleil vient de disparaître, la montagne à contre-jour est noire ; en face, l'énorme chaîne du Baldo garde encore quelques reflets roses sur un ciel plus clair. L'ombre envahit la vallée et monte doucement vers les promeneuses.

— Comment il était ?...

Les adolescentes sont sérieuses, attentives. Marie-Romaine se

1. Petite grand-mère.

recueille dans l'heure douce des confidences où le passé redevient présent, tangible.

— Pas très grand..., si joyeux.

— Et puis...

Elle soupire.

— Et puis ?... Je n'ai pas su l'aimer.

— Grand-mère !

Sortilège de l'heure, de l'attention passionnée qu'on lui porte, de l'amour nouveau dont elle est l'objet ? Comment a-t-elle pu partager son secret ? Le fruit de ses longues méditations... Peut-être qu'entre le cœur tout neuf de ces adolescentes et le sien qui n'a pas eu le temps de battre, il n'y a pas de différence.

Depuis trois ans, la guerre est finie. Et voici deux étés déjà que les petits « Français » qui ont tellement changé, tellement grandi, viennent la voir. La première fois, reçus en bas à Varone dans la chaleur étouffante de leur longue maisonnette écrasée de soleil et la deuxième ici, à mi-montagne où l'on respire tellement mieux.

Comme la visite de sa cadette, qui a entrepris avec cinq enfants ce long voyage pour la voir, l'a touchée ! Elle a bien changé aussi, la primesautière enfant, avec ses grosses lunettes, un peu forte dans ses modestes robes trop justes. En France aussi, la tourmente a soufflé.

Sans rien en dire, elle a si amèrement regretté de ne rien posséder pour les gâter, s'appliquant à profiter du présent et de la joie d'être à nouveau ensemble, sans rêves inutiles et impossibles.

Puis Jeanne, sauvée d'une intervention mutilante grâce au merveilleux médecin connu en Berry, lui est confiée pour trois mois de convalescence. Elle arrive, toute menue, avec l'inséparable compagnon de ses jours de souffrance : Oscar, un tout petit canard. Comment son père qui l'accompagnait a-t-il pu lui faire passer la douane ? Tout le monde a encore si faim que les douaniers sont pleins de zèle. Heureusement qu'Augusto reconnaît providentiellement dans le fonctionnaire qui contrôle leurs bagages, un ami d'enfance ! Ils parlent tant, dans la joie de cette rencontre inattendue que, vite, pour rattraper le temps perdu, celui-ci passe au compartiment suivant : Oscar est sauvé.

Le séjour de la fillette maintenant se termine. Clara vient la chercher avec sa petite famille encore augmentée d'un autre bébé. Le sixième, Louise. Heureusement que Graziella, comme lorsqu'elles étaient à Trento, a pu trouver une maison dans la montagne pour aller « ai freschi ». Elle l'a louée à des montagnards toujours en brodequins et ceinture de flanelle. Leurs femmes elles aussi, portent, comme autrefois, les cheveux tressés autour de leurs têtes. Les uns et les autres sont souvent affligés d'un goître.

Et si plus haut, comme à Monte Terlago, les fermes sont plantées çà et là, toutes blanches dans les prés en pente, ici, sur ce versant de la vallée, elles sont toutes brunes et enchevêtrées autour de leur clocher au-dessus de venelles tortueuses, pavées de gros galets ronds. Au début, les enfants s'y perdaient puis, très vite, ils ont apprécié leur fraîcheur, leur abri, leur mystère et leur pittoresque. Derrière le balcon de bois qui court sous le vaste auvent du toit, l'intérieur, toujours aussi rustique, offre ses planchers immaculés et son foyer primitif en pierres plates. Comme on y surveille le feu pour son prix et le danger qu'il représente !

Les maigres cultures, les prés, les oliviers et la vigne sont pris en charge par les femmes fortes et courageuses. Les hommes sont absents. Ils travaillent à l'usine en bas où ils se rendent par des raccourcis abrupts, de leurs pas souples et réguliers ou là-haut dans les « malghé »[1] de haute-montagne avec leurs bêtes ou au bois.

Sur le long ruban poussiéreux de la route blanche qui descend en lacets, le dernier chariot tiré par des bœufs pacifiques monte doucement en apparaissant et disparaissant au fil de la longue côte. Oui, l'heure est douce et leur joie est profonde ! Comme les cités et la Grande Plaine sont loin...

1. Chalets d'alpage.

— Vous n'avez pas su l'aimer ? Nonnina, pourquoi dites-vous cela ?

Elle hésite encore. Elle a reçu tant de confidences, elle, qu'on dit la Marie-sereine, la Marie-discrète, la Marie-écoute... Elle a tant lu, tant réfléchi...

— Je ne peux pas vous expliquer encore, je n'ai pas tout compris. Mais j'étais tellement ignorante ! Je ne savais pas l'importance des gens, des événements, de la vie. Soyez ouvertes au monde, mes enfants ! C'est tellement indispensable de savoir et d'aimer !... On ne se trompe jamais en aimant vraiment.

Alors qu'il lui a fallu tant d'années pour commencer à réaliser que son Jean lui a donné bien plus que lui-même en l'aimant vraiment, comment ces petites pourraient-elles comprendre à l'aube de leur vie ?

En l'épousant, il l'a fait renaître, elle, l'orpheline sortie du couvent. Il lui a re-donné la vie, cette vie dont elle se nourrit encore. En ouvrant son esprit, ses yeux, ses oreilles, en suscitant ses questions innombrables avant d'y répondre, ne lui a-t-il pas permis, au long des jours heureux ou malheureux de s'accrocher, de s'enraciner pour vivre, en s'intéressant constamment aux autres, à tout, plus qu'à elle-même ? Les religieuses, certes, lui avaient donné la théorie, mais sans lui, comment aurait-elle su la mettre en pratique à travers tout ce qu'elle a vécu ?

C'est quand on prend conscience de l'amour de quelqu'un qu'on peut le comparer avec celui qu'on lui porte soi-même. Elle se rend compte qu'elle parle à ses petites-filles comme elle n'a jamais pu parler à ses filles, malgré leur mutuelle tendresse. Pour ces enfants qui l'interrogent, elle est l'irremplaçable « fil » du passé. En le dévidant, « barzellette » y compris, elle les aide à prendre ces racines de confiance, de sécurité, qui lui ont tant manqué. Et elle le fait très volontiers, tout étonnée de l'intérêt qu'elle suscite, elle qui n'attend jamais rien pour elle, toujours attentive à donner, à servir, à ne pas encombrer, au point de surprendre encore et d'agacer quelquefois les siens. Ne comprennent-ils pas que c'est là sa seule richesse ?

192

— Il faut prendre chaque chose avec patience, mes petites-filles. Et se dire que demain, s'il pleut aujourd'hui, un autre jour se lèvera et qu'il fera peut-être beau.

Alors elles ont des élans de tendresse, de fous-rire, tissant entre elles une complicité qui ne se démentira jamais, elle le sait.

— Grand-mère ! Nonna ! Nonnina ! Maman !

Jamais on ne l'a tant appelée.

Deux filles et neuf petits-enfants ! Elle s'affaire du matin au soir et de l'un à l'autre si attentive à prévoir leurs désirs, si disponible tout en sachant si bien se faire obéir.

Marie-Romaine, d'un geste devenu familier, essuie les petites perles de sueur qui envahissent si facilement son front et son nez. Elle savoure son bonheur et plaint tout autour d'elle celles qui sont seules, tristes, malades...

Une accalmie avant l'orage.

*
**

1950 : Année « Sainte ».

Après tant d'années d'abnégation, Graziella pense un peu à elle et s'offre le pèlerinage à Rome avec ses collègues de bureau. Ce sera son dernier voyage. Elle contracte la typhoïde que son cœur fatigué ne supportera pas.

A soixante-quatre ans, Marie-Romaine, deux fois veuve se retrouve chef de famille avec trois nouveaux orphelins : Jean-Marie, quatorze ans, diaphane après quarante jours de fièvre aussi, Carmen, vingt ans, au cœur si fragile et Eliane, dix-sept ans, seule en état de travailler.

Après tant et tant de nuits de veille de l'un à l'autre lit, la grande roue peut tourner. Marie-Romaine n'en perçoit même plus les grincements. Elle se sent si usée tout à coup devant la lutte qu'elle doit reprendre pour faire vivre ses petits-enfants !

Car les difficultés surgissent aussitôt. L'Italie est en pleine crise économique. Carmen, qu'Augusto et Clara voulaient accueillir, n'a pu se réhabituer au climat et aux cités de la Grande Plaine.

Elle s'étiole si dangereusement qu'elle doit revenir. Jean-Marie, qui se remet lentement, restera seul avec son oncle et sa tante. Eliane est acceptée à l'usine en souvenir de sa mère. Mais qu'est-ce que le salaire d'une apprentie pour trois personnes ? Marie-Romaine, qui a repris en main le budget, voit les réserves s'épuiser, malgré son économie forcenée.

Alors, c'est la lumière qu'on allume le moins possible, le feu aussi, les vieux fers à repasser qui retrouvent le coin de la cuisinière, le journal qu'on n'achète plus et les fringales de lecture apaisées sur les emballages de légumes lus consciencieusement avant d'être jetés. Les courses réduites au minimum, par demi hectogramme pour n'être pas tentées de consommer davantage... Elle surveille âprement la balance des marchands avec l'audace du désespoir pour défendre les rations de ses petites, spécule sur la valeur des verres consignés pour boucler son mois. Qu'au moins la honte des dettes, si minimes soient-elles, lui soit épargnée !

Elle qui n'a jamais su cacher sa pensée, est moins diplomate que jamais. Elle devient agressive, marchande, puise dans la lutte une énergie insoupçonnée. Il ne fait pas bon la tromper... A la maison, les contrariétés la rendent un peu plus discrète encore. Moins que jamais aussi, elle n'en charge les autres. Elle reste un peu plus silencieuse quelques heures, une journée peut-être puis redevient, comme à l'accoutumée, calme et patiente et voilà tout...

Son ressentiment demeure vis-à-vis de ses parents. Pourquoi se sont-ils comportés comme des irresponsables ? En son dénuement actuel, les injustices subies redonnent une vigueur accrue à sa méfiance instinctive. Elle cherche, sur la défensive, les mobiles profonds qui inspirent les actes de ceux qui l'entourent et c'est très difficilement qu'elle revient sur une impression défavorable. Si elle respecte le choix des autres, elle n'accorde plus spontanément sa confiance...

Jean-Marie est venu passer son certificat d'études puis est reparti en Lorraine. Que pourraient faire en cette période de chômage, pour un garçon de cet âge, une adolescente, une malade et une grand-mère ?

Elle n'a pu, faute de moyens, se remettre en deuil à la mort de son aînée. A quoi bon ? Plus jamais elle ne portera de noir. Elle s'habille désormais de jupes droites, grises ou bleu foncé, et de petites blouses de soie ou de rayonne, à mi-manches. Elle a adopté, depuis la deuxième guerre, la combinaison en « indémaillable », le soutien-gorge et la chemise américaine dans son étrenel corset. Avec ses bas et ses cheveux gris aux petites mèches ondulées, toujours rebelles, son filet au bras, son porte-monnaie où le moindre sou est compté, serré dans la main, il faut la voir partir vers le marché comme un soldat vers la bataille ! Dès qu'il fait frais, elle pose sur ses épaules, l'un ou l'autre petits châles plus ou moins épais de sa fabrication. Et tant pis pour le dentier qu'elle oublie toujours. Graziella le lui avait fait faire quand elle avait perdu ses dents à la fin de la guerre. Pleine de bonne volonté, elle a essayé de le porter pour lui faire plaisir et pour l'argent qu'il représente. Mais en ces jours, elle manque de temps et de persévérance. L'appareil du bas est dans sa malle et l'autre... dans un mouchoir spécial, dans sa poche de tablier. Quand elle entend sonner ou quand elle sort, vite, elle le place. Mais quelle corvée !

Elle cherche toujours « la fenêtre ouverte » où puiser l'énergie de tenir.

Elle la trouve dans la joie des colis mensuels arrivés de France. Après tant et tant de jours à l'orge grillé et à la chicorée, elle goûte la volupté des premiers cafés dont elle ne laisse perdre aucun grain, aucune miette, tandis que ses petites-filles sucent leur chocolat avec des mines gourmandes.

Elle la trouve aussi dans cette rencontre faite à Riva et dont le souvenir l'ensoleille.

— Vous voyez bien, enfants, que « tous les nœuds viennent au peigne », que rien n'est jamais perdu. Tout sert à tout, vous verrez !

Un après-midi, elle attend longuement la Corriera[1]. Sur un banc, près d'elle, une vieille religieuse se chauffe au soleil. Elles parlent spontanément dans une harmonie parfaite, comme si elles se connaissaient depuis toujours, de la pluie et du beau temps. De la dernière guerre. De ces temps qui ont bien changé. Un jeune couple passe, tendrement enlacé. Les vieilles dames le suivent des yeux.

— Notre éducation a été trop sévère, trop rigide.

Marie-Romaine acquiesce. Elle se souvient...

La petite Sœur continue :

— Oui, vraiment trop sévère... Voyez-vous, Madame, depuis cinquante ans, je garde là, le remords d'un aveu extorqué en confession. Je voudrais tant savoir les conséquences qu'il a eues et ce qu'il advint de cette petite orpheline...

Son interlocutrice dresse l'oreille.

— J'étais en ce temps-là chez les Dames du Sacré-Cœur de Jésus à Trento. Et malgré l'interdiction, j'affectionnais une petite orpheline visiblement assoiffée de tendresse. Mes parents quittant la ville, j'ai dû les suivre. La petite fille m'a fait passer un billet qu'à force de questions, on m'a fait avouer en confession... Et le regret ne m'en a jamais quittée... Elle s'appelait Marie-Romaine...

Le silence de sa voisine l'intrigue. Elle se retourne et voit deux larmes briller puis rouler sur le pâle visage sillonné de rides qu'illumine un tremblant sourire :

— Elise ! Tu ne m'avais pas trahie !... C'est moi... Marie-Romaine.

Merveille que le cœur humain qui ne vieillit pas ! Si apte à l'enthousiasme, à la joie, à l'émotion. Si sensible à l'amour, à la tendresse... Les années d'un coup effacées, les barrières tombées entre « pensionnaire » et « orpheline », il n'y a plus sur le banc que deux fillettes pleines d'admiration et de reconnaissance.

Et enfin, cette « fenêtre » est aussi dans sa chance d'avoir de

1. L'autobus.

la famille en France, de se sentir si riche d'affection en comparaison de tant d'autres autour d'elle.

Elle pense spécialement à cette vieille institutrice excentrique, s'enfonçant dans une douce folie, et dont elle lave l'invraisemblable linge lorsqu'elle peut, discrètement, le récupérer. A cette épouse en Russie qui ne saura jamais que son mari est ici, vivant sous un faux nom, rongé de solitude pour ne pas lui créer d'ennuis. Oui, tant et tant d'autres dont le chemin a croisé le sien.

Elle suit les rapides bienfaits de la pénicilline. Que n'a-t-elle été découverte plus tôt : Graziella serait encore en vie. Les premiers essais d'une balbutiante chirurgie cardiaque la passionnent. Mais l'Amérique est si loin et il faudrait tant d'argent...

Alors, grâce à Marie-Romaine, la vie des trois femmes s'illumine des projets fous qu'elles osent faire. Gros lot du « Totocalcio » dont elles écoutent attentivement les pronostics avant de donner — unique « strapazzo » [1] — leur mise hebdomadaire. La « Domenica del Corriere », qu'une voisine leur prête, présente chaque semaine les heureux gagnants. La chance est aveugle ; pourquoi n'aurait-elle pas pitié d'une jeune fille qui monte de plus en plus doucement les escaliers ?

Ou alors, elles trouveront le timbre rare. Elles cherchent, décollent, lavent, repassent, collectionnent toutes les vignettes qu'elles peuvent trouver.

Et le secret de Beppy ? S'il y avait un trésor à Madruzzo ? Elles écrivent aux archives de Trento et à défaut d'héritage apprennent que leur famille est implantée à Calavino depuis 1536.

Folies, sottises que tout cela ?

Non. Inoffensives expressions d'un espoir que Marie-Romaine veut à tout prix préserver pour aider sa jeune malade à vivre. Une jeune malade qui n'a pour distraction que deux petits canaris, ses « Cici ». Douce et tendre Carmen, si raisonnable. Comme son

1. « Extra. »

197

besoin de tendresse, d'être belle, ses projets de mariage propres à toutes les jeunes filles font mal à l'aïeule.

— Nonnina, vous croyez qu'un jour on m'aimera ?

Cette phrase d'Elena, que Clara, un jour, il y a si longtemps, lui a montrée « il dolore... la douleur la plus grande est celle de ne pas se savoir profondément aimée »... Comme la petite bossue l'avait compris bien avant elle !

Jusqu'à cette soirée de printemps où la jeune fille, sereine, appelle au cours d'un refroidissement :

— Nonnina, je vais mourir ; dis au prêtre de m'apporter la sainte communion... Ne sois pas triste, va, je suis heureuse d'aller retrouver maman.

Et paisible :

— J'embrasserai papa et ceux que je n'ai pas connus : mon petit frère Jean-François et tes enfants Guerino, Virginie, Clara... et ton Nanè aussi, va...

Et puis enfin :

— C'est mieux ainsi, tu sais...

Toute parée de blanc, portée par ses amies, l'enfant, parmi les fleurs, est déposée près de sa mère.

Les billets de loterie n'ont pas gagné. La collection de timbres reste inachevée et va rejoindre les trésors de la cassette avec une mèche de ses cheveux et un petit bouquet de ces edelweiss qu'elle aimait tant. Eperdus, dans leur cage, les « Cici » volètent de ci, de là.

— Ma come son stuffa, Signor, sel savess' [1]...

Pour la première fois, elle avoue sa fatigue, sa faiblesse, pour se reprendre aussitôt :

— Va ! Su Maria !... [2] Te plaindre ? Tu ne vois pas que c'est une injure à ceux qui sont cloués sur un lit d'hôpital, malades,

1. « Mais comme j'en ai assez, Seigneur, si vous saviez... »
2. « Va, debout, Marie ! »

infirmes, seuls... Compte ce qui te reste : santé, famille et avance !
Tiens jusqu'à midi. Tiens jusqu'à ce soir. Ne pense pas...

Et refaire ses malles et redéménager... Se contraindre encore
et toujours à voir les petites fenêtres ouvertes dans sa nuit. Et
vivre le présent, ce présent qui, seul, compte ; qui, seul, peut
encore être transformé en bonheur pour Eliane, pour ses petits
Français.

Tout le reste : sa solitude, son dénuement, sa dépendance, ses
peines, ses regrets, ses projets, ses rancœurs aussi parfois, quelle
importance ?

Elle vaque à ses occupations avec l'énergie du désespoir. Sans
cesse en son cœur, malgré elle, des images se superposent. Une
foule énorme piétine dans sa tête où se mêlent les convois de
réfugiés, d'émigrés, les processions et les enterrements.

Tant de sang et de larmes pour des royaumes aujourd'hui disparus... Qui se souvient de la Bosnie, de la Galicie, de la Moravie ?
Italie du Nord, Italie du Sud ? Emigrés, de « souche », réfugiés,
cochons d'Italiens, d'Allemands, sales Boches ou sales macaronis...
Des hommes qui pourraient être frères...

Qu'est-ce que ça peut faire aujourd'hui ?

Marie-Romaine caresse doucement les cheveux d'Eliane agenouillée près d'elle. Duo profondément uni, aux liens multiples
de grand-mère à petite-fille, de mère à enfant, de sœurs, d'amies,
dans la connaissance totale de l'une et l'autre ; avec une grande
tendresse, elles émergent peu à peu et reprennent le chemin de
la vie.

A Trento, Silvio, le fils de leur voisin, vient de mourir d'un
infarctus. A chacune de ses visites, via delle Cavé, dans l'intérieur inchangé et vieillot de la cousine Anne-Marie, surgit chaque fois l'image de Jean.

En France, on réclame Marie-Romaine à grands cris.

Sur son passeport neuf, elle est redevenue, avec surprise,
Marie-Romaine de Calavino car c'est son nom de jeune fille
qui est noté partout...

XX

Metz, Onville, Jarny, Baroncourt... Immuable, la Grande Plaine est là, fidèle au rendez-vous. Une indicible émotion étreint le cœur de Marie-Romaine : celle du marin retrouvant la mer après vingt-cinq années de continent !

Les rafales de vent la font sourire imperceptiblement. Allons, il est bien là, lui aussi, jouant dans l'or du colza, dans les souples tiges des céréales, dans l'herbe si haute. Il va, tourne, décrit des cercles inattendus sur cette terre à la toison si frémissante. On dirait un invisible chien de berger ramenant ses troupeaux. Puis tout redevient calme un instant. Peut-être s'en est-il allé surveiller là-haut ses merveilleux nuages ?

Elle reprend possession, le cœur au bord des yeux, des horizons si vastes, un instant oubliés, qu'hérissent toujours çà et là les doubles chevalets. Les villages, que le train découvre dans les plis des collines, aux vastes toits sur les maisons profondes, serrées au long de leur unique rue, autour de leur clocher, lui paraissent moins sales, moins tristes. La Grande Plaine aussi, d'ailleurs. D'où lui vient cette secrète douceur, cette étrange beauté qui, aujourd'hui, la fascinent ? Peut-être de son propre cœur à elle, si heureux de retrouver les siens.

— Quanta bella pianura... [1]

1. « Combien de belles plaines... »

200

Au long des routes, un peu plus penchés peut-être, pommiers, poiriers et mirabelliers sont en fleurs : écharpes de mousseline vaporeuse, rose et blanche, sur une parure d'or et d'émeraude.

A la modeste gare, perdue sur la route de Longwy, une petite fourgonnette-taxi attend maintenant les voyageurs. Elle fait, pour chaque train, le tour du pays minier. Marie-Romaine est stupéfaite : comme il a changé ! Là où des champs, des bosquets, des prés séparaient les mines entre elles, des magasins, des maisons, des constructions diverses les relient à présent l'une à l'autre en une seule agglomération active et animée. Les arbres ont poussé et sont devenus énormes. Les maisons, à côté, semblent plus petites, plus humaines que dans son souvenir.

Quelle différence avec son premier voyage en France, un quart de siècle plus tôt ! Seule et meurtrie, elle venait alors vers l'inconnu, dans un pays totalement neuf. Cette fois, heureuse, elle accourt vers les siens en fête.

Le cœur battant, elle passe devant les logements qui ont été son foyer d'émigrée pendant des années. Se peut-il qu'elle ait habité ici ? La tonnelle a disparu mais les lilas sont toujours là. De l'autre côté de la route demeuraient Graziella et Mario. Là, la petite Carmen venait appeler Annette pour jouer. Elle revoit la fillette, si nette dans sa petite robe, ses chaussettes bien tirées, coiffée « à la Jeanne d'Arc », près du grillage. Elle respire profondément et poursuit son chemin.

Goutte à goutte enfin, comme on se délecte d'un nectar précieux, elle savoure la joie de ses retrouvailles. Qu'il lui est bon, après toutes ces années de guerre, de luttes et de deuils, de pouvoir se laisser vivre et choyer un peu. Un peu. Oui, un peu. Car, comme toujours, elle ne veut pas être à charge et cherche à se rendre utile. Elle range les tiroirs des enfants, remet en état les livres de leur bibliothèque, soigne les fleurs, désherbe le jardin, s'occupe du chien Enneco, du gros chat Mamouth et du canari, un humble oiseau bâtard qui chante de tout son cœur depuis quatorze ans. Il a nourri, avec un dévouement touchant, les couvées orphelines de chardonnerets qu'on lui apportait. Il est cardiaque et maintenant, à la moindre émotion, il tombe pantelant sur le sol de sa cage. Alors il faut le prendre dans le creux de la main, le caresser d'un doigt aimant en lui parlant très doucement jusqu'à ce que la crise soit passée. Son œil alors redevient vif. Il gonfle et secoue ses plumes et, docile, saute sagement dans sa cage par la porte qu'on lui ouvre...

Comme elle apprécie le confort de la grande maison chaude et claire. Ses enfants sont maintenant installés avec leur grande famille dans l'un de ces logements d'employés qu'autrefois elle admirait en passant. Il est situé en bordure du petit bois qui sépare les cités de la mine, au milieu d'un grand jardin.

Le chauffage central l'émerveille. Qu'il est bon de se déplacer d'une pièce à l'autre dans la même température, de faire couler l'eau chaude au robinet, de prendre un bain à tous moments, si on le désire, sans avoir toutes ces bassines d'eau à porter, à faire chauffer et à vider... Pouvoir tout laver, même en hiver, sans que le froid morde les mains gonflées et bleuies : quel privilège ! Et tous ces combustibles à volonté ? Marie-Romaine ne peut oublier la course à la moindre brindille de ces dernières années.

Comme ses voisins, son gendre peut aller et venir de la mine à travers le petit bois. Quel phénomène, ce gendre ! Y a-t-il quelque chose qu'il ne sache pas faire ? Après le fer forgé, la sculpture sur bois, il attaque le marbre. D'année en année, ses pelouses, ses parterres multicolores joliment se dessinent ; les fleurs envahissent tout. Les seringas embaument, les nénuphars disputent au poisson rouge la vasque élégante. L'ensemble est harmonieux dans son apparente anarchie. Un petit coin de paradis entre un immense cerisier à bigarreaux blancs, des mirabelliers, des pêchers, un sapin, des poiriers et des pommiers. Le tout, à l'ombre d'un chêne gigantesque où le brave père, dans ses colères augustes, promet toujours d'expédier sa progéniture... En attendant, pacifique, l'arbre voit se balancer les enfants sur l'interminable escarpolette fixée à l'une de ses branches maîtresses.

Marie-Romaine est charmée et se fait volontiers photographier pour pouvoir montrer, là-bas en Italie, quand elle y retournera, avec un air faussement modeste où habitent ses enfants...

Et chacun de s'affairer dans le monde clos de cette grande maisonnée qui vit heureuse, à l'écart des cités. La coopette n'existe plus ; elle a été reprise par un Sanal. Aussi, pour avoir « les ristournes » si utiles à sa famille nombreuse, une fois par mois, Clara va à la coopérative de la mine voisine, pour l'épicerie. Le jardin donne ses légumes, la basse-cour, la viande et les œufs. Pour le reste, le boulanger passe chaque jour avec sa camionnette tandis que les enfants, en rentrant de l'école, ramènent le lait.

Marie-Romaine est très fière de ses petits-enfants retrouvés. Naïvement, elle les voit appelés aux plus hautes fonctions et parle de leur travail, de leurs études, de leur réussite. Elle se réjouit qu'un CEG absorbe peu à peu le Centre d'apprentissage et l'école ménagère pour que la mine ne soit plus l'unique vocation des enfants des cités.

Elle sait qu'elle n'est et ne sera jamais rien. Mais eux, si ! Cet espoir est sa revanche sur la charité de l'orphelinat, sur la pluie de Rovereto. Constamment elle les invite à travailler, à étudier, à tenir « tout propre et en ordre ». Cela « repose l'esprit, la vue et économise forces et temps ». Sa règle d'or demeure :

— Pas de superflu inutile, jamais de gaspillage.

Elle range soigneusement dans des petites boîtes tout ce qui, un jour, peut encore servir.

Et pourtant elle est « riche » maintenant d'une pension de vieillesse de cinquante francs par mois. Depuis un demi-siècle, son premier argent personnel ! La jubilation si visible avec laquelle elle va la percevoir dévoile, à son insu, le prix terrible de sa longue et si discrète dépendance.

Elle ne met plus ses lunettes. Pour aider son œil valide, elle brandit un face à main qui lui vaut bien des taquineries. Elle lit toujours autant, en remuant ses lèvres closes, hochant la tête en signe d'approbation, claquant la langue pour montrer son désaccord. Puis elle laisse retomber « sa lent » [1] et, les yeux au loin, rêve un moment. Quel mal se donnent les grands pour gouverner le monde, alors qu'il leur manque l'essentiel : un amour vrai des hommes, le désintéressement, l'honnêteté et l'objectivité. Changer les structures peut-être, mais le cœur de l'homme aussi.

— Enfin, soupire-t-elle « spériamo che vegna fora qual cosa de bon »... [2]

Elle ne comprend pas les grands de ce monde, les reines, les artistes, les scandaleux milliardaires et même les biens de l'Eglise. Tant de richesses qui sont une injure pour les pauvres... Le temps viendra où ils devront rendre des comptes aussi.

— Moi, si j'étais riche...

Elle rêve un moment, puis :

— Vous verrez, mes petites-filles : un jour, les affamés du monde entier se lèveront tous ensemble pour demander justice. Et ce sera tant pis pour nous...

Elle s'indigne que les travailleurs soient obligés de faire grève pour être écoutés et qu'il existe encore des colonies ! Elle est sûre qu'aucune dictature ne peut apporter le bonheur aux hommes ni la paix se faire par les armes. La bombe atomique et ses conséquences la bouleversent comme elle est bouleversée par l'assassinat de Gandhi, de Martin Luther King, le Biafra, le Vietnam, les safaris humains des Indiens d'Amazonie...

Elle applaudit à l'Europe, à l'ONU, à l'UNESCO, au Concile enfin.

Elle est pleine de compassion envers les couples malheureux — Ognuno l'ga l'so tochetin' de pradesel [3] — et pour la solitude et le dénuement des vieux curés de ses montagnes, poussés enfants vers un sacerdoce pour lequel ils n'étaient peut être pas faits. Elle souhaiterait qu'ils puissent se marier s'ils le désirent. Elle rit en racontant que Quirino, leur petit voisin de Ceniga, dans sa

1. Son verre, sa loupe.
2. « Espérons qu'il en sorte tout de même quelque chose de bon... »
3. « Chacun a son petit bout de prairie. »

Mission d'Afrique qu'il adore, travaille comme un âne : le Seigneur l'a bien eu. Lui qui voulait être prêtre pour ne pas trimer comme ses parents !

Elle se passionne toujours autant pour la « grande musique », même si ses années de cités, avant la guerre, lui ont appris à ne pas dédaigner un petit air d'accordéon. Elle étudie les programmes pour ne manquer à la radio ni les pièces de théâtre ni les opéras. Elle vibre encore tellement aux propos de leur livret qu'elle s'étonne de faire rire quand on lui demande lequel choisir :

— Othello ou Le Bal Masqué ? Il n'y a pas de différence, mes petites-filles. C'est tellement beau. Dans l'un et l'autre, ils meurent tous les deux à la fin...

Cela lui est absolument égal d'être seule :

— Mais je ne le suis jamais, mes enfants ! Le monde est toujours là, à portée de ma main, de mes oreilles, de mes yeux...

Elle ajoute à ses lectures les romans policiers qu'elle adore. Et que dire de la télévision ? Révélation merveilleuse d'un monde sans cesse à portée de bouton qu'elle apprécie avec un enthousiasme toujours renouvelé. Elle est au courant de l'évolution de tous les conflits, de tous les événements. Elle suit tous les reportages, toutes les découvertes scientifiques, médicales. Avec quel recueillement n'a-t-elle pas vécu, l'appréciant à sa juste valeur, l'événement du siècle, l'alunissage d'Appolo ?

— Je le disais bien, si Carmen avait pu attendre les opérations à cœur ouvert...

Elle ne s'en laisse pourtant pas conter. Elle flaire aussitôt propagande et publicité :

— Quante stupidaginé i conta sù ! non sen cretini pero... ? [1]

Elle a toujours la même répugnance pour la purée, le fromage blanc et les bouillies. Par contre, devant une petite sauce mijotée,

1. « Combien de sottises ils racontent. Nous prennent-ils pour des ânes ? »

la peau croustillante d'une volaille, on peut être sûr qu'elle va murmurer pleine de convoitise, après un petit moment d'hésitation :

— Fidarme ?... Damen' en' tochetin' va, per sa'orirmé l'bec... [1]

Toute la maisonnée a vite repéré ce qu'elle préfère : une goutte de bon café et son goûter-souper : une tasse de lait avec un petit morceau de pain ou de biscuit. Et, si possible, avoir là, à portée de la main, une petite boîte de chocolats à savourer, parcimonieusement, quelquefois dans la journée...

A part quelques aspirines et quelques gouttes pour le cœur, elle n'a jamais pris de médicaments. S'observer pour pouvoir se soigner : au besoin, oui, mais s'écouter : jamais !

Ces gouttes pour le cœur... qu'elle s'est mise dans les yeux une nuit, où, d'avoir trop lu, ils lui faisaient très mal. Pour ne pas déranger, toujours, dans le noir, elle avait cru prendre le collyre !

Aucun bijou. Ses seules boucles d'oreilles ont été échangées en Bohême, pendant la première guerre, contre de la nourriture. Sa petite fantaisie : un soupçon de bon parfum.

— Etre vieille, mes enfants, on n'y peut rien. Bien joli encore de pouvoir le devenir. Mais être propre et ne pas sentir mauvais, ça oui ! c'est de notre ressort.

Et de se savonner vigoureusement. Ses seuls produits de beauté depuis des années sont une émulsion d'huile d'amandes douces et d'eau de rose et, à défaut, d'huile d'olive tout simplement. Sa peau est merveilleusement fraîche, douce, potelée.

— On vous mangerait, Nonnina !

Elle paraît vingt ans de moins que son âge et, à soixante-dix ans, elle a encore une demande en mariage. Au lieu de répondre, comme à la dernière, qu'elle était rouillée et toute moisie, cette fois, comme elle a ri !

— Nonnina, vous êtes extraordinaire !

1. « Oserai-je ? Donne-m'en un petit bout, va, pour "m'ensavourer" la bouche... »

206

— Ma no ! pori fioi, son' n'a pora laora e basta... [1]

Elle est toute étonnée de l'intérêt, de la passion qu'elle suscite... Quel bonheur que ces premières semaines passées à se « re-connaître » et à s'en aimer davantage encore !

Alors premières joies, surprises, découvertes passées, Marie-Romaine regarde enfin autour d'elle avec des yeux neufs. Elle observe, écoute, réfléchit, silencieuse et tranquillle comme à l'accoutumée. Elle est si bien dans cette maison qu'elle en oublie être en Lorraine et dans les cités. Elle est si bien dans la douceur de ce jardin bien protégé qu'elle n'éprouve, comme Clara, aucune envie, aucun besoin d'en sortir.

Par le joli chemin qui traverse le petit bois, un jour, pourtant, elle s'est approchée de la déesse-mère. Beaucoup plus près qu'elle ne l'aurait jamais osé autrefois. Invisible derrière les feuillages et pensive, elle la contemple par un trou énorme dans le grillage de clôture que liserons et houblons sauvages achèvent de courber. Le « stock » est là, à portée de sa main. Les petites fraises des bois et le rouge-queue, aussi. Les « blocs » sont maintenant plus petits, plus réguliers. Au choc des accus, là-haut à la recette où toutes les vitres sont brisées, s'est ajouté le bruit incessant du « concasseur » dans son énorme fourreau, ocre et jaune, comme tout le reste. Inlassables, des camions déversent leurs charges de minerai qu'emportent sans arrêt les trains par rames entières. Grue et michigan ont remplacé la pelle de reprise et un tracteur diesel, la petite locomotive à vapeur qui lançait des escarbilles...

Le même scénario qu'autrefois, mais pour ainsi dire accéléré. Et pourtant la sirène ne mugit plus qu'à midi et quatre heures pour ceux « du jour ». La mine-mère semble un énorme insecte en période de ponte, tendu à produire, encore produire, toujours produire. Pour soutenir la cadence au « fond », Augusto dit que

---

1. « Mais non, mes pauvres enfants, je ne suis qu'une pauvre femme et c'est tout... »

les hommes travaillent sur des engins à moteur [1] qui chargent les wagonnets à leur place. Voilà pourquoi les bleus sont moins sales et moins usés. Elle s'en étonnait depuis son arrivée, en regardant les mineurs passer, moins hâves et moins dépenaillés. A l'épaule, les « sacs-sport » ont remplacé les musettes. Il n'y a plus de lampes à carbure. Sur la tête, ils portent maintenant le casque obligatoire. Moins nombreux, ils produisent, paraît-il, bien davantage que leurs pauvres pères. A la poussière s'ajoute pourtant le danger des gaz des tuyaux d'échappement. Mais qu'y faire ? L'aération des galeries était prévue pour un rendement humain et non mécanique.

Pendant les veillées, au fil des souvenirs, elle a cité des noms qui n'existent plus.

— Pora zent [2] ! La solidarité d'antan ressuscite, intacte. Où sommeillait-elle durant toutes ces années ?

Ainsi la silicose, non reconnue par la « sécurité minière » a commencé ses ravages dans les rangs des courageux mange-mine d'autrefois. Alors, à quoi bon toute cette souffrance ?... Où est l'espoir farouche qui projetait les pionniers en avant ? A quoi aura-t-il servi ?

Marie-Romaine, à petits pas, songeuse, revient vers le beau jardin de ses enfants. N'être rien, n'avoir rien, mais tout espérer : quelle richesse ! Quel bonheur plus grand, au fond, que de posséder sans espérance...

A la chapelle, aux peintures défraîchies, la petite demoiselle silencieuse s'active toujours avec la même discrétion efficace. Les cheveux d'argent auréolent le visage toujours aussi céleste. Seule marque du temps passé : une imperceptible difficulté à plier et relever le genou en passant devant l'autel. Les belles nappes amidonnées et brodées ont disparu de la grille de communion. Les enfants de chœur ont troqué les surplis de dentelle sur les

1. Chargeuses électriques ou sur chenilles (200 et 800 tonnes par poste de 3 ouvriers), Conway et Joy.
2. « Pauvres gens. »

soutanelles rouges pour des aubes blanches, mais Jeanne d'Arc, une main sur sa quenouille et l'autre brandissant son étendard, s'élance toujours vers son destin. Le dernier reposoir symbolique, devant la chapelle, ne sera plus dressé pour la Fête-Dieu. L'assistance du dimanche est clairsemée. Les hommes n'y viennent plus que pour accompagner une dernière fois leurs camarades de travail. Les pompes funèbres et leur fourgonnette noire ont remplacé le corbillard à plumet tiré par le cheval de la mine.

Le cimetière neuf, impeccablement entretenu, est devenu trop petit. Il s'est paré, au fils des années, de belles pierres sous lesquelles les rudes mineurs, aux poumons pétrifiés, s'identifient doucement à cette terre lorraine à laquelle ils ont consacré leur pauvre vie.

Leurs femmes, les pionnières de la Grande Plaine devenues « Bapché » [1] et Nonné viennent les fleurir avec amour. Protégées maintenant par les lois sociales acquises peu à peu, conservant même veuves leur logement, elles touchent la retraite de leur défunt mari sans craindre l'expulsion. Régulièrement, elles descendent des cités, toutes de noir vêtues. Les unes portent la mantille, les autres un foulard serré autour de leur visage, la démarche douloureuse dans leurs souliers fins, leurs mains rouges et usées tenant « cabas » et bouquets. Qui dort à jamais sous le granit qu'elles lessivent ? Leur mari ? Leur compagnon d'émigration ? Le seul témoin de leur vie « d'avant ». Leurs espoirs communs et tous leurs rêves d'impossible retour ? Qui sait...

Marie-Romaine, elle, peut les comprendre, bien qu'elle se sente doublement privilégiée. D'abord, d'avoir pu revenir assez tôt dans son Sud-Tyrol pour en suivre l'évolution et ne pas s'y sentir étrangère, et ensuite, d'être unie par de tels liens d'affection à ses enfants et petits-enfants.

Avec une compassion infinie, elle tient compagnie chez Clara, à la pauvre « Mémère » Rosetta, lorsque celle-ci vient en visite, si proprette, si fière, malgré son dénuement, si digne et si pudique

1. En polonais : grand-mère.

dans sa douleur et sa honte d'être rejetée par sa propre fille et les siens après une vie de labeur acharné, commencée à l'usine à six ans. Alors, comme « si de rien n'était », discrètes, elles papotent sur le temps, la vertu des plantes, les petites astuces ménagères, assises sur le vieux banc rustique près du poirier, laissant la paix et la douceur du jardin les envahir et les réconforter.

Mais elles ?

Les fermières à la miche de pain des douces collines de Moravie ? Ses compagnes slaves des premières années qui n'ont pu quitter la Grande Plaine... La guerre a fait basculer leur pays derrière une double frontière. Qu'y sont devenus leurs parents, leurs enfants, leurs frères, leurs sœurs et leurs amis ? Celles qui, courageusement, y sont allées voir, en sont revenues un peu plus meurtries : le pays qu'elles ont retrouvé n'est pas celui qu'elles ont quitté, bien que la vie y soit toujours aussi pauvre et aussi dure. Etrangères sur leur terre natale, étrangères en leur pays d'adoption, étrangères dans leur propre famille où l'on ne comprend plus leur langue. On les trouve silencieuses et taciturnes. Elles souffrent de cette souffrance secrète des déracinés, murés dans leur dialecte et leurs souvenirs et qui n'ont plus personne avec qui, désormais, parler et partager.

Alors les « pépères » rescapés s'acharnent à cultiver leur champ comme au temps du dénuement, pour l'apaisement qu'offre la terre peut-être... Alors les « mémères », à cœur perdu, se mettent à cuisiner. Les promenades en brouette ou en chariot qu'offrent les premiers, l'exquise pâtisserie des secondes, pour un instant, renouent les liens et restituent, seules, la douce complicité des tout-petits de la deuxième génération qui ne les comprennent plus.

Quelle fierté lorsqu'on leur tend les bras ou que les jeunes mères demandent leurs recettes. Ils ont encore l'impression d'exister, d'être utiles. Eux qui ont connu tant de privations, tant de pauvreté, jusqu'au dénuement le plus total, comme ils gâtent ces enfants de leurs enfants !

Car les enfants blonds et bruns, les slaves et les méridionaux se sont épousés. Une nouvelle race est née, assimilant édredons, draps, pâtes, pountchkis, sauce tomate, cornichons au vinaigre, autorité matriarcale, patriarcale ou fraternelle ; et ces petits qui leur sont nés ne parlent que le français, un français sans accent, plus pur que celui de Touraine.

L'école italienne n'existe plus depuis longtemps. Seule, l'école polonaise a encore quelques élèves qui préparent laborieusement les Fêtes de Noël ou les rencontres régionales de jeunes Polonais. Furtivement, à ces occasions, resurgissent les plumes de paon et les flots de rubans des costumes rutilants de Cracovie. Mais comme les grands-parents ne sont plus ou ne peuvent plus et que les parents ne savent pas, alors les jeunes de la deuxième génération vont, avec leur maître polonais, faire des stages de « danses folkloriques » pour pouvoir danser comme leurs aïeux.

Même si les occasions en sont artificielles maintenant, ces petits-fils des paysans de l'ancien empire ont musique et rythme dans la peau. Race dure et saine aux superbes gaillards qui font infatigablement valser les filles... et les ballons, déplaçant les foules sur les stades où le foot-ball est roi. Leurs matchs, en effet, attirent des supporters de toute la région. Les journaux parlent d'eux, pour la première fois, comme de « Lorrains » malgré leurs noms en I ou en SKI. Ils sont connus du pays tout entier : la France sportive suit leurs exploits. En attendant, buts, corner, coup franc ou pénalty, marqués ou non, font monter jusqu'aux cieux une clameur qui fait vibrer toutes les cités alentour.

Marie-Romaine sourit de l'enthousiasme de ses petits-enfants. De temps à autre, traversant le bourg qui possède maintenant de beaux trottoirs goudronnés, une vaste « place du marché » bordée de grands magasins avec un arrêt de bus pour les « Rapides de Lorraine », elle retrouve avec joie son frère Candido. Il est presque toujours là, assis au bout de la table, à la même place qu'autrefois, dans la petite cuisine resplendissante, respirant avec peine. Ses cheveux sont rares mais blancs comme neige, sa petite moustache aussi. Il a dû prendre une retraite « anticipée », car son cœur lui fait mal. C'est trop tard pour lui, il n'y a plus rien à y faire. Depuis des années, le médecin de la mine lui disait, le regardant à peine, que c'était de « l'asthme » et que ça « passerait » avec un régime. Alors, il attendait, en travaillant, comprimant sa poitrine, adossé où il pouvait lorsque c'était trop dur... Jusqu'au jour où Marie, sa petite nièce, au cours de ses études d'infirmières, reconnaît quelques symptômes. Aussitôt conduit à l'hôpital en cardiologie, il apprend qu'il est trop tard. Son mal est devenu incurable.

Candido non plus ne reverra jamais ses montagnes...

— Mais tu sais, Marie, j'ai de la chance quand même. Qu'est-ce que j'aurais fait là-bas où les travailleurs sont bien moins protégés qu'ici. Cette maladie, je devais l'avoir. Au moins, j'ai logement, chauffage, éclairage et soins gratuits pour Angelina et moi. Je ne suis pas riche, mais je ne laisse pas de dettes et personne dans le besoin. Qu'est-ce que tu veux de plus ? Il y a plus malheureux que nous, tu le sais bien. Et puis ma vie est ici puisque c'est ici que sont nos enfants.

Comme autrefois leur frère Franz, son fils aîné est revenu traumatisé par la guerre. Il a subi tous les bombardements de la ville où il était de passage. L'épouvante de ces jours l'a marqué à tout jamais. Il demeure avec ses parents et travaille à la mine. Jean, lui, s'est marié avec Liliane, une jeune fille charmante, débrouillarde et courageuse.

Un soir, Marie-Romaine a repris comme autrefois, avec sa petite-fille, le chemin qui va, à travers champ, derrière les cités, au-devant de la Grande Plaine.

Elles ne rencontreront plus Bachir qui, chaque soir, écrivait son journal pour les siens, ni Ben Barek, le doux marocain à l'éternel sourire qui menait paître son mouton, après « ses postes », au long des fossés. Comme il le désirait, il est retourné au Jardin d'Allah, d'où il doit revoir enfin son cher village écrasé de soleil et son cheval blanc.

Quelques rouleaux de fer barbelés et des lambeaux de haut grillage restent accrochés à des poteaux derrière le dernier coron, témoins du camp de prisonniers russes, cantonnés là par les Allemands pendant la guerre. Les récits d'Aschach reviennent à leur mémoire. Les soldats russes, faméliques, que la petite Annette apercevait en allant à travers champ chercher le lait au village voisin, n'auraient pu attraper ici le moindre morceau de pomme. De chaque côté des rouleaux de barbelés, les grillages de clôture étaient à trois mètres l'un de l'autre. Et puis, il y avait les chiens. Pourtant la jeune fille entend encore vibrer dans sa mémoire le claquement des sabots de bois qui chaussaient leurs pieds nus lorsqu'ils allaient travailler aux blocs, montant et descendant en colonne par quatre, si pâles, si deguenillés, entre les soldats impeccables aux bottes brillantes, fusil sur l'épaule.

Une nuit, deux ou trois se sont échappés. Ils ont réussi à atteindre le petit bois en contrebas. Sifflets, soldats, chiens, coups de feu... Les corons se sont réveillés en sursaut. Les cités aussi. Ont-ils été retrouvés ? Repris ? Nul ne le saura jamais. La Grande Plaine a gardé son secret.

Alors, au fond de la mine, le lendemain, les coudes se sont serrés un peu plus. De combien de gestes de générosité l'ombre des galeries a-t-elle été complice ? En échange des casse-croûtes partagés avec leurs frères de misère, les mineurs remontaient d'étranges animaux en bois articulés, sculptés en cachette par les prisonniers. Oiseaux picorant et souples serpents aux écailles emboîtées qui prenaient place près du réveil sur le napperon du buffet ou à côté du poste de radio.

Les deux femmes soupirent. Etranges hommes, capables de tant de générosité, de bravoure, de persévérance et en même temps de mesquinerie, de jalousie, de méchanceté. Pourquoi faut-il que, le plus souvent, seuls les fléaux extérieurs leur donnent le courage de se dépasser, d'utiliser toutes les possibilités qui sommeillent en eux ?

— Dzien dobry, pani [1].

Dans les champs qui retournent en friches, une des « pion-

---

1. « Bonjour, Madame. »

nières » d'autrefois revient chercher l'herbe pour ses lapins. D'énormes pissenlits perdent leur tête ébouriffée, semant à tous vents. Des fourmis tirent à hue et à dia un énorme ver de terre séché. Des corneilles atterrissent lourdement, suscitant l'envol frou-froutant de quelques moineaux.

Assises, dos au couchant, Marie-Romaine et sa petite-fille laissent errer leurs regards jusqu'au bourg que dorent les derniers rayons du soleil. A droite, c'est l'école, vue par derrière, côté « jardin des instituteurs ». Madame la Directrice va prendre sa retraite. Une retraite bien méritée. Après les mères, elle a éduqué les filles avec les mêmes passions. Ah, sa narine frémissante et son regard d'acier lorsque l'occupant est venu voir s'il y avait de quoi loger chez elle ! Il n'a pas insisté. Et son visage soudain tellement rajeuni par le bonheur, lorsque les libérateurs sont arrivés ! Les élèves ne l'avaient jamais vu comme cela : un sourire si lumineux qu'il creusait dans ses joues pâles des fossettes partout et mettait dans son regard mille paillettes dorées. Quel honneur de recevoir un officier américain sous son toit et de lui montrer sa classe le lendemain !

Une classe frémissante de curiosité, qui fut immédiatement debout, d'un seul élan, pour saluer et assise avec le même impeccable ensemble sous l'ordre bref. Une seule ombre au tableau. Lorsque Madame la Directrice parlant avec son visiteur demanda, en conclusion, à ses élèves françaises de se lever, sept filles sur les trente-six se mirent immédiatement au garde-à-vous dans l'allée, quand claqua la brève précision :

— Françaises de souche. J'ai dit-de-souche. Vous êtes sourdes ?

La voix irritée est glaciale. Cinq se rassoient. Que n'auraient-elles donné pour être aussi « de souche ». Leurs pères, pourtant, ont été mobilisés aussi en 1940. Se maintenir dans les premières de la classe, essayer d'être irréprochables et « bonnes en français » ne suffit donc pas pour devenir, pour être dignes d'être comme les deux autres, des Françaises ? Cette France est pourtant le seul pays qu'elles connaissent, qu'on leur a appris à aimer. Que faut-il pour le mériter ? Madame la Directrice peut prendre sa retraite. Entraînées au dépassement, ses élèves n'oublieront pas ses leçons.

Marie-Romaine sent la souffrance encore si vive.

— Rentrons, Annette. Demain, tu verras, il fera beau...

Elles croisent un fermier sur son tracteur. Il les salue aimablement. La guerre a permis que soient appréciés la force et le courage des émigrés, des femmes surtout, remplaçant au travail de la terre les hommes absents. Des liens timides se sont créés à la première génération que la jeunesse de la seconde a renforcés, bien qu'elle se sente toujours comme « inférieure ». En effet, les Français de la campagne et ceux du bourg étaient, jusqu'à ces derniers temps, les seuls à pouvoir faire étudier leurs enfants, s'ils le pouvaient, en les mettant en « pension » dans les collèges voisins.

Quelques jeunes françaises viennent même d'accepter d'épouser « des étrangers ». Avec étonnement, on s'aperçoit de part et d'autre que la réalité est bien différente de ce que l'on avait pu imaginer. Les Lorrains ne sont pas forcément des grippe-sous et les Français des « fainéants » pas plus que les Polonais constamment imbibés d'alcool et les Italiens inconstants ou sales.

Dans les villages plus coquets, il n'y a plus de tas de fumier devant les portes : ils sont interdits. Le confort entre aussi peu à peu dans les campagnes, soulageant les lourdes tâches des fermières lorraines. Marie-Romaine comprend que c'est pour le froid que tout est abrité sous le même toit, bêtes et gens simplement séparés par un long couloir central traversant la maison.

Et doucement, bras dessus, bras dessous, elles reviennent en bavardant, vers les habitations.

Les mines sont entrées dans leur « âge d'or ». Les directeurs successifs n'ont pas l'envergure des empereurs des premières années. Leurs « sujets », enfin conscients de leur force, de leur valeur, dans cette course au rendement, se sont organisés pour prendre en charge leur avenir, celui de leur profession et pourquoi pas de leur pays d'adoption... Timidement d'abord, ils ont pris au Français quelques responsabilités, puis, courageusement, les assument peu à peu partout.

Hélas, si la peur et l'insécurité annihilaient la volonté des pères autrefois, le bien-être, aujourd'hui est aussi dangereux pour les fils. Et qu'y peuvent une poignée d'hommes lucides ? Prolifique, la Déesse-Mère, toujours omniprésente, engourdit ses fidèles sans se préoccuper, en leur donnant davantage, qu'ils « soient et deviennent plus » pour être heureux. Les ouvriers ont-ils seulement un cœur et un esprit pour elle ? Marie-Romaine se le demande...

Alors, parce que leurs parents ont dû tellement économiser, les enfants, tranquilles, dépensent sans compter. Parce qu'ils se sont si souvent sentis d'une autre espèce, tellement inférieure à celle des Français, ils veulent à tout prix leur ressembler. Pauvres employés, promus malgré eux, dans ce vase toujours clos que sont les cités, au rang d'unique modèle !

Les intérieurs se transforment. Les appareils ménagers font leur apparition dans tous les foyers : machine à laver, réfrigérateur, télévision. Les jolis coussins brodés, dot des mères, vont rejoindre au grenier les doux édredons patiemment regarnis ou refaits pendant les veillées de la dernière guerre. Les lits se parent de draps, de couvertures piquées doublées de satin, à grands volants, sur lesquelles trônent souvent la dernière grande poupée gagnée à la Fête. La banquette, derrière la table, où le père s'écroulait, finit des jours lamentables à la cave, au jardin ou ailleurs. Il y a « des séjours », des « livings » derrière les premiers stores en nylon, sous les plafonniers et leurs appliques assorties. Dans chaque jardin, les écuries, peu à peu se transforment en garage pour les voitures de plus en plus nombreuses.

Cinquante employés... Encore auréolés du prestige de leur costume, de leur cravate, travaillant en semaine avec leurs habits du dimanche, proprement assis derrière les bureaux ou commandant au fond, en pointant leur canne, en face de quatre cent cinquante ouvriers jaunes et machurés, aux bleus usés... Comment les fils de la première génération ne rêveraient-ils pas de devenir, de vivre comme eux ? Comment, maintenant que leur labeur acharné leur assure une certaine aisance, n'auraient-ils pas comme unique ambition, n'ayant pas d'autre modèle, de faire partie de leur « caste », de déménager pour habiter « leur » quartier réservé et, pour certaines filles, de les épouser et de « tenir leur rang » ?

Marie-Romaine pense qu'il a fallu qu'ils se sentent bien humiliés pour qu'ils fassent preuve maintenant de « si poc dé sentiment »[1] en reniant ainsi leur peuple courageux sans lequel la mine ne serait pas ce qu'elle est, aussi toute puissante qu'elle paraisse.

Les mineurs sont riches, car le travail, toujours aussi pénible, oblige aujourd'hui les mines à offrir des avantages sérieux pour attirer et garder leur main-d'œuvre. Juste revanche, gagnée de haute lutte par des fils qui voient mourir les pères, en attendant leur tour. Il leur est, en effet, impossible, au « fond », de garder les masques avec lesquels ils étouffent, poussière et sueur collées, dans le vrombissement nocif des engins. Richesse éphémère, comme la retraite dont si peu peuvent profiter...

Les commerces sont prospères. Les cinémas et les bals du samedi font salle comble pour danser le rock and roll. Les noces sont grandes et joyeuses. Souvent, les cortèges vont à pied à la mairie puis à l'église. Seules, avec les Sainte-Barbe et les Communions solennelles, elles semblent conserver l'écho des fêtes spontanées d'autrefois. Saint-Nicolas, peu à peu, a pris la place de la Béfana et le sapin de Noël celle de la crèche si chère aux Italiens... Les jeunes femmes n'accouchent plus à la maison. Elles vont à la maternité et ne peuvent plus allaiter leurs bébés.

Prolifique, la mine-mère peut produire abondamment et s'engourdir dans le bien-être avec ses cités. Marie-Romaine a pourtant l'indéfinissable impression de sa décadence. A cause de son opulence, peut-être ? Vraiment. Comme ces insectes qui meurent épuisés après leur ponte exacerbée.

Les cités vivent bien, oui. Elles s'agitent, sont animées, certes,

1. Si peu de sentiment.

par les moteurs, les radios, les tourne-disques et transistors...
Mais les murs de la mine se délabrent, les mauvaises herbes
envahissent le « carreau », les rosiers des parterres ne sont plus
taillés. Les maisons, dans l'ordonnance des rues, font encore
illusion, mais les « boueux » ont beau passer avec leur camion plusieurs fois par semaine maintenant, les détritus s'accumulent dans
les jardins mal faits, aux séparations rouillées, aux haies cassées
et trouées. Ce que les cités ont gagné en liberté, elles l'ont perdu
en ordre et propreté. Comme si la liberté était de faire ce que
l'on veut et non pas ce que l'on doit. Comme si posséder devait
être synonyme de gaspiller.

Les « anciens », mal à l'aise comme elle, devant l'appétit quelquefois capricieux des enfants et les restes de nourriture jetés à
la poubelle, le pain surtout, ne peuvent que murmurer en hochant
la tête... « Fame ghe vol... ! [1] »

Si chacun, pense-t-elle, nettoyait devant sa porte et faisait au
moins son jardin comme autrefois...

Après chaque sortie, c'est toujours avec un certain soulagement qu'elle retrouve celui de ses enfants.

1. Il faudrait qu'ils aient faim...

XXI

Marie-Romaine, après s'être fait, comme chaque fois, un peu priée par crainte de déranger, d'être à charge, vient se retremper tous les ans dans la chaude et folle atmosphère familiale de « ses petits Français ». Elle vient, cette fois, pour le mariage de sa première petite-fille.

La font-ils rire tous ces enfants en lui débitant toutes sortes d'histoires, des « barzeleté », comme Jean ! D'une main, elle maintient son petit ventre qui tressaute et de l'autre serre ses narines toujours aussi palpitantes, cachant ainsi sa bouche édentée. Ils vont, les coquins, jusqu'à plaisanter son aérophagie :

— Tiens, Nonnina sème ses petits boutons...

et sa manie d'écrire tout petit :

— Des empreintes de puces ! [1]

C'est une nouvelle Marie-Romaine qui sans cesse se laisse renaître dans l'affection de tous les siens.

— Que j'ai eu de la chance dans ma vie [2] et que je suis heureuse. Je ne mérite pas tout cela.

La vie, ce n'est donc pas seulement servir, « faire son devoir » et penser aux autres constamment ? C'est aussi être ? Vivre un peu pour soi ? Recevoir ?

---

1. « I pulezotti della nonna. »
2. « Vala, che son' stada fortunada... »

La vie..., cette merveille aux richesses inépuisables. Plus importante que tout ce que l'on peut entendre, penser, dire ou faire !

La vie qui peut toujours tout arranger, alors que seule, la mort est irrémédiable. A l'une de ses jeunes confidentes qui lui parlait des petits heurts dans son ménage, après un silence, elle répond simplement :

— Penseghe sù popa : se vivi [1]. Alors tout peut s'arranger. Tout est encore possible.

Elle récolte le fruit de ses longues années de travail, d'épreuves, de lectures et de méditation. Son cœur étonnamment jeune, sa fraîcheur, son enthousiasme intact la mettent au diapason des rêves, des espoirs, de la culture de ses petits-enfants. Elle fait d'immenses découvertes. Quand, dix ans plus tôt, elle leur avouait n'avoir pas su aimer son mari, elle ne se doutait pas qu'elle découvrirait son ignorance bien plus grande encore.

Entre le temps de la présence, de la tendresse, de l'enthousiasme, des projets, et celui du ménage, du « point d'honneur », du « qu'en dira-t-on », de la peur, elle comprend qu'elle n'a pas toujours su faire la meilleure part au premier. Pauvre Jean dont elle a si souvent éteint la joie de vivre, pour le faire entrer dans le cadre rigide de ses bons principes. Fallait-il qu'il l'aimât !

— Quand je pense à la « ceinture » que je lui ai fait porter après la naissance de votre maman, mes petites-filles...

Ah, le subtil égoïsme des bonnes raisons ! Imposer en quelque sorte aux autres ce que l'on est au lieu de vouloir qu'ils soient, avec amour. Elle se rend compte de plus en plus d'ailleurs de la soif de tendresse dont souffre le monde. Etre aimé vraiment et le savoir : l'unique bonheur, l'unique aspiration des hommes quels qu'ils soient, conscients ou pas.

— Pora zent'. Chi sa perché n'fondo i è cosi ? [2]

Et si toute leur agressivité, leur arrogance, leur méchanceté,

1. « Réfléchis bien, mon enfant, vous êtes vivants ! »
2. « Pauvres gens. Qui sait, au fond, pourquoi ils sont comme cela ? »

220

leur suffisance, leur venaient tout simplement et sans qu'ils s'en rendent compte peut-être, d'un désespoir d'amour ?

Et voici que ces jeunes filles dont la mère, jamais, n'éluda les questions, partageant avec elles son savoir et ses patientes recherches, font son éducation sexuelle. Avec une pudeur émue elle découvre que ce qui se situe sous la ceinture est réglé par des lois précises, que ces organes sont aussi nobles que les autres. Dans le mariage aussi, on peut donc faire autre chose que son devoir ?

Elle se documente avec admiration sur le développement du fœtus, comprend que son deuxième bébé a dû mourir d'une entérite, son petit garçon d'une toxicose et Jean-François, celui de Graziella, d'un ictère dû à une incompatibilité de rhésus.

— Ah, si c'était aujourd'hui... Quelle chance vous avez de savoir toutes ces choses avant même de vous marier.

Un jour, elle partage le terrible fardeau, unique souvenir de Calavino : dans le petit bois, un homme l'a agressée. C'est cela la « chose » qui lui était arrivée juste avant d'aller au couvent. Elle a eu si terriblement peur qu'elle n'a jamais pu en parler depuis. Pas même à Jean. C'est ainsi qu'elle avait pu croire si facilement que les hommes étaient l'incarnation du diable...

Pauvre Jean, si tendre, si joyeux. Quel homme mûr, quel petit vieux serait-il devenu ? Sec comme un sarment ou un peu enveloppé ? Sec : elle n'aurait pas aimé qu'il soit gros, à cause de sa taille. Il n'aurait pas été chauve, ses cheveux étaient trop drus. Son père, le jour de son enterrement, les portait blancs comme neige. Sur son visage si expressif où elle commençait à peine à savoir lire, les fossettes de son sourire se seraient accentuées au fil des ans au point de devenir des rides...

— Insomma, se fus adess'... [1]

Méthode Ogino, méthode des températures, continence... Cet instinct répugnant des hommes, sans doute nécessaire, peut donc se domestiquer ? Elle est incrédule et perplexe... Aussi le

_____

1. « En somme, si c'était maintenant... »

lendemain du mariage, elle guette, inquiète, devant la porte des mariés. Elle aime beaucoup la jeune épousée et malgré toutes les nouvelles théories fraîchement acquises, une certaine angoisse ne l'a pas quittée. C'est ainsi chaque fois qu'elle assiste à un mariage.

— Mon Dieu, saura-t-il la prendre et l'aimer ?

Enfin, voici la jeune mariée :

— Allora la me popa, come elle nada [1] ?

— Cela ? Nonna ?

— Mais oui, tu sais... — que c'est difficile à dire —, cette « chose », enfin ?

Rire joyeux :

— Mais Nonnina, il n'y a pas eu de « chose ». Nous ne ferons « cela » que la semaine prochaine...

Marie-Romaine est éberluée... L'homme aurait-il dompté la bête ? Serait-il définitivement homme, maître de ses actes ? Merveilleuse époque. De ce jour, ce nouveau « petit-fils » gagne son cœur à jamais, en la mettant sur le chemin de la réconciliation avec le sexe masculin.

Elle se sent jeune de la jeunesse du monde. Presque libre enfin d'elle-même et de certaines peurs d'autrefois, pleine de projets, savourant le présent, avec une ombre de condescendance inavouée pour les femmes de son âge, « ces petites vieilles », comme elle les appelle, qui ne savent pas, qui ne sauront jamais parce qu'elles ne veulent pas se donner la peine de chercher à savoir.

— Se peut-il qu'il y ait tant de choses que je ne sache pas ?

Marie-Romaine, tout au long de ses voyages, ne cesse de se le demander. Elle a une grande estime et une profonde confiance en sa petite-fille infirmière, la première qui, dans la famille, ait une voiture. Elle regrette bien que ce ne soit qu'une 2 CV, mais avec joie, elle se laisse « trimbaler » partout, digne et droite comme une reine visitant ses sujets. Saluant, observant, remarquant tout d'un voyage à l'autre. Elle est capable, à quatre-vingts ans, de

---

1. « Alors ma petite fille, comment « cela » a-t-il été ? »

faire six cents kilomètres d'une traite pour tranquillement, à l'arrivée, fraîche et dispose, lire son journal ou préparer un repas.

Avec son « chauffeur », elle va à Paris qu'elle trouve beau à certains endroits mais si gris et si sale à d'autres. En passant sur le Pont Neuf, elle assiste au repêchage d'une noyée.

— Qui sait pourquoi cette malheureuse a fait cela ? Que va-t-elle retrouver, si on la sauve, pour l'aider à vivre ?

Ce qui l'étonne le plus, ce sont les vieilles dames si élégantes qui sirotent une boisson ou dégustent une pâtisserie à la terrasse des cafés en papotant.

— Se teindre les cheveux et se maquiller à leur âge... Et tous ces bijoux ? Peut-être sont-elles riches ? Peut-être que si Jean avait vécu, moi aussi, « à force », je serais devenue une petite dame...

— Mais qu'est-ce que vous êtes, Nonnina ?

— Moi ? Rien du tout, vous le savez bien. Tandis qu'une dame, même petite, c'est bien autre chose.

— Et quoi donc ?

— Quelqu'un de cultivé, bien habillé, à l'abri, quoi qu'il arrive parce qu'elle est connue et qu'elle a des relations...

Ces dames qui lui font toujours un peu peur avec leur air si sûr d'elles-mêmes, à l'aise partout, même si son expérience aujourd'hui lui permet de savoir que cela ne prouve rien !

Puis elle descend à Nancy pour se faire opérer, sans émoi, sans même penser qu'elle pourrait ne pas se réveiller :

— Marie, attends-moi, tout à l'heure, quand je me réveillerai, j'ai quelque chose à te dire...

Elle supporte vaillamment la salle commune, l'humeur de la religieuse et une terrible allergie à la pénicilline pourtant signalée.

— Pourquoi voulez-vous qu'ils fassent attention à moi ? Je ne suis rien et ils ont tant de travail. Bien joli que toute cette dépense vous soit remboursée par votre Caisse. Les autres pays pourraient bien prendre exemple sur la France pour les lois sociales.

Rétablie, dans la petite voiture dansante, elle accompagne l'un ou l'autre membre de la famille à la cueillette des champignons. Les belles forêts lorraines lui rappellent celles de Moravie. Bien plus que les petits chapeaux bruns des cèpes et les corolles jaunes des girolles qui dressent leur ronde dans l'humus craquant des « places » précises où on l'entraîne, c'est tout le bois mort qui l'attire...

— Quels bons petits feux on pourrait faire ! Tout ce bois perdu, comment est-ce possible ?

Et enfin, suprême bonheur, avec Clara, sa « petite-fille » de toujours, un été, elles montent là-haut dans les montagnes au-dessus de Trento, près de Jean. Entre la Rotwand à gauche et le Latenar à droite, dans la vallée où chante l'Avisio, elles arrivent à Vigo di Fassa. Voici la petite église de San-Giovanni et son paisible cimetière. La tombe n'existe plus, mais quelle émotion, après bien des recherches, de rencontrer tout courbé, tout ridé, le brave paysan qui a retrouvé son corps. Elle apprend que, dans sa force jaillissante, l'eau de la cascade l'avait rendu chauve. Pauvre Jean emportant le mystère de sa chute. Et si on lui avait tendu une corde au passage ? Puisqu'il devait aller chez le notaire, le lendemain... Sa méfiance, toujours.

Au retour, elles passent à Monte Terlago que Clara trouve plus petit que dans ses souvenirs, surtout un gros rocher sur lequel elle aimait tant à grimper. « Gigibecafighi », son petit copain d'autrefois, est un brave père de famille et la solide fermière est devenue une petite vieille toute ridée.

— La pauvre, dit Marie-Romaine qui se sent toujours infiniment jeune.

Puis, avec des réticences inavouées, elle se laisse enfin conduire à Calavino. Le village n'éveille en elle aucun écho. Le temps est lourd. Il va pleuvoir. Il pleut. Tant mieux, pense-t-elle, ainsi personne ne nous verra. Adèle, la fille de Zio et Zia Momi, doit être morte puisque depuis la guerre elle n'a plus donné de nouvelles. Une indicible angoisse, l'impression que le village entier la regarde, pierres, fontaine, murs, fenêtres y compris, la montrent du doigt et la rejettent, lui font écourter la visite à l'église de son baptême et au cimetière sur la tombe de celui que n'entache pourtant aucun déshonneur : Don Démétrio, l'oncle chapelain du Castel voisin de Madruzzo.

Inexplicablement, à cause des empreintes douloureuses dont fut marquée sa première enfance, cette enfance dont elle n'a aucun souvenir, Marie-Romaine sent en elle un irrésistible besoin de fuir. Elle demande à repartir. Il pleut toujours.

En elle, pourtant, la révolte silencieuse des jours anciens a fait place, peu à peu, à une immense compassion pour le « pauvre genre humain ».

— Pora zent'

Elle médite sur le destin étrange des êtres. Dans son village natal, sa famille, présente en ses murs depuis des siècles, s'est complètement éteinte. Eteinte aussi celle de son beau-père et de ses fils « du second lit » en des deuils très cruels. Le seul rameau qui ait fleuri est celui du premier mariage, son Jean et celui de ses parents avec sa sœur Silvia et ses frères Nando en Argentine, Candido en Lorraine et elle... des enfants, petits-enfants, arrières-petits-enfants par douzaines.

Elle n'a plus de ressentiment envers son père et sa mère.

— Pauvres gens, qui sait pourquoi ils ont agi ainsi ?... Mais si vous saviez ce que j'aurais aimé, dans ma vie, entendre au moins une seule fois dire un peu de bien d'eux...

Elle est triste en pensant que la maman de son gendre Augusto n'est pas morte comme on le croyait d'une crise cardiaque, alors qu'il arrivait dans les cités, mais de l'erreur d'une infirmière qui s'était trompée de piqûre. Elle vient d'en demander pardon sur son lit de mort...

— Moi, mes petits, j'ai eu tellement de chance [1] !

Valeur de la vie... Toutes ces petites chances courageusement découvertes au jour le jour, pures, précieuses, fidèles, existant

1. « Son' stada fortunada... »

réellement pour chacun, preuve irréfutable d'une présence d'Amour qui n'est pas « au-dessus », spectatrice impassible, mais « avec » les hommes, jour après jour, pour les aider à avancer, à vivre vraiment... parce qu'elle est la Vie. Alors Dieu ? Au-delà des règles, des commandements, de l'accaparement, de l'utilisation, Il ne peut être que cela : la Vie, l'Amour. Un amour qui veut le Bonheur.

La vie...

Cette grande coupe offerte, si fragile, si éphémère, où rien ne se perd, où tout sert à tout, tôt ou tard, où rien n'est jamais perdu. Creuset brûlant qui tord et broie, nid qui sécurise, mamelle généreuse qui nourrit, cymbale vibrante des cris de souffrance ou chants de joie... qui serait si belle et si bonne si on savait assez tôt comment la boire, sans la gaspiller, en perdre une seule goutte !

Le péché ? Ce n'est plus de faire tout ce qui était défendu. Mais bien plus de ne rien faire en soi ni autour de soi, pour que ce soit mieux et le monde meilleur.

Oui, les temps ont heureusement bien changé : une grande espérance se lève.

Elle caresse un dernier rêve : être enfin chez elle, même dans une toute petite maison et non plus, perpétuellement chez les autres...

Et à Varone, une seule ombre : le mariage inévitable d'Eliane, cette enfant doublement sienne et qui, à tout prix, veut la garder près d'elle.

Un mariage à trois, Marie-Romaine comprend que cela ne peut aller. Des prétendants, déjà, se sont découragés. Elle se sent de trop, propose de vivre à côté, mais sa petite-fille ne veut pas en entendre parler. Et en France, il pleut si souvent sur cette Grande Plaine, qu'elle ne peut se résigner encore une fois à quitter, pour toujours, son lac, ses montagnes et surtout son soleil.

Les années passent. Si Eliane veut avoir le bonheur d'être mère, une décision s'impose, car même si elle ne les paraît pas, elle a trente ans passés. Quel élu trouvera grâce à ses yeux, puisqu'il va lui prendre son enfant, sa tranquillité, ce foyer où elle règne depuis quinze ans, quoiqu'elle s'en défende ? Un saint, peut-être...

Non, un homme : Dario.

Mais qui, en lui prenant tout, lui donnera tout : un arrière-petit-fils, Vittorio.

XXII

— Clara, si tu savais comme il est beau, gracieux, mignon, dodu, aimable, mon Vittorio...

Marie-Romaine, durant tout le voyage en avion — un mode de locomotion qu'elle adoptera désormais parce que vraiment « trop pratique et confortable » — n'a pas tari d'éloges sur cet arrière-petit-fils.

— C'est une petite boule de beurre à fossettes, qui me reconnaît, me tend les bras.

Après un soupir :

— Pourvu qu'on ne me l'abîme pas en le gâtant et qu'il devienne un homme, bon, vrai, utile.

Vittorio, la dernière passion de Marie-Romaine.

Pendant six mois, dès le jour de sa naissance, elle l'a soigné dans un bonheur extraordinaire, une plénitude de joie de tous les instants. Eliane et Dario travaillent tous les deux. Ce petit a été à elle, comme aucun des siens n'a pu l'être, dans une jouissance sereine grâce aux connaissances acquises et à une grande sécurité morale et matérielle. Elle partage la chance des jeunes femmes d'aujourd'hui, qui peuvent savoir, si elles le veulent, comment se développe sur tous les plans leur enfant, le soigner avec des moyens si pratiques... Vittorio, c'est aussi une nouvelle fois, Guerino, Claretta, Virginie. C'est l'amour disponible de tous les instants qu'elle n'a pu donner aux siens dans l'ignorance, le souci continuel du lendemain et l'angoisse de la guerre.

Mais Vittorio c'est aussi, très vite, un magnifique poupon d'une dizaine de kilos, lourd à porter, difficile à soulever, à recoucher. C'est reconnaître un jour... ne plus pouvoir le faire. Vittorio, c'est le choix cruel : voir une autre, chez soi, faire ce que l'on a fait avec tant d'amour ou c'est tout quitter enfin et se reposer en France auprès de ses enfants.

Augusto et Clara viennent, en effet, de prendre leur retraite.

Ils se sont arrachés à regret à la Grande Plaine à cause de son climat... et parce qu'incroyablement la Déesse-Mère n'est plus. Son minerai n'a pas résisté au fer de Mauritanie. Les grandes roues ne tournent plus et ne tourneront plus jamais, là-haut sous le petit toit rouillé des chevalets.

Cette rouille insidieuse et dangereuse qui s'infiltre partout sous la patine vieil or que ni la pluie, ni le vent, ni la neige ne peuvent enlever. La grande bise de l'hiver fait gémir la recette en jouant à cache-cache dans ses ouvertures béantes. Le vaste carreau, d'année en année, se rétrécit pour n'être qu'une placette au milieu d'un champ de mauvaises herbes.

Les abeilles ont quitté la ruche étrangement silencieuse, froide, morte. Des bus de ramassage mènent ailleurs les fils de la troisième génération gagner leur pain quotidien. D'autres, peu à peu, émigrent en France.

Oui, émigrer. Encore. Leur pays, c'est celui du fer. Un pays qui les a marqués, qui les marque toujours, dont ils comprennent l'incomparable richesse, la valeur inestimable dès qu'ils s'en éloignent. Qui aurait pu croire au temps du bagne, de la souffrance et de la splendeur, qu'un jour verrait la nostalgie des cités... et entendrait des voix émues, confier, avec conviction, aux quatre coins de l'hexagone :

— Chez nous, en Lorraine...

Miracle de la Grande Plaine.

Les cités, malades d'abandon, sont peu à peu désertées, rachetées, défigurées et dans les CES et CEG où tous les enfants étudient maintenant, les fils de la quatrième génération préparent leur avenir incertain.

Presque un demi-siècle et la même insécurité que leurs arrière-grands-parents !

Que savent-ils aujourd'hui du labeur d'autrefois, du gisement ?

Sans le talent d'un excellent confiseur sauraient-ils encore ce qu'est le minerai lorrain ? En parleraient-ils quelquefois ? Car c'est chez lui qu'on le trouve désormais...

L'empire du fer a encore ses assises ailleurs. Ses cités, ses postes et ses infortunes... Mais plus dans leur mine. C'est un peu pour cela qu'Augusto et Clara sont partis. Après bien des hésitations et des calculs, ils ont fait l'acquisition en ce Berry du premier accueil, d'une vieille auberge que le génie de son gendre transforme en un nid de lierre, de vigne-vierge où la tribu accourt à la moindre occasion. La vieille maison, originale et charmante au milieu des fleurs, enclose par un mur où sont encore scellés les anneaux à chevaux et l'écriteau « écurie sans garantie », offre l'avantage de deux corps de logis distincts. Elle pourra donc, tout en étant avec ses enfants, vivre « chez elle », enfin !

L'offre est tentante. Marie-Romaine se résout à quitter montagnes et bébé à cause de ce mal qu'elle a parfois dans le bras gauche et la crainte d'être impotente. Sans rien en dire, elle a placé dans sa cassette plusieurs articles qu'elle a découpés sur les maladies cardio-vasculaires, au fil de ses nombreuses lectures.

Et puis elle se souvient de la douceur du pays, il y a presque trente ans. Elle a pour lui comme une tendresse.

L'offre du voyage en avion la séduit aussitôt. Sa malle suivra par le train. Sa malle. Cette vieille compagne d'exode. Combien de fois l'a-t-elle faite ? Tout ce qu'elle possède peut y contenir largement. Elle rassemble ses trésors : les mêmes que pour son premier voyage « touristique » en France, en 1925. La cassette contient seulement un peu plus de photos et de petits souvenirs et son cahier, plus de recettes et de conseils. Elle a dû recoller plusieurs fois son livre de cuisine. Elle ajoute l'humble album de timbres et le bouquet d'edelweiss.

Elle n'a pas le culte des tombes... Comment le pourrait-elle d'ailleurs ? Ceux qui ne sont plus vivent trop en elle, depuis toujours, pour qu'elle puisse les imaginer immobiles quelque part même dans l'attente de la résurrection. Elle va au cimetière comme elle va à l'église, par discipline, mais toujours mal à l'aise, sans pouvoir se l'expliquer vraiment, devant ce Dieu qu'on s'approprie, qu'on met à toutes les sauces, ce Vivant qu'on utilise, qu'on enferme avec si peu de respect et d'adoration. Il vaudrait tellement mieux être et faire, pour Lui, que dire...

En ces heures où, après tant de dépouillements successifs, elle abandonne la dernière chose qui lui reste, son pays natal, comme elle se sent proche de Lui, le Serviteur, le Pauvre.

Un matin, elle reprend une dernière fois, la petite route blanche. Quelle paix et quelle lumière le doux hiver du lac ne met-il pas autour des sépultures ? Qui vient-elle saluer une dernière fois ? Les siens ? Son pays ? Sa vie ?

Machinalement elle enlève, à son habitude, une bouture sèche ici, une mauvaise herbe là, redresse une fleur...

Son départ, cette fois, est définitif. Elle va enfin être chez elle, seule, libre. Si elle revient, ce sera en vacances... Mais reviendra-t-elle ? L'adieu ému que, par ses yeux, tout son être porte avec recueillement partout ne s'adresserait-il pas à un plus long voyage ?

Sereine, elle ne s'en attriste pas. Elle a tout donné, jour après jour, sans jamais rien gaspiller ni de ce qu'elle avait, ni de son temps, ni de sa personne et tout est accompli et en ordre. Le temps qui viendra sera pour elle, offert « par-dessus le marché ». Comment ne pas en être heureuse et se réjouir vraiment ?

Alors, dans son bagage à main, elle place soigneusement des boutures de lauriers blancs et roses, de rhododendrons et des oignons de cyclamens.

— Clara, cela doit pousser là-bas. Il y fait si bon. Dans du plastique humide, cela ne risque rien. Le plastique, tiens, voilà une autre belle invention !

Comme deux écolières, Marie-Romaine et Clara qui est venue

la chercher, prennent la voie des airs. Pas un nuage. Pas un trou d'air. Voir tant de pays à la fois comme on regarde une merveilleuse carte de géographie. Qui lui aurait dit cela, un demi-siècle auparavant ? Le train de Paris à Chatellerault, quelle corvée en comparaison !

A peine arrivée, infatigable, elle inspecte les lieux avec son gendre, écoute et approuve les transformations effectuées, fait des suggestions et repère les emplacements propices au repiquage de ses fleurs.

C'est le printemps en Berry... Marie-Romaine, une fois installée chez elle, se laisse à peine gâter. Clara, le matin, peut tout juste lui apporter une petite tasse de café avant qu'elle ne se lève.

— Une petite goutte de café, maman ?

— Une petite goutte « d'eau chaude » va, si tu veux, vecciota...

Elle a dans les yeux tant de malice que Clara rit chaque fois. Est-ce le café français ou sa manière de le faire ? Chaque jour, elle a droit au même compliment. Qu'importe ! Marie-Romaine et elle sont si heureuses d'être ensemble enfin, depuis tant d'années. Entre la mère, si étonnamment jeune et la fille, lasse quelquefois de tout le chemin parcouru avec mari, enfants, petits-enfants qui vont et viennent sans cesse, la différence d'âge n'existe plus. Deux sœurs, deux amies entament dans la complicité des souvenirs partagés et la tendresse, une nouvelle étape.

Son « eau chaude » avalée, Marie-Romaine, à son habitude, s'affaire toute la journée de ci, de là. Elle ratisse les allées, soigne les fleurs, arrose, désherbe, ramasse les petites miettes pour les oiseaux, les restes pour les poules... range les tiroirs, utilise les petits bouts de laine, surveille le feu dans la belle cheminée, ramasse le moindre bois mort...

Oui, le seul fléau de ce siècle étonnant : le gaspillage.

Les grandes vacances, qui vont ramener petits et grands, approchent. Elle se réjouit.

— Qu'en dis-tu Clara ? Les grands proposent de me prendre

en passant pour m'emmener dans le Tarn tenir compagnie, avec eux, à leur « mémé ». Ils me redéposeraient en remontant. Cela me tente, tu sais, je n'aurai peut-être plus tellement l'occasion de voir de nouveaux pays à mon âge...

Elle ne parle pas de cette peine secrète que sa déclaration de séjour à la petite mairie berrichonne lui a valu. On lui a bien signifié qu'avec un passeport étranger, elle ne pourra rester que trois mois au même endroit.

Trois mois...

Alors qu'elle se croyait arrivée au port.

Sa vie errante ne finira-t-elle donc jamais ? Que dire en face de « l'administration » et à ces gens du centre qui n'ont jamais vu que leur clocher, volontiers racistes parce que repliés sur eux-mêmes, loin des guerres et des frontières...

Elle sent soudain, un bref instant, le poids de son âge, de sa vie étrange.

— Ne serais-je donc jamais chez moi nulle part, même à quatre-vingt-un ans ?

Alors, si elle part un peu... au retour cela lui fera trois autres mois tranquilles... Qui sait ?

La voiture est prête, dans la cour. Le moteur tourne doucement. L'un de ses petits-fils au volant attend.

— Nonna, je suis prêt !

Mais que fait-elle ? Un murmure de voix dans la cuisine. Marie-Romaine est là avec son petit tailleur de voyage, ses chaussures confortables à cause de cet « os » si disgracieux qui ressort de son gros orteil. Elle ferme son missel, embrasse Clara toute troublée.

— Au revoir, mamie. Soigne-toi bien.

Elle s'excuse du retard, nullement émue :

— Excuse-moi. Mais j'ai fait un rêve étrange, cette nuit. Jean m'a dit « Marie, tu vas mourir le... août. — Quel jour, lui ai-je demandé ? Il l'a répété, mais je ne l'ai pas compris. C'est dommage. Alors comme nous sommes le 30 juillet, à tout hasard, j'ai proposé à Clara de réciter avec moi l'office des morts. On ne sait jamais, nous n'en aurons peut-être plus l'occasion. Tu vois, c'est ce qui m'a mise en retard. Mais maintenant tout est en règle. On peut partir.

Toute heureuse, elle savoure le voyage. Son chauffeur explique les bocages du Limousin, les châteaux, les forêts, les grottes du Quercy et ses pittoresques maisons de pierres nues...

— Et tu me dis que c'est la route de Paris à Toulouse ? Hé bien ! « Ils » pourraient l'arranger. L'Italie est pauvre, mais elle a un bon réseau routier au moins. Il faut penser aux touristes... Enfin, la France est belle quand même, tu sais !

Nationales ombragées, bordées de platanes, champs familiers de maïs, jolis pigeonniers au milieu des prairies, petites vignes dans le sol rocailleux, lignes bleues de la Montagne Noire... La placette entre la poste et l'église, en face de la mairie : la maison. La première à être « entrée » dans la famille par le mariage de sa petite-fille. Marie-Romaine est curieuse de voir une demeure plusieurs fois centenaire et une personne de son âge qui y a toujours vécu, sans jamais en bouger. Est-ce possible ?

Les voici arrivés.

L'accent du midi la surprend tout de suite et la fait sourire. Mais quel dommage que les gens parlent si vite et si fort !

Sous les solives brunies du plafond bas, des cuivres étincellent sur les murs blancs. Une vieille horloge tranquillement balance le temps. Il fait frais derrière les volets à moitié baissés. Les vieux meubles luisent doucement dans la pénombre. Sur le canapé rustique, dans sa blouse de satin noir fleuri et auréolée de ses cheveux de neige, appuyée sur sa canne, l'aïeule est assoupie.

Marie-Romaine est conquise.

Une demeure d'autrefois, toute de guingois, aux ressources multiples, inattendues, du cellier au galetas, en passant par le grenier, la souillarde, les escaliers craquants, les tommettes de brique usée, autrefois vernies, les larges planches du sol des chambres... Elle ne regrette pas son voyage. Des meubles en place depuis le début du siècle. Dans les armoires, les témoins inattendus de sa jeunesse : draps tissés à la main avec leur

234

couture centrale, chemises et cache-corsets brodés, culottes à manches, fendues en leur milieu...

Le temps, ici, s'est-il donc arrêté ? Même élimés, dentelles et tissus séparément peuvent resservir. Un grenier plein de trésors pour un cœur déraciné : sacs à grain, vieux outils, couettes en fin duvet, vieilles reliques, bois de ciel de lit...

Les métairies se blottissent çà et là dans les lignes douces du paysage. En parcourant le Sidobre, gigantesque torrent brusquement figé, aux pierres énormes en précaire équilibre défiant le temps et les éléments, Marie-Romaine admire et confie :

— Comment se fait-il que le cœur ne vieillisse pas ? Je ne peux pas croire que j'ai quatre-vingt-un ans. Il me semble que j'ai dix-huit ans comme lorsqu'en sortant du couvent, j'ai découvert le monde !

En Languedoc, l'accueil est chaleureux. La « parenté » la fête. Tant d'argent, une conserve de foie gras que l'on ouvre pour elle ? C'est trop d'honneur, elle n'est rien ! Il ne fallait pas...

Elle dort avec l'un de ses arrière-petit-fils, six ans, qui l'appelle, à cause des douces promenades du soir :

— Nonnina, tu es ma fiancée du clair de lune.

Les enfants et les petits-enfants la vouvoient. Les arrière-petits-enfants la tutoient. Elle s'en amuse et leur raconte ses souvenirs. Ainsi ce chat que Graziella possédait dans les cités, « avant guerre » et qui volait tout. Elle le grondait et le chassait souvent. De colère, dès qu'elle était assise, il venait faire ses besoins sur ses pieds. Fallait-il qu'il soit malin ! Le rire frais de l'enfant monte dans le soir.

— Raconte encore, grand-mère !

— Il était si malin que chaque fois qu'on essayait de le perdre près d'un village, toujours il retrouvait le chemin et de plus belle arrosait mes pieds. Ah ! mes pauvres pantoufles...

Août tire à sa fin. Sans se l'avouer, aux quatre coins d'Europe, où les enfants et petits-enfants sont dispersés, car le tam-tam de la tribu fonctionne bien, toute la famille respire. En Berry plus que partout ailleurs.

Marie-Romaine est si heureuse dans ce beau pays que lorsque son « chauffeur » doit rentrer avec les enfants, elle propose de rester quelques jours de plus avec sa petite-fille pour lui tenir compagnie auprès de « Mémé Léonie ».

— Je ne vais pas te laisser toute seule ici, fillette. Nous rentrerons toutes les deux quand sa demoiselle de compagnie reviendra.

*
**

— Annette, je suis trop bien. Regarde, je suis comme une reine. Je ne mérite pas tout cela...

La chambre est immaculée. Deux petits lits de fer d'une irréprochable propreté, un lavabo derrière un paravent, une armoire et la télévision. Par la porte entrebâillée, une infirmière de temps en temps offre son sourire en recommandant le calme absolu.

Marie-Romaine est étendue le bras immobilisé par une perfusion. Un grand silence règne dans cet étage réservé au service de cardiologie.

— Si tu savais comme je suis soulagée.

Cette phrase vrille d'une douleur aiguë le cœur de la jeune femme. Elle repasse une nouvelle fois le film des dernières heures au fil des reproches amers qu'elle s'adresse. Comment n'a-t-elle pas vu, pas compris ?

Trois jours auparavant, après une émission de télévision, Marie-Romaine a ressenti un grand mal à la poitrine. Le médecin, arrivé aussitôt, trouve une tension élevée, que le repos, le régime sans sel et les remèdes ramènent à la normale le lendemain, pour faire place à une douleur dans le bras gauche à partir de l'épaule. Crise de névrite radiale, déclare-t-il en fin d'après-midi.

Une longue veillée commence. Immobile et silencieuse comme une statue, dans le fauteuil Voltaire, la malade tient son bras. Elle est très pâle et des gouttes de sueur perlent à son front. Elle n'a plus la force de parler, la garde pour se taire. Car elle souffre

236

terriblement. Vers vingt-deux heures, elle dit simplement, en hésitant :

— Annette, si on demandait au docteur de revenir ?

Sa petite-fille comprend que pour braver ainsi sa crainte de déranger, cela doit être sérieux.

Elle court.

— Le docteur n'est pas là.

Elle insiste tant qu'elle obtient le numéro des amis chez lesquels il dîne. C'est son droit.

— Je vous en prie, Madame. Ne vous affolez pas comme cela. Une névrite radiale, c'est douloureux, mais si tous mes patients devaient me déranger chaque fois qu'ils font une crise de rhumatismes, je n'aurais pas fini de courir.

Comment revenir et dire devant ce visage ravagé que « ce n'est rien » ?

— Hé bien, patience, ma petite-fille. Demain aussi il fera jour. Allonge-toi. Nous attendrons demain.

Longue, longue nuit, où le corps qui n'est que souffrance ne peut presque plus penser. Tout danse dans la tête de Marie-Romaine aux battements douloureux de son cœur. Le présent et le passé, les vivants et les morts. Elle se défend de croire que cela peut être grave — il sera temps demain — comme elle se défend d'imaginer... Et si elle avait été la grand-mère de quelque personnalité : le médecin n'aurait-il pas été trop heureux de se déranger pour rien ? Après tant d'années, la grande roue ne peut pas se remettre à marcher. Pauvre elle est et pauvre elle restera, voilà. Elle a dépensé sa petite « cagnotte » en souvenirs pour les petits. Il faudrait qu'elle puisse attendre deux ou trois jours pour être au mois prochain et pouvoir leur laisser la nouvelle, intacte, en héritage. Ce serait tout de même bête de perdre cinquante francs à quelques jours près. Elle repense à l'aïeule qui dort là, à côté, son aînée de trois ans qui lui a dit avoir été si malheureuse...

— Oui, la pauvre femme, comme je la plains. C'est un si grand malheur d'être malheureux parce qu'on ne sait pas qu'on est heureux ! Moi, j'ai eu de la chance... Je vous offre ce mal, Seigneur, pour qu'il ne soit pas perdu.

L'aurore voit la malade toujours immobile, lâchant par instant le bras qu'elle soutient pour éponger son visage moite.

... Le médecin est parti en vacances. Son remplaçant viendra dès qu'il aura terminé ses visites. L'attente recommence.

Marie-Romaine, épuisée, a consenti à s'allonger, couleur ivoire, sur ses oreillers, non sans avoir voulu d'abord descendre doucement aux toilettes pour « ne pas déranger ».

Enfin ! Le docteur ! Ce coup d'œil dès la porte et cette phrase entre les dents, à peine audible, à la garde-malade éperdue :

— Il y a longtemps qu'elle est comme ça ? Avez-vous de la famille à prévenir ?...

Et c'est la course contre la montre. Le cardiologue joint, in extrémis, avant un départ en montagne, qui accepte de bousculer ses projets et de venir avec ses appareils. Il parle d'infarctus discrètement et de coronaire. Marie-Romaine comprend :

— Je sais. La « maîtresse de maison » fait des siennes, n'est-ce pas, docteur ?

— Il faut vous hospitaliser, Madame. Ici, ce n'est pas possible de vous soigner.

— Emmenez-moi où vous voulez, cela m'est bien égal pourvu que vous m'enleviez ce mal !

Elle demande le prêtre de la paroisse qu'elle a appris à connaître et à apprécier. Elle suit des yeux les préparatifs de sa petite-fille, qui, un peu perdue, ne sait si elle doit préparer la valise pour l'ambulance qui va arriver ou la table pour la cérémonie.

— Mais voyons, Annette, tu ne sais donc pas ? Une nappe blanche, deux cierges, un peu d'eau bénite, tu dois bien avoir cela ?

Le prêtre entre.

— Grand-mère, il vous est formellement interdit de bouger !

238

— Laisse-moi rire, tu ne voudrais pas tout de même que je reste allongée devant le Seigneur ?

Il faut l'asseoir. Elle se recueille.

— Nonnina, voulez-vous que je vous serve d'interprète pour la confession ?

— Mais tu rêves, Annette ! Tu crois donc que j'ai commis de tels péchés que je ne puisse arriver à les dire toute seule ? Allez, allez, sauve-toi, tu reviendras tout à l'heure.

Elle communie, prie, puis confie à voix basse :

— Il me plaît, ce curé. C'est une vocation tardive. Si je suis encore là demain, je lui demanderai pourquoi il s'est fait prêtre et comment il vit sa chasteté. C'est peut-être l'unique en laquelle je crois.

Les ambulanciers arrivent avec leur brancard. Ils savent qu'il faut faire vite. D'un coup, ils la découvrent, la chemise de nuit a été remontée sur le ventre pour la visite médicale. Vite le prêtre la rabat.

Marie-Romaine voit l'angoisse sur le visage de sa petite-fille. Elle a vers elle, bien que toute ficelée, sur le lit portatif, son terrible clin d'œil plein de malice :

— Petite, si on m'avait dit qu'un jour je photographierais tout le monde et qu'un curé protégerait ma vertu...

Et la voilà, si pleine de gratitude comme toujours, dans cette chambre où tout était prêt pour la recevoir, où tout le monde l'attendait pour la prendre en charge aussitôt.

— Ils ne me connaissent pas et, regarde, ils me soignent comme si j'étais une reine. Non, je ne mérite pas tout cela...

— Dis Annette, quand dis-tu que ta maman va arriver ?

Bienheureux et si humains hôpitaux de Castres où la famille peut rester près du malade...

Clara, l'enfant unique dont elle rêvait la présence, est arrivée au petit matin. Dans la chambrette, toutes trois, elles ont passé une douce et sereine journée à évoquer des souvenirs, à prendre des dispositions de convalescence.

— Mais si c'est long, je vais vous embarrasser tous et vous créer des tas d'ennuis ?

En attendant, elle accepte avec plaisir un bol de potage des mains de sa fille. Elle est un peu inquiète de n'avoir pas été à la selle depuis deux jours et d'avoir à déranger peut-être pendant la nuit.

Le soir descend. Elle envoie Clara et Annette dîner chez des cousins. La première, qui a voyagé toute la nuit, y restera dormir. Il ne faudrait pas qu'elle tombe malade avec sa maisonnée.

Elle reste seule.

Son bras, où les veines si fines ont été tellement difficiles à trouver, gonfle et lui fait mal. On dirait que le liquide là-haut coule moins bien.

Dans l'obscurité, la fenêtre découpe son rectangle de nuit. Au-delà de la cime des arbres aux feuilles argentées par les lampadaires de la cour, un petit coin de ciel et une étoile. La ville apaisée prend le frais. L'hôpital, à pas de loup, commence ses gardes jusqu'au lendemain.

— Che destin... Se vede che niancha per morir devo esser' en' casa mia [1]. Mais je ne dois pas me plaindre. Nulle part je ne pouvais être mieux soignée.

Dans sa somnolence, son esprit erre d'un pays à l'autre : Trento, le lac et ses montagnes ; Bukwice, son puits à balancier ; Aschach et le Danube ; la Grande Plaine, la Déesse-Mère et les cités ; la vieille auberge en Berry et les métairies ici, où le temps semble s'être arrêté. Puis d'un enfant à l'autre, de la première à la deuxième génération pour revenir sans cesse à Vittorio. Toute cette longue vie qui a passé si vite, même avec ses heures, ses journées parfois interminables. Pour ses parents, elle peut se l'avouer maintenant, elle aurait tant voulu savoir la cause de leur

1. « Quel destin ! Il sera donc dit que, même pour mourir, je ne pourrai pas être chez moi. »

240

départ et croire en eux... Toute cette longue vie où elle n'était rien, où, comme tant d'autres elle n'a possédé que sa bonne volonté pour être utile et servir à quelque chose. Comme elle a eu de la chance d'être aimée, d'avoir pu rester libre et lucide jusqu'à la fin, malgré son dénuement. Il y en a tant, comme elle, qui sont dans les hospices... Maintenant que les cités sont désertes là-bas dans la Grande Plaine, qui sait ce que sont devenues les dernières pionnières, seules, dans leurs corons ?

Pour ne pas gêner, il lui reste encore quelque chose à faire.

Lorsqu'Annette revient, pendant la courte absence, Marie-Romaine a demandé le plat bassin et dans un gros effort s'est soulagée.

— Non, Annette, ne me gronde pas. Tu comprends j'avais peur de salir le thermomètre demain matin. Couche-toi vite maintenant, tu es fatiguée aussi.

La jeune femme s'assoupit quelques instants puis se réveille en sursaut.

— Annette ! Annette : dis-leur de me faire quelque chose, car cette fois, je meurs.

Marie-Romaine vient de prononcer ses dernières paroles.

En cette soirée du 30 août 1967, insensible à tous les soins, sereine et souriante, elle se repose enfin, pour toujours.

Et tournent les saisons...

Et chante, et pleure, et souffle le vent sur la Grande Plaine où la crainte, sournoisement, asservit de nouveau les hommes.

Qui aurait pu dire qu'un jour, à cause d'elle, les mineurs redeviendraient, comme leurs grands-parents, des « mange-mines » tendus à produire et à se faire bien voir ? Déjà les horaires sont réduits et le chômage guette...

Peuvent-ils comprendre ceux qui, jamais, ne furent déracinés, achetés, utilisés, pour être ensuite déplacés ou renvoyés ?

L'impardonnable faute de cette peur qui annihile la fraternité entre les hommes, leur fait perdre leur dignité et les rend esclaves, qui la portera ?

Il reste si peu de pionniers des premiers convois de 1920 pour dire leur désespoir devant tant de souffrances vaines, d'inutiles espérances et leur attachement à ce coin de terre où ils avaient cru, un moment, prendre racine...

Demain, fera t'il beau ?

242

Tragiquement abandonnées de tous, une à une les mines ont fermé, leurs chevalements peu à peu démontés, leurs bâtiments abattus et évacués.

Sur les carreaux nus et déserts, c'est à peine si se dessinent encore, dans l'herbe folle, les dalles de fermeture des puits.

Une mine, ici, sur l'emplacement du supermarché et de la station service ?

Le gisement le plus important du monde juste après celui des Lacs, aux Etats-Unis, n'existe plus, pour personne : ni dans les discours, ni dans les livres, ni sur les cartes, pas même dans les archives brûlées, perdues, dispersées par le vent de la Grande Plaine, d'une décharge publique à l'autre...

La « base », c'est cette partie de la population...

achevé d'imprimer
sur les presses de l'imprimerie bialec
54000 nancy

d.l. n° 23757 - 2ᵉ trim. 1987